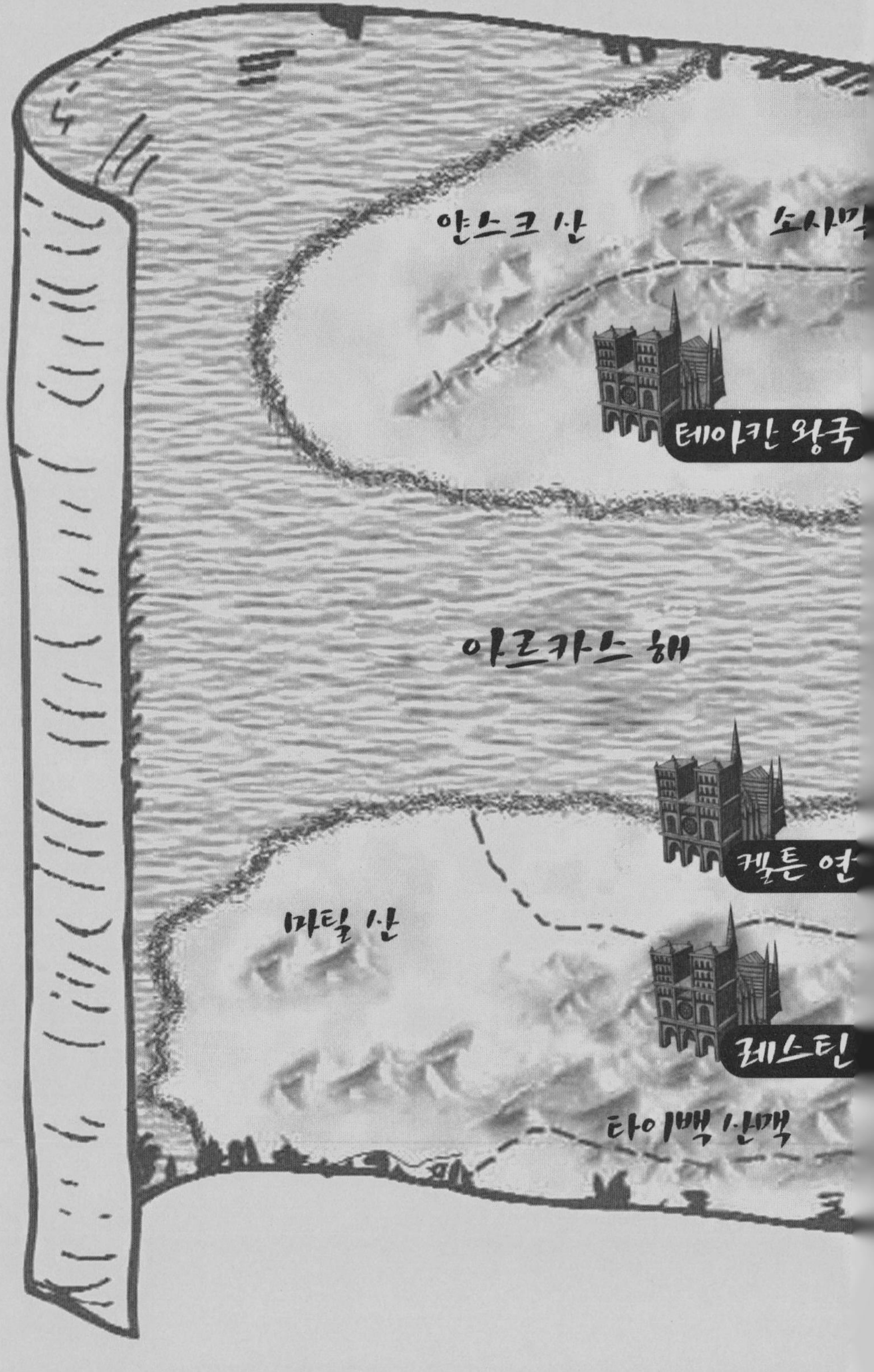

얀스크 산
테아칸 왕국
아르카스 해
켈튼 연
마틸 산
레스틴
타이백 산맥

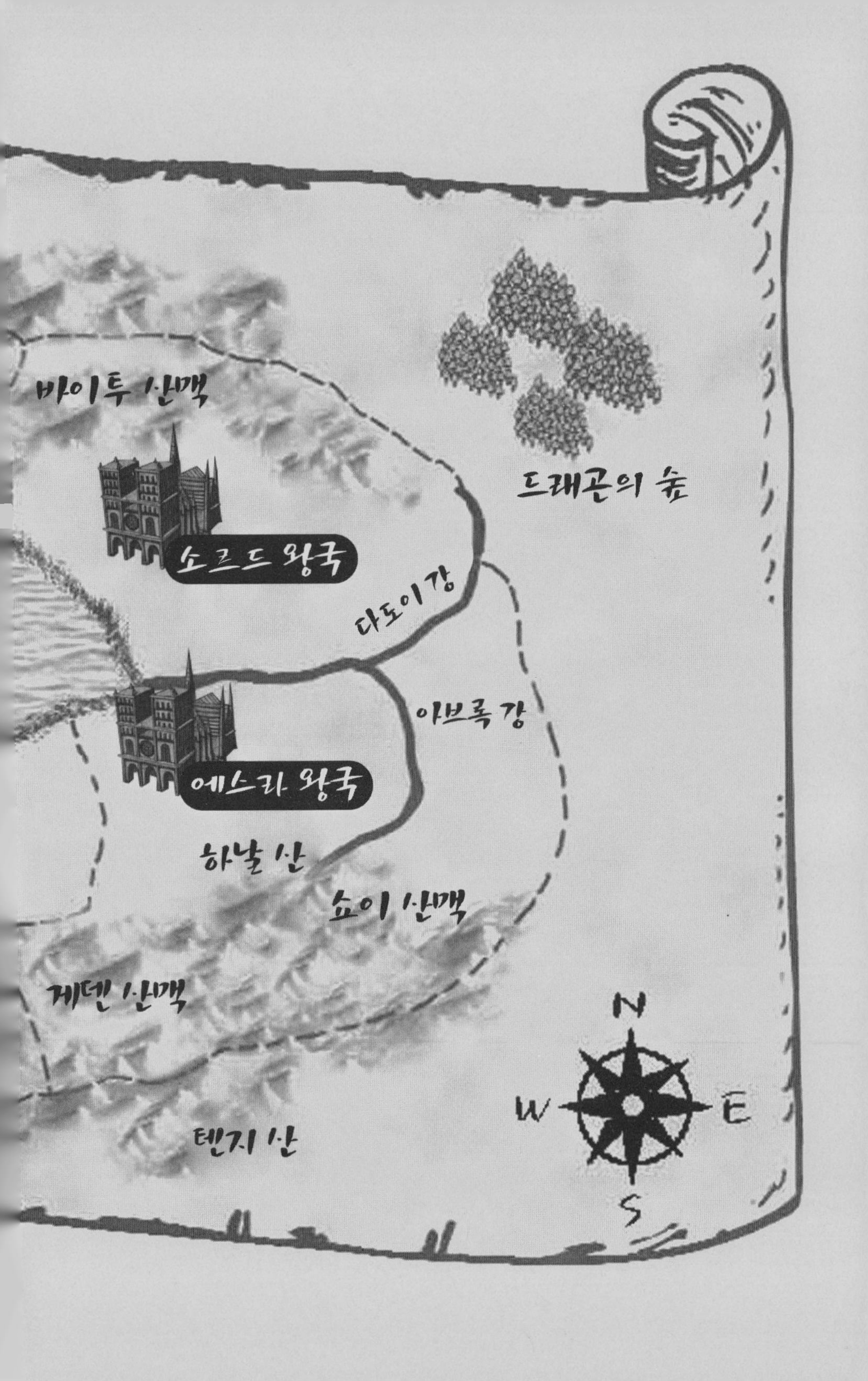
바이투 산맥
드래곤의 숲
소크드 왕국
다도이 강
아브록 강
에스카 왕국
하날 산
쇼이 산맥
게덴 산맥
텐지 산
N
W
E
S

아린이야기
Arin's Story

아린 이야기 1

박신애 판타지 장편 소설

초판 1쇄 찍은 날 § 2000년 11월 25일
초판 2쇄 펴낸 날 § 2008년 10월 7일

지은이 § 박신애
펴낸이 § 서경석
펴낸곳 § 도서출판 청어람
편집 § 문혜영

등록번호 § 제 1081-1-89호
등록일자 § 1999. 5. 31
어람번호 § 제 1-0050호

주소 § 경기도 부천시 원미구 심곡동 163-2 서경B/D 3F ㈜ 420-010
전화 § 032-656-4452 팩스 § 032-656-4453
e-mail § eoram99@chollian.net

값 7,500원

ISBN 89-5505-022-4 (SET) / ISBN 89-5505-023-2 04810

박신애 판타지 장편 소설

아린이야기

Arin's Story

제1권-탄생

도서출판

청어람

목 차

작가의 말 / 6

프롤로그 / 9

제1화 아린, 태어나다 / 21

제2화 이름을 받다 / 39

제3화 아린, 성장하다 / 63

제4화 인간을 만나다 / 93

제5화 앤드루의 죽음 / 129

제6화 성룡이 되다 / 171

제7화 여행 출발 / 193

제8화 레드 드래곤 소동 / 213

제9화 엄마의 기사 / 237

제10화 드래곤 로드 / 275

제11화 드래곤 숲을 향하여 / 295

작가의 말

길거리를 지나다 보면 예쁜 색으로 물들어 버린 나뭇잎들이 가지에서 떨어지는 모습을 쉽게 볼 수 있는 쌀쌀한 계절이 돌아왔습니다. 제가 이 글을 통신에 올리기 시작할 때는 날이 무척 따뜻했었는데 벌써 시간이 이렇게 흘렀다니, 이럴 때 보면 시간의 흐름이 참 빠르게 느껴집니다.

처음 글을 올렸던 때를 돌이켜보니 벌써 몇 달이란 시간이 지나 있었습니다. 이렇게 보면 저도 참 꽤 인내심이 많은 것 같습니다. 조금씩이지만 매일매일 글을 쓰다 보니 이제까지 쓴 글들이 모여서 어느덧 책 한 권이 되었군요.

작가라는 사람이 예전에는 저와는 딴 세상 사람인 것만 같게 느껴졌었는데, 이제는 제가 작가로 불리니 아직도 얼떨떨하기만 합니다.

처음 통신에 글을 올렸을 때에는 그냥 무작정 쓰고 싶은 것을 맘껏 쓸 수 있다는 것이 기쁠 뿐이었는데 그 글이 좋은 반응을 얻고, 또 출판사에서도 좋게 봐주셔서 출판까지 하게 되었다니… 아직까지 꿈같기만 하고 어리등절합니다.

글 솜씨도 없는 데다가 초판이어서 아직은 많이 부족하고 어설프기만 합니다. 그러나 그래도 조금 욕심을 부려본다면 이 글을 읽으시는 모든 분들이 이 글을 읽고 책을 덮으시면서 '아, 재미있었다' 라고 느끼시길 바란다는 겁니다. 아직 제가 턱도 없이 부족하다는 것을 알고 있기에 감동까지는 바라지 않겠습니다.

또한 저는 비극을 싫어합니다. 슬픈 이야기를 보게 되면 그 자리에서 눈물을 흘리고 며칠 동안은 그 이야기를 생각하면서 슬퍼할 정도라 비극은 아예 피해다니는 실정입니다. 이 글은 제가 세상에서 이런 일은 이랬으면 좋겠다는 바램을 아주 쉽게, 약간은 유치하나마 제 나름대로 재미있게 표현해 놓은 것입니다. 그렇기에 이 소설에선 절대 비극이 없습니다. 권선징악에 충실히 맞추어 나쁜 사람들은 벌을 받고, 착한 사람들은 행복하게 산다는 해피엔딩의 이야기입니다. 그러므로 이 글을 읽으시는 동안 여러분들도 즐거우셨으면 좋겠고, 또한 이 소설에서처럼 이 글을 읽는 모든 분들께서는 현실에서도 행복하셨으면 합니다.

마지막으로 이 글을 쓰는 동안 격려해 주신 모든 독자 여러분들과 도와주신 가족들, 그리고 출판사 관계자 여러분들과 하나님께 진심으로 감사드립니다.

2000년 11월 2일

박신애

프롤로그

"너의 소원이 무엇이냐?"
"난 드래곤이 되고 싶어."
"뭐?!"
"난 드.래.곤.이 되고 싶다고."
"……."

나는 고3이다. 이제 18세의 소녀가 되어 청춘을 불살라야 할 나이에 수험생이라는 딱지를 붙이고 학교에 다녀야 하는 비참한 운명을 가진 대한민국의 고등학생 중 한 명이다.

그렇지만 나는 대학이라는 나의 운명을 좌우할지도 모르는 곳으로 갈 수 있는가 없는가를 결정지어 줄 수능이라는 시험에 긴장되질 않았건만, 내 주위의 사람들은 그게 아니었다. 특히 자칭 나의 엄마라는 사람은…….

그녀는 나의 친엄마가 아니다. 내 친엄마는 내가 초등학교 5학년 때 교통 사고로 돌아가셨다. 그리고 2년 뒤인 내가 중학교 1학년 때 아빠는 어떤 여자와 결혼했고, 그녀가 지금 내 엄마 역할을 하고 있다.

새엄마와 나는 사이가 그다지 나쁘지 않았다. 그저 난 말썽 부리지 않는 평범한 딸로, 새엄마는 동화에 나오는 나쁜 계모가 아닌 그저 평범한 엄마들 중 한 명으로서 그럭저럭 잘 지내고 있었다. 내가 고등학교에 들어오기 전까진.

내가 고등학생이 되자 새엄마는 조금씩 변하기 시작했다. 내가 집에 조금만 늦게 들어오거나 머리에 칼라 스프레이만 뿌려도 심하게 잔소리를 늘어놓았고, 성적이 조금만 떨어져도 예민하게 반응했다.

처음에는 내가 고등학생이 되니까 신경을 많이 쓰셔서 그런가 보다 하고 그냥 넘겼지만 날이 갈수록 간섭과 잔소리는 점점 더 심해졌고, 고3이 된 지금은 새엄마의 강력한 주장에 의하여 학교가 끝나고 학원을 가야 했고, 학원이 끝나면 독서실에 가서 새벽이 되어야 집에 들어올 수 있었다(고3은 원래 그런가?).

휴일이 되어도 놀러가지 못했으며 친구한테 전화가 오면 그녀의 살벌한 눈치를 보며 금방 끊어야 했다. 소설책은 물론 TV도 못 보게 했으며, 내가 거실 소파에 앉아 있는 것을 보기만 하면 잔소리를 해댔다. 그것도 그냥 좋게 말하면 나도 다 알아듣고 기분 좋게 그녀의 말에 응해줬을 텐데, 짜증나는 신경질적인 목소리로 비꼬아서 말을 쏘아붙이는 것이었다.

나는 점점 새엄마가 싫어졌다. 그녀의 얼굴을 보기만 해도, 목소리를 듣기만 해도 짜증이 솟구쳤다. 그리고 그녀의 말에 한마디

대꾸도 못 하고 주눅이 들어서 그녀의 잔소리를 듣고만 있는 나 자신도 너무너무 한심하고 싫었다. 당당하게 한마디라도 하고 싶었지만, 그녀의 앞에 서거나 말소리만 들으면 온몸이 굳어지고 입은 붙어버린 것처럼 말이 나오질 않았다.

이런 날이 계속되고 있던 어느 날 밤이었다. 그날은 토요일이기도 했고 몸이 좀 좋지 않아 공부도 잘 안 돼서 평소보다 일찍 독서실에서 돌아왔는데, 집에 오자마자 마주친 새엄마의 비꼬는 소리를 들어야 했다. 그녀의 쏟아지는 말에 엄청 짜증이 생겼지만 말 한마디 못 하고는 괜히 화가 나서 내 방문을 쾅! 닫고 들어와 씻지도 않고 그냥 침대에 누워버렸다.

그런데 그때 누가 나에게 속삭였다.

"짜증나?"

소리가 나는 쪽으로 돌아보니 침대 바로 옆에 크기가 내 손바닥만한 꼬마가 희미한 빛을 내며 동동 떠 있었다. 놀란 나는 침대에서 벌떡 몸을 일으켜 내 옆에 갑자기 나타나 나에게 말을 거는 신기한 꼬맹이를 자세히 살펴보았다.

피부가 새까만 게 둥그스름하고 통통한 얼굴에는 동그랗고 커다란 두 눈동자가 반짝였고, 그 밑에는 양 볼까지 오는 얼굴에 비해 큰 입을 가졌는데 입술 사이로 작고 귀여운 뾰족한 송곳니가 언뜻 보여서 그 꼬마의 귀여움을 한층 더해주고 있었다. 귀는 송곳니같이 뾰족했는데 머리에는 인도 사람 같은 하얀 터번을 둘러서 머리카락은 보이지 않았다.

또한 몸도 전체적으로 둥그스름하고 통통해서 눈사람 같은 모양을 하고 있었다. 거기에 검은색 천에 금색과 은색의 실로 수가 놓여져 있는 화려한 조끼를 입고 있었고, 하얀 통바지에 끝이 뾰족하고 하늘로 솟은 구두를 신고 있었다.

"짜증나?"

내가 대답은 안 하고 그 꼬마를 계속 쳐다보기만 하자 그 꼬마가 재차 되물었다. 나는 그 꼬마가 너무 신기해서 계속 살펴보느라고 아무 생각 없이 그냥 대답했다.

"응, 엄청 짜증나."

그러자 그 꼬마는 그럴 줄 알았다는 듯 씨익 웃었다. 웃는 모습도 너무너무 귀여워서 꼬옥 안아주고 싶을 정도였다. 이렇게 생긴 솜인형이 가게에 있다면 당장이라도 살 것 같았다.

"그럼 내가 안 나게 해줄까?"

"네가 뭐길래?"

그러고 보면 나도 참 이상했다. 아니, 강심장이라고 해야 하나? 내 손바닥만한 정체 불명의 꼬맹이가 갑자기 나타나서 침대 옆에 동동 떠 있는데 전혀 놀라지 않고 오히려 귀엽다고 생각하다니.

"나? 난 케로베르스야. 지옥의 제7군주 다크 브로크 데블 마스터님의 오른팔이라고 할 수 있지."

"지옥의 7군주?"

"그래. 그분은 내 주인님이셔. 지옥의 제7군주라고 해도 천상의 제7군주보다 강하시다구."

"그럼 악마겠네?"

"인간은 그렇게 부르더군."

나는 엄청 놀랐다… 라고 해야겠지만 전혀 안 놀랐다. 이런 내가 스스로 신기하게 여겨졌다. 악마를 눈앞에 두고 놀라지 않다니. 하지만 앤 악마라기보단 솜인형같이 생겼구만 뭐.

"내가 짜증 안 나게 해줄까?"

이야기가 옆으로 새어나갔는지 그 자칭 꼬마 악마는 다시 본론으로 되돌아왔다.

"어떻게?"

내가 적당히 흥미가 있는 듯이 물어오자 기분이 좋아졌는지, 공중에서 한 바퀴 회전하더니 팔짱을 딱 끼고는 내 코앞으로 날아왔다.

"나랑 거래를 하자."

"거래? 그래서 대신 내 영혼을 달라고?"

"어? 어떻게 알았어?"

'뭐야, 이거. 바보 아냐? 이런 뻔한 스토리로 나가다니 나원 참.'

그 자칭 꼬마 악마가 너무나 놀랐다는 표정으로 나를 바라보자 나는 황당하다 못해 허탈해졌다.

"내가 바보냐? 너한테 영혼을 주면 내가 죽잖아!"

그 꼬마는 이게 아닌데 하는 표정으로 당황해서 어쩔 줄 몰라 하더니, 좋은 생각이 났는지 다시 자신있는 표정으로 나를 돌아보았다.

"그럼 나랑 내기할래? 네가 이기면 너의 소원 한 가지를 들어줄 테니까, 내가 이기면 네 영혼을 나에게 줘."

"뭔 내기?"

그 꼬마가 너무나 자신있게 말하자 나는 호기심이 생겼다.

"너네 집이 아파트 5층이지? 너희 집 베란다에서 뛰어내리는 거야. 그래서 너의 짜증이 사라지면 내가 이기는 거고, 너의 짜증이 사라지지 않으면 네가 이기는 거야."

난 거절하려고 했다. 그런 황당하기 그지없는 내기는 생각할 가치조차 없으니까. 그런데 거절의 말을 하려고 입을 여는 순간, 갑자기 문이 벌컥 열리면서 새엄마가 문가에 나타났다. 그녀는 내 옆 공중에 동동 떠 있는 꼬마는 보이지도 않는지 거들떠보지도 않고는 침대 위에 앉아 있는 나를 바라보더니 인상이 살짝 찌푸려졌다.

"어머, 벌써 자는 거니? 독서실에서 공부를 너무 열심히 해서 코피라도 쏟았나 보구나? 그래, 자렴. 뭐, 다른 애들은 다 새벽까지 공부하겠지만 넌 실력이 있으니까 뭐."

아무리 딸 방이라지만 내 방에 들어올 때 노크도 하지 않고 갑작스레 문을 열고 들어오는 그녀의 행동이 오늘따라 더욱더 밉게만 보였다. 그리고 그렇게 무례하게 행동하였음에도 불구하고 전혀 미안한 기색도 없이 오히려 나의 행동을 힐난하는 그녀의 말에 가라앉았던 짜증이 화산이 폭발하듯 강렬하게 솟구쳤다. 감정을 주체 못 하고 새엄마를 매섭게 노려보자 그녀도 나를 빤히 쳐다보다가 방문을 탁, 닫고 나갔다.

"그래, 하자."

나도 무슨 짓인지 모르겠다. 짜증이 솟구쳤다고 아파트 5층에서 뛰어내리겠다니. 그러나 너무 화가 난 나머지 나는 제정신이 아니었다. 그리고 한편으로는 새엄마에게 꼼짝도 못 하는 나 자신과 미운 새엄마에게 뭔가를 보여주고 싶었다.

머뭇거리면 내 결심이 흔들릴 것만 같아서 나는 벌떡 일어나서 내 방문을 거칠게 열어젖히고 거실로 나갔다.

거실에는 아무도 없었다. 아빠와 새엄마는 안방에 있는지 안방에서는 TV 소리가 들려왔다.

베란다로 가서 창문을 활짝 열었다. 서늘한 밤바람이 내가 걱정스럽다는 듯 부드럽게 내 머리칼을 어루만지면서 지나갔다. 몸을 밖으로 내밀어 아래를 내려다보자 아파트 앞 화단에 심어놓은 관목들이 어둠 속에서 희미한 가로등 불빛을 받아 어슴푸레하게 보였다.

옆에서 악마가 속삭였다.

"뛰어내려. 자, 어서 뛰어내려."

내가 미쳤지.

나는 그 말을 듣고는 곧장 베란다 창문 위로 뛰어올라 창틀에 몸을 걸쳤다. 그리고는 떨어지지 않게 중심을 잡으려고 창틀을 잡고 있던 두 손의 힘을 빼버렸다.

그러자 내 몸이 기우뚱하면서 베란다 밖으로 떨어져 내렸다. 그러나 그 순간에도 나는 살고 싶었는지 밑으로 보이는 관목 위쪽으로 떨어지도록 힘껏 몸을 비틀었다.

눈앞으로 나무가 빠르게 다가왔고, 눈을 감자 곧 이어 배에 통증이 느껴지는 것을 시작으로 온몸이 관목을 훑어내리는 느낌과 함께 커다란 충격이 느껴졌다. 그리고는 정신을 잃었다. 어렴풋이 쾅! 소리를 들으면서…….

다행히 나는 죽지 않았다. 정신을 차리고 눈을 떠보니 제일 먼저 새하얀 천장이 눈에 들어왔다. 희미하게 소독약 냄새가 나는 걸 보니 병원인 것 같았다.

"어머, 정신이 들었니?"

'이 목소리는?'

새엄마였다. 깨어나서 처음으로 보는 사람이 저 여자라니…….

"어쩌니~ 죽지 못해서. 너도 참, 죽으려면 15층 꼭대기에서 뛰어내려야지, 5층에서 뛰어내린다고 죽겠니? 그리고 어깨가 골절

되어서 당분간 병원에 있어야 한다는구나. 좋지? 학교 안 가서 얼마나 좋을까? 다른 애들은 다 열심히 공부하고 있을 텐데."

평소와 전혀 다를 바 없는 그녀의 짜증나는 목소리. 전혀 걱정하는 빛이 보이지 않았다.

'하긴 걱정이 되었으면 방금 정신을 차린 사람한테 이렇게 말할 수 있겠어?'

난 새엄마를 노려봤다. 그녀는 그런 나를 힐끔 보더니 아빠한테 전화한다면서 병실에서 나갔다. 그러자 그 꼬마 악마가 나타났다.

"어때?"

"짜~ 증~ 나."

감정이 격해졌던 나는 이를 악물고 말해서 그런지 목소리가 이상하게 흘러나왔다.

"그래? 그럼 내가 진 거네. 그럼 소원을 말해 봐. 소원이 뭐야?"

그 꼬마 악마 녀석은 내기에서 졌음에도 불구하고 전혀 침울한 기색도 없이 생글생글 웃으며 나에게 물었다. 평소 같았으면 그런 모습을 보고 이상하게 생각했겠지만, 화가 나 있는 상태의 나는 그런 생각은 못 하고 충동적으로 새엄마를 없애달라고 말하려 했다.

그러나 말하려고 입을 여는데 순간, 이 녀석이 너무나 기분 좋게 생글생글 웃는 것을 보자 뭔가 좀 이상한 것을 느꼈다. 그렇게 의심이 들자 격양되어 있던 내 기분이 조금은 진정되었고, 그러자 내가 악마가 이끄는 대로 따르는 게 아닌가 하는 생각이 스쳐 지나갔다. 아파트에서 떨어진 것도 그렇고… 아마 이 녀석은 내가 새엄마를 없애달라고 할 걸 알고 있었던 게 아닐까?

섬뜩한 느낌과 함께 정신이 맑아졌다.

'그래그래, 아무리 밉더라도 그러면 안 되지. 그럼 이제 어쩌지? 소원을 말하라고 했으니 한 가지는 말해야 할 텐데. 예쁘게 해달라고 할까? 하지만 뭐, 난 내 미모에 콤플렉스 같은 건 없는데. 돈을 달라고 할까? 하지만 그렇게 용돈을 적게 받는 것도 아니고… 우리 집도 꽤 잘 사는 편이잖아? 그럼 애인을 달라고 할까? 에이, 고3이 무슨 연애냐!'

이런저런 생각에 잠겨 있자 꼬마 악마가 재촉해 왔다.

"뭐 해? 소원을 말하라니까? 없는 거야?"

"가만히 좀 있어봐. 갑자기 말하라고 하니까 생각이 잘 안 나잖아."

나는 열심히 머리를 굴리면서 대답했다. 그런데 그 순간 예전에 판타지 소설을 읽으면서 공상했던 게 떠올랐다. 나는 속으로 회심의 미소를 지으며 말했다.

"난 드래곤이 되고 싶어."

꼬마 악마는 멀뚱멀뚱 나만 바라보았다. 내가 무슨 말을 했는지 이해 못 했다는 듯. 그러나 잠시 후 무지무지 당황해했다. 그 모습을 바라보고 있자니 웃음이 나왔다. 그 꼬마는 무척 당황했다는 것을 목소리에 여실히 드러내면서 조심스럽게 말했다.

"저기… 드래곤은 이 세상에 존재하지 않는데?"

"그래도 되고 싶어."

꼬마 악마는 어쩔 줄 몰라 했다. 그 모습을 보고 있자니 내가 저 녀석이 이끄는 대로 했다는 생각 자체가 우습게 느껴졌다.

'아파트 5층에서 뛰어내렸다고 저 녀석이 이끄는 대로 따랐다고 생각하다니. 하긴, 그때 그냥 죽었으면 저 녀석이 내 영혼을 가져갔겠지만. 가만! 가져갔을 거라고? 그럼 만약 내가 새엄마를 없

애달라고 했다면? 그럼 새엄마의 영혼을 대신 가져갔겠지? 이런 이런, 악마는 악마인 모양이네.'

"저기 다른 소원은 없니? 돈을 달라든가, 아니면 예뻐지고 싶다든가."

"없어."

나는 저 녀석이 갑자기 무서워졌다.

'첨부터 저 녀석의 말에 응하는 게 아니었는데… 어쩌지? 지금이라도 그냥 돈이나 달라고 할까? 그러다가 내가 저 녀석을 무서워한다는 걸 눈치 채기라도 한다면?'

나는 나대로 고민하고 있었고, 그 녀석은 그 녀석대로 고민하고 있는지 심각한 얼굴로 아무 말도 없었다. 병실은 조용해졌고 벽시계의 째각거리는 소리만 들려왔다.

"그럼, 이렇게 할래?"

한참이나 지나 그 녀석이 먼저 말을 꺼냈다. 갑작스레 들려오는 그 녀석의 목소리에 나는 화들짝 놀랐다.

"뭘?"

하지만 그 녀석은 내가 놀랐다는 걸 눈치 못 챘는지, 아니면 아무래도 상관없는지 내가 못 알아들었다는 것에만 화가 난 듯 얼굴을 살짝 찌푸리더니 자신이 할 말만 계속했다.

"너의 소원 말야. 이 세상에는 드래곤이 없잖아. 그리고 설사 있다고 해도 내가 너를 드래곤으로 만들어서 마력까지 주지는 못해. 그러니까 다른 차원의 드래곤으로 만들어줄게."

"어떻게?"

그러자 그는 뿌듯하다는 표정으로 자신있게 말했다.

"난 영혼을 다루는 능력이 있어. 그러니까 네 영혼을 가지고 드래곤이 존재하는 다른 차원에 가서 드래곤의 영혼과 네 영혼을 바꿔치기 하는 거야. 물론 성인 드래곤은 안 되고 알에서 부화하지 않은 새끼 드래곤이어야 가능하지만."

"그게 가능해?"

"뭐가?"

"영혼을 바꿔치기 하는 건 둘째치고, 다른 차원으로 가는 거 말야."

그러자 그는 자신의 조끼 안쪽을 뒤적뒤적하더니만 내 손톱만 한 작은 구슬을 꺼냈다. 그 구슬은 마치 피처럼 새빨간 붉은빛을 내뿜고 있었다.

"원래는 불가능하지만 난 지금 내 주인의 피를 조금 갖고 있거든. 이거면 불가능하지는 않지."

"악마들은 다른 차원에 갈 수 있나 봐?"

"다른 차원이 있다는 것도 거의 몰라. 나도 어쩌다 우연히 안 거고… 앗! 이건 비밀인데. 그건 그렇고, 그렇게 할 거야? 네가 한다면야 나도 드래곤의 영혼이라는 것을 얻게 되니 손해는 아니지만. 아~ 아까운 주인님의 피……."

자신의 실수로 비밀을 말해 버리자 무척이나 당황해했지만, 그런 기색을 애써 지우려는 듯 그는 그 구슬을 바라보면서 아깝다는 표정을 지었다. 하지만 난 그의 그런 표정을 무시하고 내 생각에 빠져 있었다.

'드래곤이라……. 만 년에 가까운 세월을 살아가고, 많은 보화를 가지고 있으면서 거대한 마력을 마음대로 휘두를 수 있는 위대한 종족.'

"좋아."

"그럼, 거래 성립이다. 물리기 없기?"

"물론, 여아 일언 중천금이야."

그러자 그 꼬마 악마의 표정이 활짝 펴졌다. 그는 신이 나서 공중에서 한 바퀴 빙그르르 돌았다. 그리고는 나를 바라보면서 아주 다정한 웃음을 보냈다.

"그럼 이제 내가 다 알아서 할게."

그와 동시에 그 꼬마가 들고 있는 구슬에서 여태까지 내뿜고 있는 빛과는 비교가 안 될 정로도 강렬하고 밝은 빛이 뿜어져 나왔다. 그리고 그 빛을 보고 눈을 감은 순간, 나는 나도 모르게 스르르 잠에 빠져들었다.

'저 녀석을 믿어도 되는 거야?'

라고 걱정하면서…….

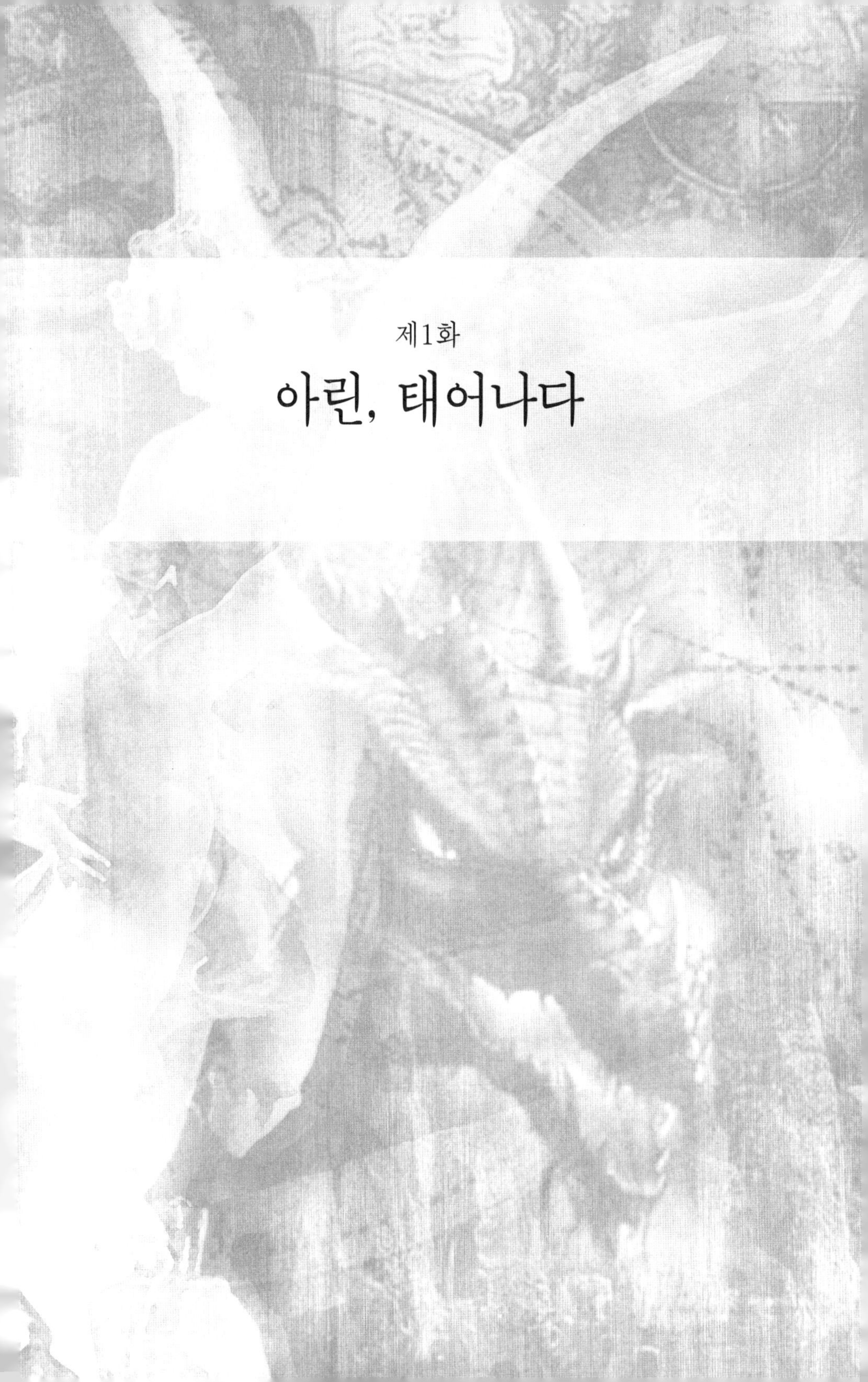

제1화

아린, 태어나다

아린, 태어나다

어쩌지? 그냥 있을까? 하지만 이대로 있다가는 정말 죽을 것 같아.
다시 한 번만… 우씨, 누가 날 이렇게 만든 거야?! 가만 안 둘껴!
힘들다. 하지만 다시 한 번 더… 조금만 더… 하나, 둘, 세엣~!

어두운 암흑.

잠이든 지 어느 정도 시간이 지나 서서히 정신이 든 나는 어둠을 느꼈다. 느꼈다는 것이 좀 이상했다. 어둠을 느끼다니… 그것도 따스한 어둠을. 그러다가 난 내가 눈을 감고 있다는 것을 깨닫고 눈을 뜨려고 했다. 그런데 눈이 떠지질 않았다. 누군가가 내 눈에다 테이프라도 붙여놓았는지 아무리 눈을 뜨려고 해도 어떠한 압력이 내 눈이 떠지지 않도록 막고 있었다.

'어라라? 이게 어찌 된 일이지?'

열심히 눈을 뜨려고 노력하면서 몸을 뒤척이려고 했다. 그런데 어찌 된 영문인지 내 몸도 누군가가 꽁꽁 묶어놓기라도 한 듯 움직여지질 않았다.

눈도 떠지지 않고, 몸도 움직여지지 않자 나는 아직 내가 정신을 못 차렸기 때문에 꿈속을 헤매는 거라고 생각하고 조금 더 자고 나면 꿈에서 깰 거라는 태평한 생각을 하고 더 자려고 했다.

그러나 한참이 지나도 잠은 오지 않고 오히려 정신은 더 말똥말똥해졌다. 하지만 여전히 몸을 묶고 있는 어떠한 압력은 사라지지 않고 있었다. 몸을 뒤척이고 싶은데 움직여지질 않아 답답했다. 아까 병실에 누워 있었을 때는 편하게 대 자로 뻗고 있었는데, 어느새 나는 몸을 웅크리고 있었나 보다.

움직이고 싶어도 움직일 수가 없자 더 갑갑해졌고, 점차 초조해지면서 뭐가 잘못된 건 아닌지 걱정이 되기 시작했다.

'그 꼬마 악마를 믿는 게 아니었어.'

하지만 지금 와서 후회해 봤자 소용없는 일이었다.

시간이 흘러갔다. 더 이상 참을 수 없었다. 이젠 이렇게 조금만 더 있다간 숨막혀 죽을 것 같았다. 그러고 보니 내가 숨은 쉬고 있나?

너무 답답했다. 그래서 있는 힘껏 몸을 폈다. 하지만 여전히 내 몸은 움직여지질 않았다. 그래도 이렇게 있는 것보다는 몸을 움직이려고 노력하는 게 나을 것 같았다.

한 번… 두 번… 세 번…….

몸을 계속 펴려고 노력했지만 몸은 여전히 움직여지질 않았고, 힘을 써서인지 더워졌다. 그러자 그렇지 않아도 갑갑했는데 더욱 더 숨이 막혔다.

'헥, 헥, 헥, 어쩌지? 그냥 있을까? 하지만 이대로 있다가는 정말 죽을 것 같아. 다시 한 번만… 우씌, 누가 날 이렇게 만든 거야?! 가만 안 둘꺼! 힘들다. 하지만 다시 한 번 더… 조금만 더… 하나, 둘, 세엣~!'

빠직—

발이 약간 움직여졌다. 점점 희망이 사라져 가는 순간에 조금이나마 발이 움직여지자 힘이 솟았다. 그 순간 발에 더 힘을 주고 힘차게 뻗자 빠지직! 하는 소리와 함께 두 발이 자유로워지면서 동시에 시원한 공기가 발에 닿는 느낌이 들었다.

'살았다. 이젠 살았어. 오~ 신이시여, 감사합니다. 난 역시 의지의 한국인이었어. 장하다!'

이번에는 손에 힘을 주어서 뻗었다. 발이 자유로워지자 손에도 힘이 솟았는지 두 손이 앞의 장벽을 뚫고 나갔다.

'오홋, 나도 참 장하지. 이 장벽을 뚫다니… 뚫어?! 어라? 그러고 보니 내가 갇혀 있었나?'

나는 열심히 손과 발을 허부적대면서 나를 가두고 있던 장막에서 벗어나려고 했다. 조금씩 조금씩 온몸에 시원한 바람이 느껴지면서 내 몸은 자유로워졌고, 나는 나를 감싸고 있던 장막을 완전히 벗어났다.

그리고 눈을 떴다. 처음에는 빛 때문에 앞을 볼 수 없었지만 조금씩 시야가 확보되면서 주위를 볼 수 있었다. 나는 어두컴컴한 곳에 와 있었다.

'어라? 여기가 어디야? 병원 아니었어? 밤인가? 하지만 햇빛은 들어오는데?'

아까 내가 누워 있던 병실을 볼 것이라고 예상하고 있었던 나는 어두컴컴한 공간이 보이자 당황했다. 처음에는 밤인 줄 알았으나 자세히 보니 한쪽에서 햇빛이 들어오고 있었다. 주위를 두리번거리니 병실에서 보았던 하얀 벽이나 탁자, 의자는커녕 아무것도 없었고 돌로 된 것 같은 벽만 보였다.

그리고 나를 바라보는 누군가의 시선이 느껴졌다.

시선을 따라 고개를 위로 들어 그 누군가를 바라보는 순간 난 뒤로 발라당 넘어갔다. 그 누군가는 내가 뒤로 넘어져야만 바라볼 수 있는 높이에 있었던 것이다. 그리고 '그'를 본 순간 나는 멍해졌다. 그리고…….

"끼에에~ 엑!"

난 발딱 일어서서 달려나갔다… 가 아니라 달려가려고 하다가 발라당 앞으로 꼬꾸라졌다. 그리고 위에서 들려오는 목소리.

"나원 참, 어미를 보고 도망가는 해츨링이라니……."

'이게 뭔 소리야?'

내 앞에서, 아니, 내 머리 높이 위에서 나를 내려다보고 있던 것은 드.래.곤.이었다. 붉은빛 비늘로 감싸인 얼굴에는 붉은빛으로 타오르는 커다란 두 눈동자와 그 밑에 위치한 거대한 입이 있었고, 그 입 사이사이로 꼬마 악마의 송곳니와는 비교도 안 되는 커다랗고 날카로워 보이는 송곳니가 언뜻언뜻 보였다. 머리에는 커다란 뿔이 솟은, 내가 예전에 판타지 소설에서나 읽어봤던 그 드.래.곤.이었다.

'이게 어떻게 된 거야?'

순간 꼬마 악마의 말이 떠올랐다.

성인 드래곤이라면 불가능하지만 알에서 부화하지 않은 새끼 드래곤이라면 가능해.

난 정신을 차리고 일어나 앉아서 내가 있던 자리를 내려다보았다. 내 주위에는 무슨 알 조각 같은 것들이 여기저기 흩어져 있었다.

그러니까 나를 움직이지 못하게 했던 게 '알'이란 말야? 그리고 난 방금 '알.에.서. 깨.어.난' 거고……?

'그런데 드래곤도 알을 낳나? 아, 맞다. 알을 낳는다고 했지. 그러고 보면 판타지 소설이 웬만큼 맞는가 보네. 그럼 나도 이제 드래곤인가?'

이런 정신없는 상황을 잠시 잊어보고자 쓸데없는 생각을 했지만 그렇다고 해서 현실이 바뀌지는 않았다. 나도 이제 드래곤이란 생각에 얼른 내 몸을 내려다보자 역시나… 그 아름다웠던(?) 가늘고 긴 내 손발은 사라지고 빨간 비늘에 뒤덮인 짧고 통통한 손과 발이 보였다. 게다가 엉덩이 쪽에 생소한 압박감이 느껴졌다. 뭔가를 깔고 앉은 것 같기는 한데 그 뭔가에 이상한 압력이 느껴졌다.

'이게 말이 되나? 깔고 앉은 건 난데 오히려 내가 깔린 것 같은 느낌이 든단 말야.'

손을 뻗어 엉덩이를 만져 보자 이상한 이물질이 잡혔다.

'하! 하! 하! 꼬리군.'

그 이상한 이물질은 바로 '꼬리'였다. 내가 내 꼬리를 깔고 앉아 있었던 것이다. 그러니까 난 그 꼬마 악마가 약속했던 대로 드래곤 새끼, 즉 해츨링이 되어 이 세상에 태어난 것이다.

'세상에! 이런 일이……'

잠시 패닉 상태에 빠져 멍해 있던 나는 고개를 흔들어 정신을 차렸다.

'그래, 이러고 있을 수만은 없어. 호랑이 굴에 들어가도 정신만 차리면 산다고 했다. 암, 이런 상황이라고 정신을 놓고 있을 수만은 없지. 게다가 내가 원한 일이잖아? 하! 정말 드래곤이 될 줄은 몰랐는데 말야. 그럼 이거 신나는 일 아닌가?'

내가 이렇게 내 생각에 빠져 있는데, 시선이 느껴졌다. 반사적으로 시선을 따라 위를 올려다보니 레드 드래곤이 나를 빤히 쳐다보고 있었다. 아까 너무 놀라서 그런지 이번엔 그렇게 놀라지는 않았다.

'와~ 얼굴이 저렇게 크냐? 그럼 몸은 얼마나 크다는 거야? 근데 왜 나를 보고 있지? 내가 그렇게 이상한가? 가만, 아까 저 드래곤이 뭐라고 했던 것 같은데… 뭐라고 그랬더라? 뭐, 해츨링 어쩌고 어미가 어쩌고 한 것 같은데… 가만있어봐. 난 지금 막 태어난 거지? 아, 그럼 저 드래곤이 내 엄만가?'

나는 다시 그 드래곤을 올려다보았다. 노려보는 것 같진 않았다. 당연하겠지. 난 해츨링인걸. 소설이 맞다면 드래곤은 어떤 일에서든 해츨링이 제일 우선이라고 했다. 그리고 더구나 내 짐작이 맞다면 이분은 나의 '엄마' 시니까.

나는 그분(?)을 계속 말똥말똥 쳐다보았다. 그런데 보고만 있으려니까 왠지 어색해서 씩~ 웃어 보였다.

"이상하다. 난 태어나자마자 엄마한테 배고프다고 했다는데, 얘는 태어나자마자 비명을 지르질 않나… 거기다 이제는 나만 빤히 보고만 있으니. 말을 못 하나? 헛! 혹시 내가 저능아를 낳은 건… 이럴 수가! 첫 아기인데……."

'엄마' 는 고개를 갸웃거리다가 돌연 긴장된 눈으로 나를 바라보았다. 내가 첫 아기라고 하는 걸 보니 초산이신가 보다.

'음, 초보 엄마 드래곤에 초보 해츨링이라. 그럼 내가 어떻게 행동해도 이상하게 보이지는 않겠군.'

내가 아무리 판타지 소설을 많이 읽었다고 해도 갓 태어난 해츨링이 어떻게 행동하는지 아는 것은 아니어서 나도 어떻게 해야 할지 몰라 난감해하고 있었던 것이다. 게다가 잘못하다간 내가 사람이었다는 것을 들킬까 봐 마음 한구석에서는 조마조마하고 있었지만, 엄마도 갓 태어난 해츨링이 어떻게 행동하는지 모르는 것 같자 나는 속으로 안도의 한숨을 내쉬고는 긴장을 풀었다.

'환생했다고 생각하자고.'

엄마(?)는 계속 긴장된 눈으로 나를 구석구석 살펴보고 있었고, 나는 그런 엄마를 앉아서 말똥말똥 쳐다보고 있다가 가끔가다 한 번씩 씩~ 웃어 주었다.

그러다가 엄마가 입을 열었다.

"배 안 고프니?"

엄마의 음성에는 긴장감이 서려 있었다.

'배? 음… 처음 태어나면 배가 고픈 건가?'

그러고 보니 나는 아파트 5층에서 뛰어내린 뒤부터 먹은 게 아무것도 없었다. 단지 지금 너무 정신없는 일만 일어나다 보니 배가 고픈지도 모르고 있었다. 그러다가 지금 배고프냐는 말을 듣고 나서야 내가 배가 고픈가를 생각하기 시작했다.

'아~ 역시 고프다.'

"배고파."

그러자 엄마가 약간 안도감이 도는 눈빛으로 고개를 끄덕끄덕했다. 이제야 내가 정상이라는 것을 아시고는 안도하셨나 보다.

그러나 나는 태평하게 있을 수가 없었다. 엄마가 고개를 끄덕끄덕하는 순간 내 앞에 시커먼 물체가 나타난 것이다. 크기는 성인 남자의 크기에, 온몸에는 시커먼 털이 숭숭 나 있는 것이 죽었는지 널브러진 채로 꼼짝도 안 했다.

"자, 어서 먹어."

엄마는 부드럽게 말했다. 하지만 그 부드러운 말이 내게는 청천 날벼락같이만 들렸다.

'이게… 먹는 거야?'

어떻게 먹어야 할지 난감했다.

'내 비록 해츨링으로 태어났지만 전에는 사람이었단 말이야!'

속으로 외쳐 봤자 아무 소용이 없는 말이었다. 나는 한숨을 푹 내쉬고는 다시 내 앞에 나타난 먹이를 노려보면서 어떻게 먹을지를 고민했다.

'그냥 뜯어먹는 것인가 본데… 통째로 익히지도 않고 어떻게 먹지? 혹시 너무 질길 것 같다고 하면 구워주지 않을까?'

내가 배가 고프다고 했으면서 먹지도 않고 먹이만 노려보고 있자 엄마가 말했다.

"안 먹어?"

'먹어야 한다는 것은 알고 있지만…….'

난 엄마를 올려다보았다. '이게 뭔지 모르겠어요' 하는 순진 무구한 표정을 한껏 지은 채. 그런 나를 엄마는 당황한 눈빛으로 마주 보았다.

한참 나와 마주 보고 있던 엄마의 이마에 힘줄이 솟아났다. 그러자 갑자기 내 앞에 널브러져 있던 '음식'의 팔이 저절로 뜯어지더니만 피를 뚝뚝 흘리면서 날아와 내 입에 처박혔다.

"컥……."

너무 깊숙이 박혀서 뱉으려고 아등바등하는데 그 피가 입 안으로 가득 들어오는 바람에 얼결에 삼키고 말았다. 그런데 의외로 맛있었다.

'오~ 이런 새로운 맛이!! 피가 맛있다. 나 혹시 흡혈귀 기질이

있는 건?'

눈 딱 감고 입 안에 있는 것을 씹었다. 그랬더니 쫄깃쫄깃, 오도독 씹히는 맛이 일품이었다.

'이것이 바로 육회의 맛이라는 것인가?'

털 때문에 약간 걸리는 것이 없지 않아 있었지만 먹을 만했다. 그리고 못 먹으면 어쩌겠는가? 바로 위에서 엄마가 지켜보고 있는 것을.

두 손으로 잡고 쩝쩝대며 먹다 보니 어느새 손가락을 마지막으로 거의 다 먹어가고 있었다. 그러자 '음식'에 붙어 있던 나머지 한쪽 팔이 몸체에서 떨어져 나와 내 앞으로 날아와 얌전히 착지했다. 난 두 손으로 집어 들고 또 얌얌 맛있게 먹기 시작했다.

어느새 양 팔을 다 먹고 나자 이번에는 한쪽 다리가 몸통과 분리되어 날아왔다. 그 다리를 다 먹자, 이번엔 다른 쪽 다리가 날아왔다.

양다리를 다 먹고 나자 이제는 몸통이 네 등분으로 나누어지더니 그중 한 조각이 날아왔다. 그러나 팔과 다리는 어찌어찌 먹었다지만—그래도 맛있었다—피가 줄줄 흐르고 내장이 흘러나와 있는 몸통은 도저히 먹지 못할 것 같았다.

배도 웬만큼 찬 듯싶어서.

"배불러……."

엄마 눈치를 보면서 말했다. 팔과 다리를 쭉쭉 찢어서 내 앞에 놓은 것이 아무래도 엄마가 해준 것 같았다.

"배불러? 양이 적네. 여자라서 그런가? 하지만 내가 해츨링 때는 오크 한 마리 정도는 뚝딱 해치웠는데."

'이게 그 말로만 들어보던 오크란 말야? 세상에! 내가 오크를

먹었다니. 그래, 이제 난 인간이 아니라 드래곤이다. 드래곤 생활에 익숙해져야지. 하긴, 맛은 있더라.'

어느새 내 앞에 있던 오크 몸뚱어리가 사라졌다. 헐헐헐~ 아무래도 난 드래곤이 될 소질이 있지 싶다. 오크가 나타났다가 사라졌어도 놀라질 않으니.

그런데… 먹는 일이 끝나자 할 일이 없었다. 뭘 해야 할지 몰라서 또 엄마만 말똥말똥 바라보았다. 엄마도 나만 빤히 쳐다보았다. 참 한심한 모녀 드래곤이었다.

한참을 서로 쳐다보고 있자니 심심했다. 그래서 뭐 할 게 없는지 주위를 두리번거렸다.

주위는 돌로 된 동굴이었다. 엄마가 내 앞을 가로막고 있어 전체가 다 보이지는 않았지만, 내 등뒤에 있는 벽이 바위로 된 걸 보면 동굴 전체가 바위로 된 것 같았다.

게다가 천장이 무척 높았다. 엄마가 고개를 들어도 천장에 닿지 않을 정도였다. 천장이 이렇게 높은 걸 보면 넓이도 무척이나 넓을 것 같았다.

나는 지금 한쪽 벽에서 움푹 들어간 곳에 마른풀을 깔고 앉아 있었다. 그리고 내 앞에는 엄마가 앉아 있었기에 나는 내 양 옆의 바위 벽과 천장밖에 보이지 않았다. 그러나 그 벽만 보더라도 내가 예전에 수학 여행이나 가족끼리의 여행에서 보았던 석회 동굴처럼 종유석이나 죽순 같은 것은 보이지도 않았고, 벽 또한 전체적으로 날카롭거나 튀어나온 부분이 없었다. 물론 완벽하게 매끄러운 것은 아니었지만, 그래도 굴러다녀도 다칠 만한 곳은 전혀 보이지 않았다. 게다가 동굴임에도 불구하고 습기가 많지 않았다. 오히려 내가 깔고 앉아 있는 마른풀은 완벽하게 건조되어 있었다.

더구나 공기도 웬만큼 따뜻했다.

'헤~ 드래곤 레어도 생각보다는 괜찮은 곳이네. 난 그냥 축축하고 추운 동굴일 줄 알았는데 의외로 살기 좋구나. 그런데 이렇게 큰 동굴이 있는 여기는 도대체 어디야? 무슨 커다란 산맥이겠지? 이렇게 커다란 동굴이 평야나 들판 같은 곳에 있을 리는 없잖아? 가만, 여기가 드래곤 레어지? 소설에 보면은 드래곤은 보물을 좋아해서 자신의 레어 안에 온갖 금은보화를 보관해 둔다고 했잖아? 이런 좋은 기회를 마다할 순 없지. 구경하는 데 뭐라고 하진 않겠지? 더구나 엄마 건데 뭐.'

하는 생각에 끙차 하고 일어났다. 거기까진 좋았는데 나는 일어나자마자 뒤로 발라당 넘어갔다. 무게가 뒤쪽으로 쏠리는 것이었다. 왜 그럴까 생각을 하자 내 등에 깔려 있는 꼬리가 생각이 났다. 그러고 보니 난 이제부터 꼬리를 달고 살아야 했다. 근데 꼬리만 있는 게 아닌 것 같았다. 뭔가가 등에 또 있었다.

손을 뻗어서 잡아보려 했지만 닿질 않았다. 그도 그럴 것이 내 손과 발은 몸에 비해서 무지 짧았다. 드래곤의 몸집을 생각해 보면 알 수 있듯이 몸통에 비해 손과 발은 굉장히 짧다. 꼬리야 손을 밑으로 뻗어 어찌어찌해 만져 봤다지만 내 등에 있는 건 도저히 만질 수 없었다. 그리고 난 지금 뒤로 발라당 넘어진 상태였던 것이다.

'우씌~'

움직이기가 너무 힘들었다. 아무 생각 없이 몸을 일으키려고 했는데 그게 쉬운 일이 아니었다. 몸이 전혀 일으켜지질 않았다. 배가 몸의 1/2를 차지하는 듯 너무 컸기 때문에 도저히 일어날 수가 없었다. 아무리 일어나려고 바동대봐도 몸을 반쯤 일으키면 다시 뒤로 넘어가는 것이었다.

몇 번이나 시도해 보다가 도저히 일어날 수 있을 것 같지가 않자 포기하고 몸을 옆으로 굴렸다. 몸을 뒤집어서 일어날 생각이었다.

하지만 옆으로 몸을 뒤집는 것도 쉬운 일은 아니었다. 몸이 둥글둥글해서 움직이기는 쉬웠지만 그것뿐이었다. 넘어갈 듯하면서도 넘어가지 않고 마치 오뚜기처럼 도로 누웠다.

'에구구~ 힘들어. 너무 힘들다. 이거 장난이 아니네.'

몇 번이나 뒤집기를 시도하다가 지쳐 버린 나는 누운 상태로 천장을 바라보았다.

'에구, 높기도 높구나. 몇 년이 지나면 나도 저 천장에 닿을 정도로 커지겠지? 하지만 그러면 뭐 하냐, 몸을 일으키지도 못하는데. 다시 해야겠다.'

평소의 나였더라면 이 정도로 힘들게 노력을 했는데도 안 되면 그냥 포기해 버렸겠지만, 지금 나에게는 몸을 일으키느냐 마느냐 하는 중요한 문제가 걸려 있기에 포기하고 싶어도 포기할 수가 없었다.

만약 포기해 버린다면 난 평생 이렇게 누워서 살아야 할 것 같았기 때문이다. 혹시 엄마가 신경을 써줘서 굴려준다면 모를까, 그렇지 않다면 이렇게 누워서 굶어 죽을지도 모른다는 불안감마저 들었다. 아니, 그전에 저능아 드래곤으로 드래곤 역사에 남게 될지도 모를 일이었다. 세월이 흘러 엄마 드래곤들이 자신의 해츨링에게 옛날옛날에 자신의 몸도 뒤집지 못하는 저능아 드래곤이 하나 있었단다 하면서 말이다.

'생각이 왜 그쪽으로 가는 거야? 정신 차리자. 난 할 수 있다.

알에서도 빠져 나왔는데 몸 뒤집기 쯤이야 아무것도 아니지. 다시 한 번만 더 우~ 차~ 우쒸, 넘어갈 듯하면서도 안 넘어가네. 이거 내 몸 맞아? 다시 한 번 더어~ 아, 조금만 더 힘을 쓰면 넘어갈 것 같기도 한데 말야. 하나, 둘, 세엣~! 휴우~ 이번에도 실패했군. 잠깐만! 몸만 비틀어서 넘어가려고 하지 말고 손으로 땅을 세게 치면 넘어갈 것 같은데? 손만 하지 말고 꼬리도 좀 이용하면서 해보자. 하나, 두울, 세에에엣~ 으랏차차차~'

발라당!!

'넘어갔습니다. 네, 해츨링 선수, 그동안 흘린 땀의 결실을 드디어 맺었습니다. 장합니다, 우리의 해츨링 선수. 장하다, 해츨링! 훌륭하다, 해츨링!'

드디어 몸을 뒤집자 나는 너무나 기뻐서 어쩔 줄 몰라 했다. 엎드린 상태에서 뭘 어쩔 수 있겠냐마는 그래도 가만있질 못한 나는 손과 발로 땅을 치고 꼬리까지 흔들어대면서 기뻐했다. 나중에 엄마가 지나가는 말로 이때를 표현하길 열심히 기를 써서 넘어가더니 일어날 생각은 안 하고 뭐가 좋은지 실실대면서 손과 발을 허부적대더라고 했다. 엄마가 보기에는 웃기기도 하겠지만 뭐 어때? 좋은 걸 어쩌겠어?

한참을 기뻐서 난리 치던 나는 계속 엎드려 있다는 것을 깨닫고 일어나 앉았다. 일어나 앉는 그 순간 위쪽의 공기가 왜이리 시원하고 맑게 느껴지는지.

'오! 이 감격. 역시 공기는 위쪽이 맑구나.'

이제 일어나서 걷는 일만 남았다. 나는 또 한 번의 감격의 순간을 누리고자 일어나려고 했다. 하지만 사람이었을 때는 앉아 있다가 일어나는 게 쉬웠는데, 이게 드래곤은 왜 이렇게 모든 게 다 어려운지 모르겠다. 보통은 일어날 때 몸을 약간 숙여 균형을 잡고 일어나는데, 이건 일어나려고 몸을 약간 숙여 균형을 잡으려는데 균형을 잡을 때까지 몸이 안 숙여졌다. 용을 써서 낑낑거리며 숙여봤자 균형 잡기에는 택도 없을 만큼 조금 숙여지는 것이었다.

게다가 배가 통통해서 발의 힘만으로는 일어나지지도 않았다. 손과 발을 아무리 허부적대봐야 앉아서 놀고 있는 꼴이었던 것이다.

'이것 참, 쉬운 게 하나도 없구만. 발딱 일어나서 걷는 게 이렇게 그리워지니 말야. 앞으로는 내 손과 발이 온전하고 몸을 수월히 일으킬 수 있다는 걸 신께 감사하며 살 거야.'

인간이었을 때 일어나는 방법으로는 도저히 일어날 수 있을 것 같지 않자 나는 몸을 최대한 비틀어 발을 엉덩이 쪽으로 뺐다. 그리고 몸을 있는 힘껏 숙여서 그 반동으로 몸을 약간 엎어뜨린 상태가 된 다음 두 손으로 땅을 짚고 두 발로 땅을 디뎠다.

'하이고, 여기까지도 무척 힘들구만.'

그런 상태로 잠시 숨을 돌린 뒤에 윗몸을 일으켜 세워서 균형을 잡으려고 했다. 하지만 윗몸은 일어나지 않았다. 중심점이 앞쪽으로 쏠린 것이었다.

'젠장할! 이렇게 될 줄이야.'

결국 발의 힘을 빼서 앉은 나는 주위를 두리번거리다가 또 다른 방법을 찾았다. 사람의 아기도 걷기 시작할 때는 무언가를 잡고 일어서듯이 나도 무언가를 잡고 서면 일어설 수 있을 것 같았다. 하지만 안타깝게도 내 주위에는 잡을 만한 게 없었다. 생각다 못한 나는 벽을 짚고 일어서기를 시도하기로 했다.

그러자 또 하나의 문제가 생겼다. 벽이 있는 곳까지 어떻게 가느냐 하는 것이었다.

'에휴~ 산 너머 산이로구만.'

결국 생각해 낸 게 기어가기였다. 나는 다시 몸을 엎어뜨려서 최대한 손과 다리를 열심히 움직여 앞으로 앞으로 나아갔다. 하지만 내 몸의 무게가 정말 무거워서 나는 몸을 들어올려 기어가는 게 아니라 몸을 땅에 대고 끌고 갔다. 그래서 벽이 내가 앉아 있던 곳과 가까웠음에도 불구하고 벽까지 가는 동안 나는 5번이나 가다 쉬다, 가다 쉬다를 반복했다.

'헥헥헥, 도대체 해츨링은 몸무게가 얼마인 거야? 내 몸이긴 하지만 인간적으로, 아니, 드래곤적인가? 하여튼 너무 무겁다. 기어오지 말고 차라리 몸을 굴릴 걸 그랬어.'

겨우겨우 벽에 손을 터치한 나는 몸을 다시 뒤집어 일으켜 앉았다. 그리고 벽에 몸을 지탱하고 다리에 힘을 주어 서서히 몸을 일으켰다.

'우이차아아~'

몸을 일으키는 게 얼마나 힘들었던지 겨우겨우 일어서기는 했지만 다리가 후들거려서 꼼짝도 못 했다. 까딱 잘못하다간 힘들여 일어섰는데 다시 주저앉을 것 같았다. 하지만 몸 하나 일으키기 위해 쏟은 나의 땀과 힘이 너무나 아까워 이를 악물고 버텼다.

'드디어 섰다. 하지만 너무 힘들다. 몸 하나 일으키는 것이 이렇게 힘들어서야 어디 걸을 수나 있겠어?'

앞으로 걸을 일이 남아 있다는 생각을 하자 온몸에 힘이 쫙 빠지면서 나는 다시 주저앉고 말았다. 하지만 너무 힘들어서 도저히 다시 일어날 엄두가 나질 않았다. 그래서 일어나길 포기하고 그 자리에 엎어졌다. 땅에서 차가운 기운이 올라와 너무나 시원했다.

그렇게 있으려니까 졸리웠다. 오늘은 정말 너무 힘든 하루였다. 곁눈질로 옆을 바라보자 마른풀이 폭신하게 깔린 내 자리가 보였지만 거기까지 갈 엄두가 나질 않았고, 지금은 움직인다는 것 자체도 귀찮았다. 그래서 그냥 그 자리에서 눈을 감고 자버렸다.

위에서 엄마가 황당하다는 듯한 눈으로 바라보고 있다는 것도 모른 채…….

그렇게 내가 태어난 첫날이 지나갔다.

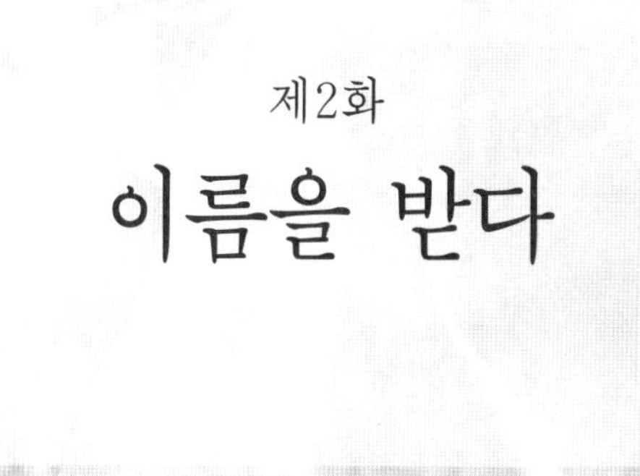

제2화

이름을 받다

이름을 받다

이제부터 네 이름은 아시리안이란다. 줄여서 아린.

어떠냐? 괜찮은 이름이지?

"우하아암~ 잘 잤다."

역시 사람이란 운동을 하고 피곤할 때 자야 푹 잘 수 있다. 오랜만에 잠에서 깨면서 상쾌함을 느꼈다. 그러고 보니 전날 밤에는 꿈도 꾸지 않고 정말 정신없이 잤다.

기분 좋게 기지개를 쭉 펴고 일어나 눈을 부비려니 어찌 된 영문인지 눈에 손이 닿질 않았다.

'잉? 어떻게 된 거지? 아, 맞다. 난 이제 사람이 아니지.'

손이 너무 짧아서 손의 노력만으로는 눈을 부빌 수가 없었던 것이다. 목을 최대한으로 늘여서 아래로 내리고 얼굴을 숙이면서 손을 최대한으로 쭉 펴니 눈에 닿았다.

눈을 부비부비하고 정신을 차린 뒤 주위를 둘러보았다. 어제 잘 땐 땅바닥에 널브러져서 잔 것 같았는데, 어느새 내 자리에는 포근하게 마른풀이 깔려 있었다.

'아, 엄마가 어제 옮겨놨구나.'

그리고 내 앞에는 거대한 붉은 벽이 가로막고 있었다.

붉은 벽?!

위를 올려다보니 천장 밑으로 그 붉은 벽만 보인다. 자세히 보니 그 붉은 벽은 온통 커다란 붉은 비늘로 덮여 있었다.

'엄마구나.'

좁은 공간에 있기가 갑갑해서 여길 벗어나고 싶었다. 하지만 아직 걷질 못해 기어가려 하자 어제 엄청 힘들었던 것이 생각났다. 그래서 몸을 눕히고 옆으로 굴렀다.

어느 쪽으로 굴러갈까 하다가 빛이 들어오는 쪽으로 굴러가기로 했다.

한두 번은 좀 힘들었지만 그래도 어제 몸을 뒤집은 경험도 있고 해서 어렵지 않게 넘어갔다. 하지만 잘 조종을 해야 했다. 윗몸의 둘레보다 아랫 몸의 둘레가 더 굵어서 잘못하면 제자리로 돌아왔기 때문이다. 몇 번 굴러서 일어나 앉은 뒤 위치를 확인하고 잘못 왔으면 기어서 다시 제 위치로 간 뒤 몸을 굴려야 했다.

다행히 엄마 몸과 벽 사이에는 넓은 공간이 남아 있어서 내가 굴러가는 데 장애가 되지는 않았다.

'그러고 보면 이 동굴도 무지 크군. 크다는 건 짐작했지만 이 정도로 클 줄은 몰랐어.'

동굴도 동굴이었지만 엄마도 엄청 컸다. 몇 번을 일어났다 누워서 굴렀다 해도 엄마의 얼굴이나 꼬리는 보이지도 않았다.

그 뒤로 한참을 굴러가서 또 일어나 앉았다. 그리고 붉은 벽을 올려다보았다. 그제야 드디어 벽 위로 엄마 드래곤의 얼굴이 보였다. 눈이 감긴 것을 보니 아직 자고 있나 보다. 그럼, 엄마 얼굴 밑에 있는 붉은 벽은 손인가 보다.

'무지 크군.'

손이 내 키보다 크면 몸은 얼마나 클지 궁금했다. 하긴 지금까지 그 몸통을 돌아왔고 지금은 엄마 앞에서 그 몸통을 바라보고 있기는 했지만 끝은 보이지도 않아 얼마나 큰지 짐작도 가지 않았다.

그리고 엄마 얼굴 앞쪽으로 동굴 입구가 보였다. 태어나서 처음으로 보는 동굴 입구였다.

그리고 엄마의 몸 위로 동굴의 내부를 어제보다는 많이 볼 수 있었다. 동굴 입구는 엄마와 내가 있는 안쪽의 넓은 공간보다는 훨씬 작았다. 하지만 작다고 해도 그 크기는 아파트 2층은 무리 없이 들어갈 수 있을 것 같았다. 3층은 좀 들어가기 힘들 것같이 보였지만, 정확하게는 모르겠다. 그 입구로부터 여기까지 이어져 있는 통로가 있었는데 그 통로는 입구의 크기만 했다. 하지만 통로의 길이는 그다지 길어 보이지는 않았다.

'한 50m 정도 되려나?'

그리고 그 통로를 따라 들어오면 넓은 공간이 나왔는데 그 공간이 바로 엄마와 내가 머물고 있는 공간이었다. 그리고 어제 느낀 거였지만 동굴의 벽이나 천장에는 튀어나온 부분이나 날카로운 부분은 전혀 보이지 않았다.

'음, 엄마처럼 큰 몸집으로도 드나들기 좋게 되어 있군.'

그리고 입구로 보이는 밖은 울창한 숲이 아니라 작은 풀들이 돋아 있는 공터였다. 그 멀리로 나무들이 좀 우거져 있는 걸 보면 레어 앞은 공터이고, 숲은 좀 떨어진 곳에 있는 것 같았다. 그리고 그 위로 파란 하늘이 보였다.

'와, 정말 깨끗한 하늘이구나. 세상에 저렇게 파랗다니. 수학 여행으로 간 제주도의 하늘처럼 정말 예쁘다.'

그렇게 엄마 레어를 둘러보고 있는데 슬슬 배가 고프기 시작했다.

'아, 아직 아침을 안 먹었지? 아침을 내가 못 챙기니 먹으려면 엄마한테 말해야겠지?'

"엄마~"

나는 엄마 얼굴을 향해 최대한 귀엽게 엄마를 불렀다. 그런데 엄마는 꿈쩍도 안 했다.

"엄마아아~ 배고파!"

이번에는 좀 크게 엄마를 불렀다. 그런데 갑자기 엄마가 눈을 번쩍 떴다. 그 큰 눈이 번쩍 뜨이는 바람에 깜짝 놀라 뒤로 발라당 넘어져 버렸다.

"뭐라고 했니?"

"배고파."

"아니, 그거 말고."

'내가 뭐라고 그랬더라? 아하~ 앗! 그래도 갑자기 말하려니 되게 쑥스럽네.'

나는 최대한 상냥하고 귀엽게 말했다.

"엄마아~"

'옷! 드래곤도 감동을 하는구나. 이런 거 보면 사람이랑 다를 게 없군.'

엄마 드래곤의 그 큰 눈에 감동의 물결이 넘쳐 났다.

"그래그래, 엄마 왜 불렀니?"

'이렇게 감동적인 순간에 배고프다고 말해야 하다니.'

"배고파……."

"응? 아, 그래. 아침 먹어야지."

'예상은 했었지만…….'

내 눈앞에 갑자기 생겨난 먹이를 보니까 선뜻 손이 가질 않았다. 그렇다고 안 먹을 수도 없고. 어제 한번 먹어봤으니까 괜찮을 줄 알았는데 다시 보니까 또 못 먹겠다.

'이거, 언제나 익숙해지려나. 그래도 내가 배가 고프다고 했으니 먹어야지.'

눈앞에 얌전히 누워 있는 오크를 먹고자 제일 만만해 보이는 손을 집어 들었다. 한 입 먹으려고 입을 앙~ 벌리는데, 엄마가 빤히 바라보는 시선을 느꼈다.

"엄마는 안 먹어?"

존대를 해야 하나 하는 생각이 스치고 지나갔지만 여태까지 반말로 나가서 갑자기 존대를 하려니 어색했다.

"어머나! 엄마 생각까지! 엄마는 나중에 먹을 거니까 어여 먹어."

'엄마란 존재는 종족을 막론하고 다 같은가 보군. 자식을 먼저 생각하는 저 마음(감동감동).'

감동은 되었다지만 오크를 먹어야 하는 난감함은 사라지지 않았다. 그래도 눈 딱 감고 한 입 뜯어먹자 그렇게 먹는 게 어렵지는 않았다. 피가 줄줄 흘렀지만 옷을 안 입고 있으니 옷이 지저분해질 걱정은 안 해도 돼서 편했다.

양손을 다 먹고 양다리를 먹고 나니 이제 몸통과 목이 남았다. 어제 몸통은 안 먹고 남겼는데 또 남기자니 그렇고, 먹자니 못 먹겠고… 손과 발만으로 배가 부르면 좋을 텐데 배가 부르지는 않고… 참 난감했다.

'먹어야지 어쩌겠어?'

우선 피를 쪽쪽 빨아먹고—나도 이제 야만인이군… 흑흑—입을 최대한으로 벌려 한 입 한 입 뜯어먹었다. 내장이 빠져 나올까 봐 될 수 있는 한 세게 깨물어 뜯어먹자 뼈까지 다 씹혔다. 그것도 오도독오도독 씹히니까 씹는 맛까지 좋았다.

첨에 어찌 먹나 하는 걱정과는 달리 한 입 한 입 먹다 보니까 어느새 다 먹었다. 그러고 보면 해츨링도 대식가인 것 같다.

도저히 못 먹을 것 같은 목을 남기고 다 먹었다는 뜻으로 엄마를 올려다보자 갑자기 내 몸이 공중으로 붕 떠올랐다. 아무래도 엄마가 나를 떠오르게 만든 것 같았다. 그렇게 엄마는 나를 번쩍 들고 레어 밖으로 나왔다. 아까 엄마가 잠들었을 때 동굴 입구를 통해 보아서 알고 있듯이 레어 앞쪽에는 넓은 공터가 있었고, 그 공터 주위에는 숲이 보였다.

엄마는 나를 공중에 둥둥 띄운 채로 숲 속으로 들어가더니 작은 개울가를 발견하곤 개울 옆에다 나를 내려놓았다. 그리고 내가 땅에 내려앉자마자 개울에서 가는 물줄기가 여러 개 솟아 올라오더니 내 몸을 휘감아 내리면서 씻어주었다. 물줄기가 나를 다 씻자 이번에는 어디서 불어오는지 모를 따뜻한 바람이 갑자기 생겨나서 나를 휘감았다.

내 몸의 물기가 다 마르자 엄마는 나를 다시 공중에 띄워 이리저리 살펴보더니 흡족한 듯 씨익 웃었다.

"흠, 제법 깨끗하게 씻겨졌군. 이렇게 씻겨놓으니 내 딸도 제법 이쁜데?"

엄마는 나를 숲에서 데리고 나와 레어 앞에 있는 공터에 내려놓고는 엄마 혼자 레어 안으로 들어가셨다. 아마 나 혼자서 놀라는 것 같았다.

그때부터 나의 걸음마 연습이 시작되었다.

혼자 일어서는 연습부터 시작해서 아무것도 붙잡지 않고 일어서기, 그리고 일어서서 중심 잡기에서 한걸음 내디디는 것까지.

정말 힘들고 끝날 것 같지 않던 고된 일이었다. 첨에는 걷기는커녕 일어서서 중심 잡는 것조차 힘들었다. 그래도 어제 열심히 노력했던 덕분에 일어서는 것까지는 그럭저럭 수월하게 해낼 수 있었다. 그러나 그 뒤에 혼자 일어서서 중심을 잡는 것이 무척이나 어려웠다. 사람과 드래곤의 체형은 무척 다르다는 걸 몸소 뼈저리게 체험하는 날이었다. 사람일 때의 버릇 그대로 중심을 잡으면 몸은 자연스럽게 뒤로 넘어갔다. 사람과는 달리 드래곤은 몸 뒤쪽에 꼬리와 날개를 가지고 있는 탓이었다. 이걸 생각하고 아무리 몸의 중심을 앞쪽으로 잡으려고 해도 18년 간이나 무의식적으로 해왔던 균형 잡는 버릇은 쉽게 고쳐지질 않았다.

'에휴, 세 살 버릇 여든까지 간다는 말이 어쩜 이렇게 진실로 느껴지냐.'

그래도 이대로 모자란 해츨링이 될 수 없다는 일념하에 열심히 걸음마 연습을 했다. 이렇게 눈물나는 노력을 하면서 난 나중에 절대로 내 자식들은 강제로 걷게 하지 않으리라 굳은 다짐을 했다(얼마나 힘든 일인데…).

수십 번이나 주저앉아 엉덩이가 얼얼해지고 앞으로 고꾸라져서 온몸이 흙먼지와 풀투성이가 될 정도로 나는 정말 열심히 연습했다. 한걸음 걷는다는 것이 이리도 힘든 일인지를 깨닫는 순간이었다. 그리고 한걸음 한걸음 떼었다는 것이 내게 엄청난 감동을 선사해 주어 그 감동을 맛보고 있을 때 엄마가 불렀다.

"점심 먹어야지."

나에게 점심을 주려고 레어 밖으로 나온 엄마는 내 꼴을 보더니 고개를 설레설레 저었다. 그리고 난 그날 두 번째의 목욕을 해야만 했다.

점심으로 오크 한 마리를 뚝딱 해치우고 나는 또다시 걸음마 연습을 했다. 아직까지는 겨우 일어서서 한걸음 떼는 게 고작이었다. 여태까지 열심히 노력한 결과 제일 많이 걸은 것이 겨우 세 걸음밖에 안 되었다. 그것도 엎어지려는 걸 안 움직여지는 다리를 최대한으로 빨리 움직여서 이루어낸 성과였다.

점심을 먹고 힘이 쫙 빠져 후들거리는 다리를 어느 정도 쉬게 하여 회복한 뒤, 나는 비장한 각오를 가지고 다시 일어섰다. 그리고 그런 각고의 노력 끝에 뒤뚱뒤뚱거리지만 어느 정도 걸을 수 있게 되고, 넘어져도 안 아프게 살짝 주저앉는 요령을 터득하자 나는 그 자리에서 벌렁 드러누웠다.

"아, 하늘이 정말 예쁘구나."

뭔가를 해냈을 때 느끼는 이 감정이 그렇게 뿌듯할 수가 없었다.

이제는 걸을 수 있다는 기념으로 나는 다시 몸을 일으켜 아직은 어색한 걸음이지만 레어 앞의 공터를 한 바퀴 돌았다.

'올림픽에 나가서 금메달을 따고 트랙을 한 바퀴 도는 감격이 이럴까?'

그러나 그렇게 감격에 빠져 공터를 한 바퀴 도는 동안 나는 좀 이상한 점을 발견했다. 여긴 분명 숲 근처이건만, 벌레 소리 하나 없이 너무나도 조용했다.

물론 내가 숲에 대해서 잘 아는 것은 아니었지만 하다못해 도시 한가운데 있는 공원에 가더라도 땅을 기어다니는 개미나 공중을 날고 있는 날파리를 쉽게 볼 수 있다.

그런데 여긴 땅을 뒤져 봐도 개미 한 마리 보이지 않았고, 잠시 서서 귀를 기울여봐도 내가 숨쉬는 숨소리 외에 아무 소리도, 심지어 벌레 울음소리조차 들리지 않았다.

'희한하게 조용하네. 레어 근처는 원래 이런가?'

이상하게 여겨져도 물어볼 상대가 없었다. 나와 같이 있는 건 엄마뿐인데 엄마에게 그런 걸 물었다가 '네가 그런 걸 어떻게 알았니?' 라고 물어보면 대답을 할 수가 없을 건 뻔한 일이었다.

'하는 수 없지. 그냥 그러려니 하고 넘길 수밖에. 이것도 쉬운 일은 아니군. 별걸 다 조심해야 하잖아.'

공터를 한 바퀴 돌자 할 일이 없었다. 열심히 노력해서 걸을 수 있게 된 건 좋았는데, 그걸 이루고 나니 이제는 할 일이 없었다. 아무도 없고 심지어 풀벌레 하나 없는 곳이다 보니 흥미를 당기는 것도 없었고, 놀 수 있는 상대가 있는 것도 아니었다.

내가 이제 무엇을 할까 고민을 하고 있다가 문득 날이 어둑어둑해지고 있다는 것을 깨달았다. 고개를 들어 하늘을 보니 어느새 하늘은 노을이 붉게 물들기 시작하고 있었다.

'어라라? 어느새 시간이 이렇게 되었지? 음, 그러고 보니 점심 먹은 지 한참 된 것 같네. 아, 이렇게 된 거 레어 안이나 한번 구경해 봐야겠다. 어제 그럴려고 했는데 걷질 못해서 구경을 못 했잖아? 어라? 잠깐! 어제 자기 전까지만 해도 햇빛이 들어왔던 것 같던데… 근데 난 아침에 깨어났잖아? 내가 어제는 도대체 얼마나 잔 거야?'

내가 이렇게 오랜 시간 동안 잘 수 있었다는 것에 새삼 놀라면서 나는 뒤뚱뒤뚱 걸어서 레어 안으로 들어왔다.

밝은 곳에 있다가 갑자기 어두운 동굴 안으로 들어서자 앞이 잘 안 보였다. 그렇지 않아도 잘 걷지도 못하는데 보지도 못한다면 필시 가다가 넘어질 것 같아서 잠시 그 자리에 서서 눈이 어둠에 적응될 때까지 기다렸다.

잠시 후 서서히 동굴 안이 보였다.

아침에도 새삼 느낀 거지만 입구에 서서 이렇게 보니 정말 크고 넓었다. 더욱이 아침에는 엄마가 내 시야를 가로막고 있어서 잘 보지 못했는데 지금은 엄마가 동굴 안에 계시질 않아 레어 전체가 한눈에 들어왔다.

'어라? 엄마가 어딜 가셨지? 내가 계속 입구에 있는 공터에 있었는데 나가는 건 보지 못했는데. 설마, 그 커다란 덩치로 나가는 걸 못 봤을 리는 없고. 그럼 어딜 가신 거지?'

그렇게 레어 안을 두리번거리고 있는데 아침에는 보지 못한 레어 안쪽에 입구 외에 다른 길을 발견할 수 있었다. 아침에는 엄마의 몸에 가려져 보이지 않았던 곳에 또 다른 곳으로 통하는 것처럼 보이는 통로가 있었다. 크기는 레어 입구보다는 약간 작은 것 같았다. 그리고 그곳은 너무 어두워서 보이지도 않았다.

'어라? 또 다른 길이 있었네? 아, 엄마가 저 안에 계시나 보군. 그럼 나도 한번 가볼까?'

엄마를 찾으려는 것보다는 그곳에 대한 호기심이 생긴 나는 레어 안의 커다란 공간을 가로질러서 안쪽으로 통하는 길로 들어섰다.

얼마나 걸어갔을까. 아까 안쪽에 있는 길로 들어서서 열심히 걸어왔건만 아직도 내 뒤로는 레어의 입구가 이제는 저녁이 다 되었다는 것을 알 수 있는 어둑어둑해진 햇빛을 받으며 커다란 입을 벌리고 있었고 내 앞은 끝이 보이지 않았다.

'에고고~ 힘들어라. 열나게 걸어왔건만 아직 이것밖에 오지 못하다니… 이거 얼마나 더 가야 되는 거야? 우~ 날아가고파~ 이럴 때 날 수 있었으면 얼마나 좋아? 아, 가만. 난 날개가 있잖아? 아참, 나 드래곤이었지. 근데 날지 못하나? 하긴 아침까지만 해도 걷지도 못하던 게 어떻게 날겠어.'

투덜투덜대면서 열심히 걸어 들어갔다. 한참 뒤에 뒤를 돌아보니 그래도 꽤 들어온 듯 아까보다는 입구가 조금은 작아져 있었다. 그러고 보니 여긴 거의 직선으로 길이 뚫려 있었다. 그리고 이제 내 앞의 길은 두 갈래로 갈라져 있었다. 어느 쪽으로 갈까 고민하던 나는 오른쪽 길로 들어섰다.

동굴이 두 갈래로 갈라졌어도 크기는 조금도 줄어들지 않았다.

'엄청난 크기로군. 내가 자는 공간이랑 여길 합친다면 길이도 꽤 될 것 같은데.'

갈림길에서부터 다른 공간과 연결되는 통로는 그렇게 길지 않은지 갈림길로 들어서서 얼마 걸어 들어가지 않았는데 앞쪽에 빛이 보였다.

'밖으로 통하는 입구인가?'

기껏 열심히 걸어서 들어온 곳이 다른 입구라는 것에 실망감과 허탈감에 빠지면서, 그래도 이왕 온 거 어디로 통하는지 알고 싶어서 빛을 향해 걸어갔다.

다리가 슬슬 아파지고 힘들어질 때쯤 난 어떤 광장 입구에 들어섰다. 너무 빛이 강렬해서 한동안 눈을 빛에 적응시켜야 했다.

그리고 눈을 들어 앞을 본 순간… 나는 내 앞에 쌓여 있는 휘황찬란한 보물을 보고 놀라고, 그 보물의 양을 보고 또 한 번 놀랐다.

'정말 엄청나군. 이게 드래곤의 보화인가?'

내가 들어선 곳에는 엄청난 양의 보물들이 쌓여 있었다. 그 공간의 정중앙 위에는 강한 빛을 내는 둥근 물체가 있어 그 안을 환히 비춰주고 있었다.

그 많은 양의 보물들은 정말 끝이 안 보였다. 너무 보물이 많다 보니까 보물들이 보물처럼 보이지 않을 정도였다. 큰 포크레인으로 퍼 날라도 며칠을 퍼 날라야 할 것 같이 많았다.

하지만 그렇게 감탄하는 것도 잠시, 보물을 보긴 봤지만 여태 걸어온 것이 너무 힘들어서 나는 그 자리에 그냥 주저앉았다. 다리가 너무 아팠고 서 있을 힘도 없었던 것이다. 그리고 아예 드러누워 버렸다. 바닥으로부터 찬 기운이 올라와 걸어오느라고 더워져 있던 몸을 식혀주었다. 기분이 좋아진 나는 여기서 한숨 잘까 하는데 보물 산 위쪽에 왕관 비스므레 한 것이 눈에 띄었다.

'옷! 저것은 왕관!'

여기까지 온 김에 왕관 한번 써보고 싶은 마음에 힘든 것도 잊어버리고 몸을 일으켜서 보물 산 위로 어기적거리며 올라갔다. 내가 이렇게 보물을 좋아했는진 나도 몰랐었다.

겨우 보물 산에 올라가서 보니 과연 왕관이었다.

'나도 참 눈이 좋지, 저 밑에서 여기 있는 왕관을 보다니.'

히죽히죽 웃으며 털푸덕 주저앉아 왕관을 집어 들었다.

'가만있자. 이 빨간 게 루비인가? 그럼 이 파란 게 사파이어야? 잠깐, 사파이어가 파란색이 맞나? 에메랄드가 아니었던가? 아, 아니다. 에메랄드는 초록색이었던 것 같다.'

평소에 보석에 별 관심이 없었던 나는 왕관에 박혀 있는 보석의 이름을 알아내기에 골몰하다가 보물 산이 무너지기 시작하는 것을 몰랐다.

갑자기 와르르~ 하는 소리가 들리더니 보물 사태가 생겨버렸다. 그리고는 내 주위에 있던 보물들과 함께 나도 밑으로 미끄러져 내려가기 시작했다. 이렇게 있다간 보물에 파묻혀 익사할 것 같았다.

"끼에에엑~ 엄마아아아~!"

나는 정신없이 비명을 질렀다. 그때 갑자기 눈앞이 번쩍했다. 고개를 흔들어 정신을 차려보니 엄마가 눈앞에 있었다.

"뭐 하는 거야! 놀랬잖아. 자기도 드래곤이라구 태어난 지 이틀밖에 안 된 주제에 엄마 보물 창고에 들어와? 어쭈, 벌써 하나 집어 들었네?"

내 손에는 아까 집어 들었던 왕관이 아직까지 쥐어져 있었다. 그 와중에서도 놓지 않았던 것이다. 멋쩍어서 슬며시 왕관을 놓고 싶었지만 나는 현재 공중에 뜬 상태여서 여기서 놓았다간 땅에 떨어지면서 망가질 것 같았다. 그래서.

"엄마, 이거……."

하고 얌전히 엄마께 바쳤다. 그리고 애교스럽게 웃는 것도 잊지 않았다.

"헤헤헤헤~"

"얼마나 됐다고 벌써부터 사고 치기 시작하니. 위험할 뻔했잖아. 다음부터 조심해, 알았지?"

난 열심히 고개를 끄덕끄덕하면서 진심 어린 반성의 빛을 얼굴에 띠었다.

"저녁 먹으러 가자."

엄마는 왕관을 보물 더미 위에 올려놓고는 나를 공중에 띄운 채로 들고 광장에서 나왔다.

"엄마, 나는 언제 날 수 있어?"

아까 여기로 걸어오면서 나도 날개가 있는데 날 수 없다는 것을 깨달은 나는 엄마에게 물었다.

"벌써 날려구? 그렇게 일찍 못 날아. 빨라야 1년 후에나 날 수 있어."

엄마는 피식 웃으면서 나에게 대답했다.

'흠, 드래곤도 태어나자마자 날 수 있는 건 아닌가 보구나.'

"내일은 네 이름 지으러 갈 거야."

"이름?"

"그래. 너 아직 이름이 없잖니. 내일 엄마랑 레드 드래곤 어른들께 인사드리러 가서 네 이름을 지을 거야."

'아~! 그러고 보니 아직 나는 이름이 없구나. 전에 인간이었을 때 이름을 그대로 쓸 수 없는 일이니까. 에구구, 이름이 없었다는 것도 모르고 있었군. 음, 드래곤 이름은 어른들이 지어주는 거구나.'

다음날 아침을 먹고 몸을 씻자 나는 엄마의 몸을 타고 하늘을 날아갈 거라는 기대에 부풀어 있었다. 그러나 그런 나의 기대는 엄마가 폴리모프를 하는 순간에 와장창 깨졌다.

엄마의 온몸이 밝은 붉은빛에 휩싸이더니 점점 작아졌고, 결국에는 사람의 크기로 작아지더니, 붉은빛이 사라지면서 내 앞에 불타오르는 붉은 생머리를 허리까지 늘어뜨린 아름다운 여인이 짠! 하고 나타났다. 역시 레드 드래곤이라서 그런지 잡티 하나 없는 새하얀 피부에 커다란 붉은 눈동자가 빛나고 있었는데 되게 예뻤다. 약간 짙은 붉은 눈썹은 부드러운 곡선을 그리며 눈 위에 자리를 잡고 있었고, 얼굴 가운데에는 알맞게 솟은 코와 함께 그 밑으로 붉은 입술이 자리잡고 있었다.

척 보기에도 고집이 세고 당당해 보였다. 거기다 170cm는 되어 보이는 키에 끝내주는 몸매, 그리고 긴 롱다리가 엄마에게 섹시한 매력을 보태고 있었다.

엄마는 머리카락만큼이나 붉은 드레스를 입고 있었는데 위에는 줄나시 형태였고, 온몸에 찰싹 달라붙어 몸매를 드러내주는 데다 발등까지 덮는 치마의 옆은 허벅지까지 트여 있어서 엄마를 한층 더 섹시하게 만들어주고 있었다.

거기에 엄마가 신은 높은 굽의 검은 가죽 샌들은 드레스와 잘 어울렸다.

'이럴 때 아부를 해야지, 언제 하겠냐?'

나는 속으로 회심의 미소를 띠면서 무척 감탄했다는 표정을 지으면서 감탄사를 터뜨렸다.

"우아~ 엄마 되게 예쁘다!"

엄마는 아부가 싫지 않은 듯 웃음을 머금고 내 머리를 삭삭 쓰다듬어 주더니 나를 덥석 안아올렸다.

"자, 가자."

'공간 이동으로 가나 보다. 엄마가 폴리모프할 때 예상은 했었지만, 내가 공간 이동을 해볼 줄이야.'

엄마가 나를 안아올리자마자 엄마와 내 주위가 하얀빛으로 둘러싸이더니 번쩍, 하는 순간 엄마의 음성이 들려왔다.

"다 왔다."

정신을 차리고 주위를 둘러보니 우리 집(?) 주위와는 달리 온통 붉은 바위만 보이는 것이 삭막했다. 그리고 더웠다.

저 위쪽으로 커다란 동굴이 보였는데 거기가 목적지인 듯 엄마가 나를 안아 든 채로 동굴을 향해 날아갔다.

그 동굴은 우리 집보다 좀더 컸다. 그 안쪽으로 깊숙이 들어가자 넓은 공터가 나왔는데 빛의 근원지를 찾을 수 없었음에도 불구하고 빛이 존재했고, 그 빛은 형광등 못지 않게 밝았다. 그리고 그 공간의 중앙에는 엄마보다도 더 큰 드래곤이 앉아 있었고, 그 주위에는 엄마와 같은 붉은 머리를 가진 몇 명의 사람들이 여기저기에 앉아 있었다.

엄마가 그 공터 안으로 들어가자 그들 모두의 시선이 엄마와 나에게로 쏠렸고 큰 음성이 울려퍼졌다.

"오, 이제야 오는군. 어서 오너라."

여자 목소리였다. 그러나 왠지 모르게 위엄이 서려 있는 목소리였다. 누구의 목소리인지 몰라서 어리둥절해 있는데 엄마가 중앙에 앉아 있던 거대한 드래곤을 향해 살짝 고개를 끄덕였다.

"오랜만에 뵙는군요, 어머니."

'어머니? 앗! 그럼 저 드래곤이 내 할머니란 소리네.'

그 드래곤은 얼굴 한가득 미소를 띠며 말했다.

"그래, 아마도 700년 만이지? 전에 인간 세상에 나갈 때 잠깐 들른 뒤 처음 보는 거니까. 오호라! 그애가 너의 아이냐? 네가 해츨링을 낳다니 정말 믿겨지지 않는구나. 평생 안 낳을 것처럼 하더니만."

"안녕하세요~ 해야지."

엄마는 나를 할머니 드래곤 앞에 내려놓으면서 말했다. 나는 엄마가 시키는 대로 다소곳이 두 손을 앞으로 모으고는 고개를 꾸벅 숙였다.

"안녕하세요~"

그러자 갑자기 내 몸이 붕 뜨더니 할머니 드래곤 앞으로 날아갔다.

아까 주위에 있던 사람들이 다 쳐다보다가 내가 할머니 앞으로 날아가자 그제야 엄마한테 한마디씩했다.

"오랜만이군요."

"저 아이가 당신 애군요, 여자아인가요?"

"저애의 아버지는 지금 인간 세상에 있나 보죠?"

"아니에요. 동면하고 있다던데요?"

갑자기 떠들썩해진 그들을 바라보면서 나는 속으로 피식 웃음이 나왔다. 저들도 분명 다 드래곤일 텐데, 그 드래곤들도 모이면 사람처럼 수다를 떤다는 사실이 신기하기도 했고 우습기도 했다.

"2,000년 동안 해츨링이 태어나지 않아서 걱정을 했는데, 네가 이렇게 태어났구나. 내가 죽기 전에 너를 만날 수 있어서 정말 기쁘단다. 얘야, 내가 네 할미란다."

갑자기 들려온 할머니의 목소리에 나는 엄마에게 인사하는 것을 시작으로 떠들썩하게 대화를 하는 그들을 바라보던 시선을 돌려 할머니를 바라보았다. 할머니가 자신의 소개를 하는데 내 소개야 아까 엄마가 했고, 이름이라도 말하려고 했지만 여기 이름을 지으러 온 것이니 이름이 있을 턱이 없고, 뭐라고 해야 할지 몰라서 고개만 끄덕끄덕했다. 그걸로도 충분했는지 할머니는 빙그레 웃었다. 그런데 그때 갑자기 내 몸이 휙 날아가더니 어떤 중년 남자의 품에 폭 파묻혔고, 그 중년 남자는 나를 꼭 끌어안고 얼굴을 부볐다.

"에구구~ 이쁜 것. 요렇게 이쁠 수가. 세상에, 세르니안이 낳은 아이라니."

얼마나 세게 끌어안고 있었는지 나는 숨이 다 막힐 지경이었다. 그러나 어른이 나를 예뻐해 주시는 것이기에 아무 말도 못 하고 가만있어야 했다. 그런 나를 구원해 준 건 그 중년 남자의 옆에 같이 앉아 있던 젊은 남자였다.

"자, 이제 그만 이름을 짓지요? 뭐라고 하는 게 좋을까요?"

그는 이렇게 말하면서 나를 넘겨받아 안았고, 덕분에 나는 숨을 편안하게 쉴 수 있었다.

"아, 그렇군. 이름을 지어야지."

할머니가 그의 말을 받아 고개를 끄덕이셨다. 그 말을 시작으로 그때까지 엄마와 함께 대화를 나누고 계시던 어른들이 갑자기 조용해지며 할머니 쪽으로 관심을 돌렸다. 그러더니 자신들이 생각하고 있던 내 이름을 제안하기 시작했다. 덕분에 내 주위는 아까보다 더욱더 씨끌씨끌해졌다. 아까는 할머니와 나를 안고 있는 젊은 청년, 그리고 그 옆에 앉아 있던 중년 남자를 제외한 네 명의 드래곤들이 대화를 나누었기 때문에 약간 소리가 낮춰져 있었지만, 이제는 대화를 하지 않고 계시던 할머니와 중년 남자까지 합세하였기 때문에 소리는 더욱더 커져 있었다.

"엄마 이름을 따서 세실리안이 어때요?"

"이봐요, 칼 레스틴. 그건 내 이름이라구욧!"

"그럼, 세라가 어때요?"

"너무 흔해요."

"그럼, 제인."

"그건 더 흔하잖아요."

"좀 예쁜 것 없어요? 오랜만에 태어났는데 좀 멋있게 지어주자구요."

…….

이렇게 다른 어른들이 대화에 열중하고 있는 동안 할 일이 없어진 나는 나를 안고 있는 젊은 남자를 자세히 살펴보았다. 등까지 내려오는 붉은 생머리를 가진 20대 초반으로 보이는 남자였다. 엄마처럼 붉은 눈을 가지고 있었지만, 그 눈은 고집이 세고 도전적으로 보이지 않고 침착하고 부드러워 보였다. 더욱이 얼굴선이 약간 가는 덕분에 전체적으로 보면 학자 같은 스타일의 남자였다. 엄마와 같은 붉은 눈과 머리를 가지고 있으면서도 이렇게 학자풍으로 보일 수도 있다는 사실이 새삼 놀랍게 느껴졌고, 그와 더불어 그에 대한 호기심이 생겼다.

"아저씨는 누구세요?"

그러자 그는 내 이름을 짓느라고 분주한 드래곤들을 바라보던 눈을 돌려 나를 바라보았다.

"나 말이냐?"

나는 그에게 고개를 끄덕끄덕해 보였다.

"아, 그러고 보니 너에게 아무도 소개를 안 했구나. 그럼 나부터 할까? 난 레드 드래곤의 대표란다. 이름은 칼 제피로스라고 하지."

끄덕끄덕—

"그리고 저기 드래곤의 모습으로 계시는 분이 우리 레드 드래곤을 비롯한 전 드래곤 종족 중 최연장자이신 칸 세실리스시란다. 올해로 9,243세이시지. 그리고 아까 너를 안으신 분은 칸 시스파슈타인이시란다. 올해 7,489세이시지. 레드 드래곤 중 두 번째 연장자시고."

끄덕끄덕—

그러다가 난 엄마 이름도 모른다는 사실이 생각났다.

"그러면 우리 엄마 이름은 뭐예요?"

"너희 엄마? 칼 세르니안이라고 한단다. 엄마가 안 가르쳐 줬니?"

끄덕끄덕—

"아, 그런데 칼하고 칸이 뭐예요? 이름 앞에 하나씩 붙어 있네."

"드래곤의 계급이라고나 할까? 드래곤은 핏줄을 따지지 않으니 인간들처럼 성이 필요없지. 단지 나이와 이름, 그리고 자신이 속한 종족뿐이야. 그리고 하나 더 있는데 이게 바로 이름 앞에 붙여지는 칭호지. 드래곤이 성룡이 되면 아, 드래곤은 500세가 되어야 성룡이 된단다. 5,000살이 될 때까지 칼이라는 칭호를 쓰고 5,000살이 넘는 고룡이 되면 칸이라는 칭호를 쓰지. 그래서 칼 세르니안, 칸 시스하슈타인… 이렇게 부르는 거란다."

"그럼, 그 종족은 드래곤이라는 건가요?"

"아니, 드래곤 종족 안에도 7개의 종족이 있단다. 그 종족은 색으로 구별하는데, 레드, 실버, 골드, 블랙, 그린, 블루, 화이트. 이렇게 7종족이란다. 우리는 온몸이 붉은색을 띠고 있지? 그래서 우리 종족을 레드족이라고 하지."

내가 이렇게 드래곤에 대해서 강의를 듣고 있을 무렵까지 내 이름 짓기는 끝나지 않고 있었다.

'아직까지도 괜찮은 이름이 나오지 않았나 보군.'

갑자기 그때까지 잠자코 있던 할머니가 한마디했다.

"아시리안으로 하지?"

그러자 좌중이 조용해지면서 할머니한테로 시선이 모아졌다. 그리고는 잠시 침묵이 흐른 뒤 저마다 자신의 생각을 말했다.

"아시리안? 독특한 이름이네요."

"괜찮은데? 신비하게 느껴지잖아."

"그럼 그걸로 하지요."

그렇게 해서 내 이름은 아시리안으로 결정났다.

'참내, 그렇게 굉장한 공방전을 벌였는데 너무 쉽게 결정을 해버리잖아? 이거, 왠지 허탈한걸?'

하지만 내가 나서서 뭐라고 할 수도 없는 일이었으므로 난 가만히 있었다. 그때 갑자기 내 몸이 붕 뜨더니 할머니 코앞으로 날아갔다.

"이제부터 네 이름은 아시리안이란다. 줄여서 아린. 어떠냐? 괜찮은 이름이지?"

'이제 와서 뭐라고 하겠어? 하긴, 뭐 괜찮은 이름인 것 같긴 해.'

나는 좋다는 표정으로 고개를 끄덕였다.

칼 제피로스 아저씨가 나서서 내 이름이 아시리안으로 결정되었음을 선포하고, 그 뒤로 같이 이름을 지으려고 머리를 모았던 어른들이 내가 이름을 갖게 되었음을 축하하는 말을 한마디씩했다. 그리고 그들은 자리에서 일어나 할머니와 엄마와 나에게 인사를 하고 떠났다. 좀더 놀다 갈 줄 알았는데 할 일을 끝내자마자 가버리는 것이 조금 놀라웠다.

엄마도 나를 데리고 할머니께 작별 인사를 했다.

"저도 이만 가볼게요."

"그래, 잘 가거라. 앞으로 아린 데리고 자주 좀 놀러 오렴."

"가끔 아린 보러 찾아가마. 아린아, 나중에 할아비가 옛날얘기 해 주마."

알고 보니 칸 시스파슈타인이 엄마의 아버지, 즉 나에게는 할아버지였다. 하긴 아무리 핏줄이 없다고 해도 엄마와 아빠는 있겠지.

이렇게 나는 정식으로는 아시리안, 애칭 아린이라는 이름을 갖게 되었다.

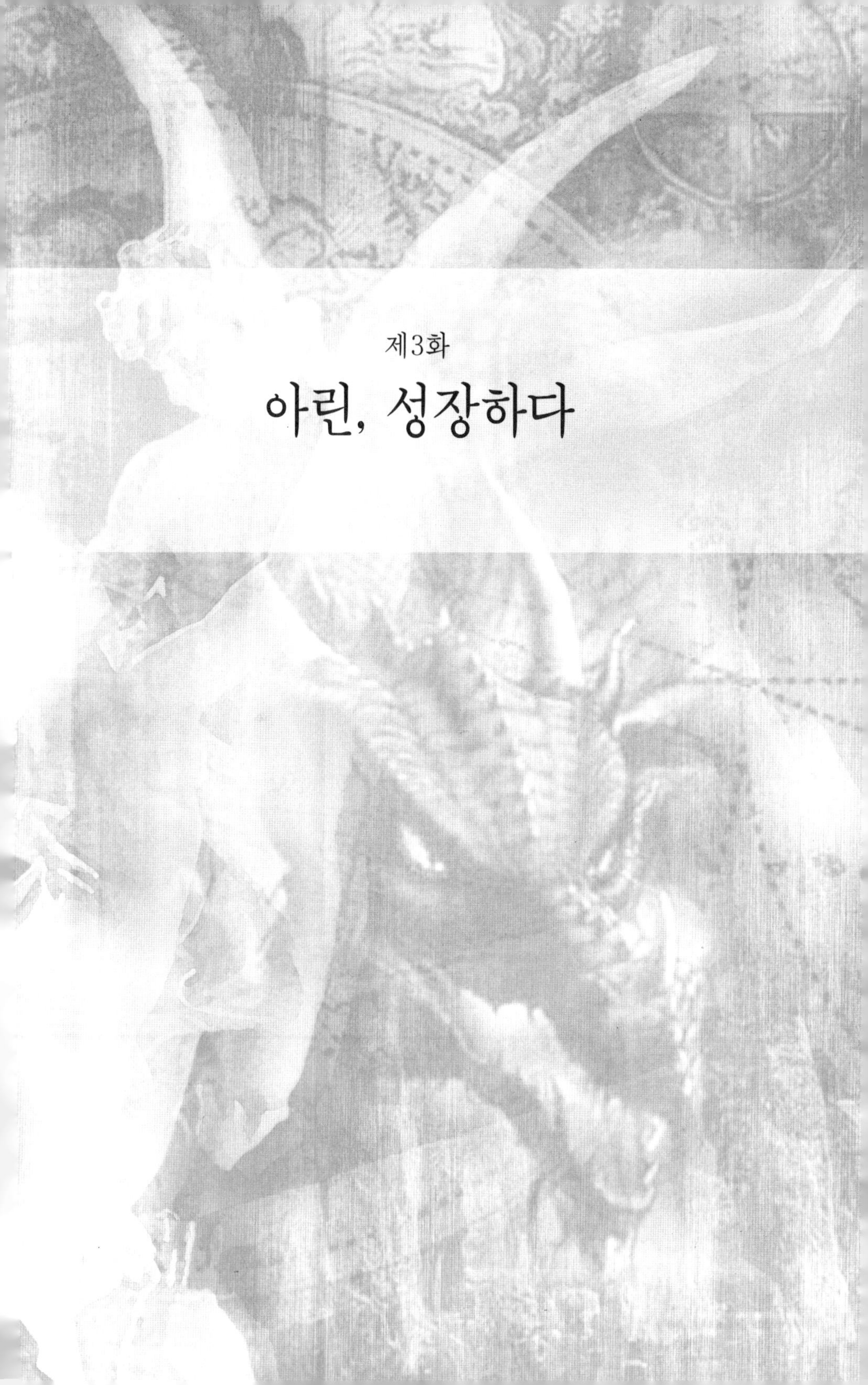

제3화

아린, 성장하다

아린, 성장하다

"난 언제 성룡이 되는데?"

"500년 뒤에."

"그렇게나 오랜 뒤에?"

할머니 레어에서 돌아온 뒤 엄마 레어에서 가보지 못했던 왼쪽 길로 가보았다. 이번에는 엄마와 같이 가서 전에 오른쪽 길을 갔을 때처럼 힘들지 않았다. 엄마가 나를 공중에 둥둥 띄워서 데리고 갔기 때문이다. 왼쪽 길 끝에는 오른쪽 길과 마찬가지로 넓은 광장이 있었고, 그곳도 밝게 빛을 내는 구체가 천장에 떠 있었다. 다른 점은 오른쪽 방이 보물 방이라면 이쪽 방은 책방이었다. 어마어마하게 많은 양의 책들이 쌓여 있었다. 그것도 책장에 가지런히 꽂혀 있지 않고 그냥 바닥에 아무렇게나 쌓여 있었다.

'하긴 엄마 성격에 이 많은 책들을 정리하지는 않겠지. 에구, 정리한다고 해도 몇 날 며칠은 걸리겠다.'

너무나 엉망으로 쌓여 있어서 저런 곳에서 책을 어떻게 찾나 했지만 엄마는 간단히 내 걱정을 해소시켜 주었다. 엄마가 가볍게 손짓 한번 하자 책들 속에서 한 권의 책이 튀어나와 얌전히 엄마의 손 안으로 들어가는 것이었다. 그리고 엄마가 책을 다 읽고 휙 던지자 살짝 날아가 책 더미 위에 착~ 놓이는 것이었다.

"와~ 대단해, 엄마."

내가 손뼉까지 치면서 탄성을 발하자 엄마가 싱긋 웃었다.

"너도 할 수 있는 거야. 이 방 안에는 마법이 걸려 있거든."

"엄마가 마법을 건 거야?"

"성룡이면 어떤 드래곤이든 다 할 수 있는 마법이야."

"난 언제 성룡이 되는데?"

나도 참 기억력이 나쁘다. 어제 칼 제피로스에게서부터 드래곤은 500살이 되어야 성룡이 된다고 분명히 들었으면서도 잊어먹고 또 엄마에게 묻는 나였다.

"500년 뒤에."

"그렇게나 오랜 뒤에?"

"우리 드래곤이 만 년까지 살 수 있는 거에 비하면 성장하는 시기가 짧은 편이야. 인간을 보렴, 겨우 100년 살까말까 하면서 성장하는 데는 20년이나 걸리잖니. 거기에 비하면 우리는 무척 짧은 거지."

"아, 그렇구나. 근데 엄마, 나도 책 읽고 싶어~"

나는 아무 생각 없이 말했는데 엄마는 황당하다는 듯한 눈으로 날 바라보자 조금 찔끔했다.

'내가 뭘 잘못 말했나?'

하지만 잘 생각해 보니 태어난 지 3일밖에 안 된 녀석이 책을 읽고 싶다고 하니 황당해할 만도 했다. 그렇지만 내가 책을 너무 좋아해서 읽겠다고 한 것도 아니다. 여기서는 내가 할 일이 아무것도 없기 때문이었다. 걸음마 연습도 하루이틀이고, 날려면 1년이

나 있어야 하고, 근처에는 동물은커녕 벌레 한 마리 없고, 멀리 나갔다간 엄마가 당장 공간 이동을 시켜버리니 멀리 가볼 수도 없고, 보물 창고에서는 다시 보물 더미에 묻혀 익사할까 봐 겁나서 잘 못 놀겠고. 그러니 할 일이라곤 얌전히 앉아서 책 읽는 것밖에 없었다.

"엄마아아~ 나 채애애액~"

"잠깐 기다려봐. 넌 아직 글도 모르잖아."

'아, 글고 보니 난 드래곤 글은 모르지. 말이야 태어나자마자 어떻게 할 수 있다지만 글까지야 알 수 없을 테니까.'

"……."

엄마는 손가락을 내 머리에 대고 뭐라고 중얼거렸다. 그러자 내 머리 속에 뭔가가 엄청난 양으로 한꺼번에 쏟아져 들어오는 느낌이 들었다. 그때 엄마가 책 한 권을 건네주면서 옛날이야기 책이니 읽어보라고 했다. 책을 펴 들고 보니 첨 보는 글이었는데 읽을 수 있었다.

그리고 그 글이 고대어라는 것도 알 수 있었다. 놀라서 엄마를 쳐다보자 엄마가 씩 웃더니.

"글을 읽게 해주는 마법을 건 거야. 엄마도 어렸을 때 할머니가 이렇게 마법을 걸어주셨거든."

"글을 배우는 게 아니네."

"언제 그걸 가르치고 있어? 그냥 마법 한번 걸면 간단한걸. 아~ 인간의 언어와 글도 알 수 있을 거야."

"인간의 글은 왜?"

"여기 책의 절반 정도가 인간의 말로 쓰여 있거든."

'우와! 마법이 대단하긴 대단한가 보다. 이렇게 편히 글을 익힐

줄이야 누가 알았겠어?'

그날부터 나는 책방에 들락거리면서 살았다. 가끔 심심하면 레어 앞 공터를 산책하고, 책 읽기가 지루하면 보물 방에 가서 보석 분리도 해보고, 금화가 몇 개인가 세어보기도 했다(물론 끝까지는 못 셌지만). 단, 보물 위에는 절대로 올라가지 않았다. 책방의 책은 내용으로 찾았다. '무슨무슨 내용의 책' 하고 맘속으로 생각하면 내 앞으로 착착 날아와서 놓였다. 하긴 내용으로 찾아야지 이 많은 책들의 제목을 어떻게 기억하겠는가? 그건 아무리 드래곤이라 할지라도 못할 것이다. 그러니 내용으로 책을 찾겠지.

그렇게 시간은 흘러갔다. 한 달이나 두 달에 한번쯤 할아버지(?)가 찾아오셔서 옛날이야기도 해주시고, 간식(?)도 주시고, 가끔 밖으로 멀리 데려가서 사냥하는 것도 보여주셨다. 뭐, 사냥이라고 해봐야 한번 울부짖으면 음식들이 알아서 나와 쓰러졌기 때문에 별로 하는 일도 없었다.

'아, 저게 바로 드래곤 피어라는 것이구나. 굉장한걸?'

그리고 어쩌다 가끔은 할머니 레어에 찾아가 놀기도 했다. 할머니네 보물 방과 책방은 엄마네 것보다 훨 컸다. 그래서 여기서도 절.대. 보물 더미 위론 올라가지 않았다. 뭐, 보물 더미 사이에 낀 검을 빼려다가 보물이 무너지는 바람에 파묻힌 적도 몇 번 있었고, 목걸이를 목에 걸어보려다가 얼굴에 끼는 바람에 빼내려다가 망가뜨린 것도 몇 개 있었지만 그럭저럭 잘 놀다가 오곤 했다. 엄마는 처음 몇 번은 같이 할머니 레어에 갔지만 나중에는 나 혼자 공간 이동시켜 주곤 했다.

그렇게 그렇게 시간은 흘러갔고 1년이 흘러 내가 드디어 날 수 있게 되었다. 너무나 기쁜 나머지 나는 엄마가 '이제 날 수 있을 거야' 란 말을 듣자마자 당장 나가서 날려고 했다. 하지만 무작정 날려고 하다 보니까 지금까지 날아본 적이 없었던 난 어떻게 날아야 하는지 몰라서 우물쭈물하고 있었다. 그때 엄마가 깔깔대면서 레어에서 걸어나오셨다.

"처음에는 경험이 없기 때문에 날 줄 몰라. 그러니까 엄마가 도와줄게."

그러나 엄마의 도움은 정말 무서운 것이었다. 엄마는 나를 까마득한 하늘로 높이 떠오르게 하더니 갑자기 추락하게 만드는 것이었다. 너무 놀란 나는 떨어지면서도 죽는다는 생각보다는 황당하다는 눈빛으로 엄마를 올려다봤는데—하늘 높이 떠오를 땐 엄마가 옆에 계셨었다—엄마는 씨익 웃으면서.

"왜 가만히 있어? 날개를 움직여야지."

라고 말하면서 가만히 있는 거였다. 처음, 아직 지상에서 높이 떠 있을 때는 '위험하면 엄마가 어떻게 해주겠지' 하는 태평한 생각에 쉬엄쉬엄 날개를 움직여봤지만 날개는 전혀 움직여지는 것 같지 않았다. 그러나 지상이 점차 가까워지는 데도 날개는 움직여지지 않았고 엄마는 내가 땅과 추락할 지경이 되었는데도 딴 데만 보면서 가만히 있었다. 내가 비명을 질러봤지만 너무 거리가 멀어서 들리지 않는지 엄마는 미동도 하지 않으셨다. 다급해진 나는 필사적으로 날개를 움직였다. 하지만 아무리 필사적으로 노력해도 날개는 겨우 움직일 수 있을 뿐 떠오르지 않았다.

땅과 거의 가까워졌을 무렵.

'나는 이제 죽었구나. 세상에 태어나서 1년밖에 되지 않았는데 이 세상을 하직해야만 하다니…….'

하고 체념하고 있는데 갑자기 추락하던 몸이 공중에서 딱 멈춰

섰다. 땅과의 거리가 거의 50cm밖에 안 되는 지점이었다.

"헥헥헥헥……."

'살았다!!' 라는 느낌과 함께 정신이 몽롱해질 지경이었다. 그러나 그렇게 정신을 놓고 있을 순 없었다. 내 몸은 다시 공중으로 올려지더니 아까보다 더 높은 곳까지 올라가는 것이었다.

"우와아악~!!"

그리고 또다시 지상으로 떨어졌다.

이번에는 떨어지기 시작하자마자 필사적으로 날개를 움직였다. 눈을 꼭 감고 있는 힘껏 날개를 파닥거렸다. 하지만 그런 노력도 소용이 없는지 나는 계속 땅으로 추락하기만 했다.

이렇게 몇 번을 했을까. 한번은 눈을 꼭 감고 필사적으로 날개를 파닥거리는데 온몸에 강하게 느껴지는 공기의 흐름이 느껴지지 않았다.

'어? 벌써 땅에 도착했나?'

하는 생각에 눈을 살포시 떠보니 아직 땅과의 거리가 한참이나 남아 있었다. 깜짝 놀란 나는 날개를 계속 파닥거려야 한다는 걸 잊어버리고 멍하니 있다가 또 추락해 버렸다.

그러자 내가 나는 연습을 시작하고부터 아무 말도 없던 엄마의 목소리가 들려왔다.

"뭐 하는 거야! 겨우 날 수 있나 했더니만, 왜 거기서 멍청하게 가만히 있는 거야? 계속 움직여야지!"

그 말에 다시 정신을 차리고 날개를 파닥거렸다. 하지만 어쩌다 한번 날 수 있었던 것인지 다시 날아오르지는 못했다.

그 뒤로도 나는 몇 번이나 공중으로 치솟았다가 땅으로 추락을 해야 했다. 얼마나 날개를 움직였는지 어깨와 날갯죽지가 아파서 움직이지도 못할 것 같을 무렵, 나는 드디어 날 수 있게 되었다. 비록 요령을 몰라서 죽어라고 날개를 움직여야 했지만 그래도 날 수 있다는 사실이 너무나 기뻤다.

내가 드디어 날 수 있게 되자 엄마는 씨익 웃더니.

"이제부터 혼자해 봐."

하고는 레어로 쏙 들어가 버렸다.

그 뒤로 나는 혼자서 연습을 했다. 처음에는 땅에서 날아오르지도 못했기에 낮은 구릉 위에 올라가서 땅으로 뛰어내리면서 날아오르려고 노력했다. 그러길 며칠. 그동안 언덕에서 수없이 굴러 떨어져 많이 다치기도 했지만 엄마의 마법이면 금방 나을 수 있었고, 몇 번 감을 잡아서 잘 날다가 절벽에서 추락도 했었지만 그때마다 엄마가 공간 이동으로 나를 레어 안에다 떨궈놨다. 하지만 절벽에서 떨어진 날이면 엄마한테 무지 맞았다.

"엄마가 그쪽으로 날지 말라고 했잖아!"

하면서 긴 지휘봉 막대기로—뭘로 만들었는지는 모르겠지만 끝에는 금테가 둘렸고, 큰 루비도 박혀 있었다—두들겨팼다. 물론 폴리모프한 상태에서 팼다(안 그랬다간 내가 맞아 죽게?). 엄마는 팬 날이면 치유 마법도 안 걸어줬다. 그러면 나는 안쓰럽게 보이기 위해 눈에 눈물이 그렁그렁 맺힌 채로 엄마 눈치를 힐끔힐끔 보면서 낑낑댄다. 그럼 나중에 엄마가 견디지 못하고 치유 마법을 걸어줬다. 그리고 한번 꽉 안아주면서.

"담부터 그러지 마~ 알았지?"

했다. 역시 엄마는 엄마야~

어느 정도 잘 날 수 있을 때쯤이었다. 난 엄마한테 할머니 레어에 날아서 가겠다고 졸라봤지만 엄마는 절대로 허락하지 않았다. 위험하다는 거였다. 물론 아무도 해츨링을 건들진 않겠지만 만에 하나라도 있는 거라면서 엄마는 허락하지 않았다. 그리고 할머니 레어에 보낼 때는 꼭 공간 이동으로 보내버렸다. 그래서 나는 먼 거리를 날아보지 못했다. 기껏해야 레어 주위를 날아보는 것뿐이었다. 할아버지가 오셨을 때도 졸라봤지만 역시 할아버지도 허락해 주지 않았다. 단지 조금 더 큰 다음에 날아보라고 하셨을 뿐이다.

"히잉~ 언제?"

라고 울먹여봐도 역시 허락하지 않으셨다. 그래서 슬슬 하늘을 나는 것에도 흥미를 못 느낄 무렵 난 책방에서 '초보 마법서'라는 책을 발견했다.

'오~! 그래, 바로 이거야~ 드래곤은 마법의 종족. 내가 왜 여태까지 그 생각을 못 했지?"

그러나 나의 이 멋진 생각도 무참히 깨졌다.

"안 돼!"

"히잉~ 왜?"

"아직 넌 마나를 다룰 줄 몰라. 그러니까 지금 네가 아무리 발버둥을 쳐봐야 1클래스의 마법도 못 해. 아니, 태어난 지 1년밖에 안 된 녀석이 벌써 마법을 배우겠다고 난리야!"

"껄껄껄, 저 녀석은 아마 크면 애들 뒤치닥꺼리나 하게 될 것 같구나."

"정말, 이 녀석 하는 짓이 꼭 드래곤 대표감이라니까~"

"네 성격을 그대로 닮지 않은 것이 다행이지 뭘 그러냐?"

"뭐라고욧! 아니, 내가 어디가 어때서요?"

"말이야 바른 말이지. 너한테는 드래곤 로드나 고룡은 아무것도 아니지 않냐? 드래곤 로드야 네 또래니까 그렇다 치고, 고룡한테도 바락바락 대드는 게 너 아니냐?"

"흥, 고룡이면 고룡답게 굴어야 대접을 해주든 말든 하죠!"

"뭬야? 아니, 내가 뭘 어쨌길래 그래?"

"어머나~ 아버지가 주책을 떨고 다녔다는 것은 아버지도 잘 알고 계시지 않아요?"

"흥, 레드 드래곤에서 성깔 드~ 러운 걸로 유명한 너한테 비할 바는 아니지!"

"뭐라고욧!"

엄마의 얼굴에 핏줄이 하나 솟아나자 엄마의 내밀어진 손 위에서는 밝은 빛과 뜨거운 열을 내뿜는 농구공만한 불덩어리가 생겨났다.

"흥, 그깟 9클래스의 헬 파이어 갖고 이 몸을 어쩔 수 있다고 생각하냐?"

엄마의 손 위에 있는 그 불덩어리는 더욱더 강렬한 붉은빛과 함께 이제는 불꽃이 솟구쳤지만, 그런 모습을 본 할아버지는 눈 하나 깜짝 안 하셨다. 그러나 엄마의 손에서 솟구치는 불꽃은 장난이 아니었다. 열기도 열기지만 그 불꽃이 커짐으로 인해 레어가 쿠르릉— 하면서 진동을 하는 것이었다. 이럴 때는 내가 해결해야 한다. 나는 속으로 한숨을 푸욱 내쉬고는 최대한 애절한 표정으로 비명을 질렀다.

"키에에엑~ 우왕~ 엄마아아아~"

역시 이번에도 효과가 있다. 엄마는 즉시 불꽃을 소멸시켜 버린 것이다. 이런 일이 자주 있다 보니 나는 거기에 대응하는 법을 벌써 터득하고 있었다. 저번에는 할머니 레어에서 둘이 싸우다가 할머니 레어 천장을 무너뜨린 적이 있었다. 입구에서 가까운 천장이

어서 다행히 레어 안에는 별 피해가 없었지만 할머니가 화가 나서 엄마와 할아버지한테 가벼운(?) 브레스를 한 방 먹였다. 물론 엄마와 할아버지가 다친 것은 아니었지만 그 덕분에 엄마와 할아버지의 싸움은 멈출 수 있었다. 그 뒤에 엄마와 할아버지는 할머니한테 철 좀 들라는 책망을 들어야 했다.

엄마와 할아버지는 만날 때마다 거의 싸우셨다. 물론 처음에는 사소한 말다툼으로 시작이 되긴 했지만 그 뒤에는 이렇게 엄청난 마법까지 동원이 되는 것이었다. 이렇게 싸우시면서도 자주 만나시고, 또 친하기까지 하신 것이 신기했다. 아마 싸우면서 정이 드는 타입인가 보다.

언젠가 할머니 레어에서 엄마와 할아버지가 싸우셨을 때 내가 말린 적이 있었다(보통 할머니는 둘이 싸우면 할머니께 피해를 입히지 않는 한 그냥 그러려니 하고 내버려두시기 때문에 거의 내가 다 말려야 했다). 그때 칼 제피로스도 같이 있었는데 그는 이 모습을 보더니 피식 웃으면서.

"넌 내 뒤를 이어야 할 것 같구나. 나보다 더 능숙하게 잘하는데?"

라고 하셨다. 그걸 보면 이렇게 싸우는 게 흔히 일어나는 일이고, 내가 태어나기 전에는 그걸 말리는 역할을 레드 드래곤 대표가 했었던 것 같다.

어쨌든 그걸로 나의 마법을 배우겠다는 포부는 조각조각 나버렸다. 할아버지 말에 의하면 드래곤은 본능적으로 마나를 다룰 수 있는데 그때쯤 되면 인간이 다루는 마법을 할 수 있다고 했다. 그것이 100살쯤 먹어야 가능하다는 것이 문제였지만.

드래곤의 마법은 용언 마법이라고 했다. 하지만 그것은 고룡이나 쓸 수 있는 것이고 성룡들은 시동어를 외쳐야 마법을 구현할 수 있다고 한다. 그래도 주문을 외지 않아도 된다는 것은 대단한 것이다. 그 많은 주문을 외우지 않아도 시동어만 알면 마법을 쓸 수 있고, 위력은 인간 마법사를 훨씬 웃도는 것을 보면 왜 드래곤이 마법의 종족인지를 알 수 있었다(원래 판타지 소설을 보고 알고 있었다). 어쨌든 나는 마법을 배우려면 아직 99년을 기다려야 한다.

'엑~ 그걸 언제 기다리고 있냐?'

하루하루가 점점 지루해지기 시작했다. 책들도 이야기책은 거의 다 읽어서 이제는 마법서나 역사서, 철학서 같은 좀 심오한 책들만 남았다. 이것은 지겨워서 안 읽었다. 할아버지한테 옛날이야기나 용사의 이야기 듣는 것도 흥미를 잃어가기 시작했고, 보석도 웬만한 건 척 보면 착 하고 알아볼 수 있는 수준이 되어서 보물방에도 잘 가지 않게 되었다.

이렇게 지루한 시간을 보내고 있을 때 내 눈에 띈 책이 있었다(역시 책 속에 길이 있었다). 그것은 바로 '초보자들을 위한 기초적인 검술 교본'이라는 제목을 가진 책이었다.

'그래 바로 이거다!!'

어차피 인간 세상에 나가서 모험을 하려면 마법만 가지고는 안 될 거니까 미리미리 검술을 익혀놓는 것도 좋을 것이라고 생각한 나는 엄마의 보물 방으로 가서 맘에 드는 검을 찾기 시작했다. 눈에 띄는 검이란 검을 모조리 찾아다가 늘어놓고 검술 교본을 펴가면서 일일이 이름과 종류를 찾아서 분류해 놓았다. 그 책에 의하면 근력이 약한 사람은 먼저 가벼운 검부터 시작해서 근육을 발달시킨 뒤에 자신에게 맞는 검을 찾아야 한다고 했다.

'아무래도 나는 여자니까 레이피어가 어울릴 거야.'

판타지 소설에서 멋진 여검사가 레이피어를 휘둘렀다는 것을 기억해 내고는 나는 겉멋만 들어 레이피어를 찾아서 들어봤지만 웬걸, 너무 가벼워서 휘두를 맛이 안 났다.

'그래그래, 해츨링이라도 힘이 센가 보지. 그럼 좀 큰 롱 소드로 해야겠군.'

했지만 몸에 비해 검이 너무 커서 휘두르기가 불편했다. 무게는 적당해서 들고 다닐 수는 있었지만 손을 위로 번쩍 들어올려서 들어야 검이 내 무릎까지 내려오는 길이였기 때문에 잘 휘두를 수가 없었다. 결국 나는 바스타드 소드라던가 투핸드 소드는 건드리지도 못하고 다시 레이피어로 눈을 돌렸다. 그리고 괜히 억울해지려는 걸 인간 세상에 나갈 때는 여자 인간의 모습으로 나가니까 레이피어가 나을 것이라고 스스로를 위로했다.

하지만 몸 동작을 하나하나하면서 역시 롱 소드를 들고 하는 게 낫지 않았나 하는 생각이 들었다. 그만큼 너무 가벼워서 꼭 나무 막대기를 하나 들고 설치는 것 같은 기분이 들었던 것이다. 하지만 이내 그래도 이왕 고른 거 이걸로 끝까지 밀어붙이자 하는 생각에 레이피어로 검술 동작을 익히기 시작했다.

찌르기, 베기, 차올리기.

검술 교본에는 한 가지 동작을 충분히 익힌 뒤에 다음 동작을 하라고 했지만, 한 동작만 몇 번이고 반복해서 하려니 지겨워서 못 견뎠다.

'그래, 사람이 편식을 하면 안 되지. 골고루 먹어야 건강한 거야.'

라는 여기에 맞지도 않는 논리를 스스로 내세워 한꺼번에 몇 개씩의 동작을 해나갔다. 나 혼자 익히는 것이니—이번에는 엄마와 할아버지께 말씀 안 드렸다—어느 정도가 되야 잘하는 것인지 몰랐기에 '이 정도면 되겠지' 하는 생각이 들면 그 다음으로 바로 바로 넘어가 버렸다.

그렇게 며칠이 지났을까. 어느 날 엄마한테 검술 동작 연습하는 것을 들켜버렸다. 엄마는 그 모습을 보자마자 데굴데굴 구르며 깔깔깔 웃었다.

"우씨~ 웃지마아아아!"

그래도 엄마는 계속 웃기만 했다.

"푸하하하~"

"히이잉~"

"아, 그래, 미안미안, 크크크… 너 지금 뭐 하고 있니?"

"보면 몰라? 검술 연습하고 있잖아."

"그래그래, 검술 연습…… 키득키득키득."

엄마는 계속 웃음을 참지 못하고 배를 부여잡으면서 크게 웃어 젖혔다.

"나원 참, 검술 연습한다고 칼 들고 설치는 해츨링은 내 생전 네가 첨이다."

보니까 뒤에 할아버지도 서 계셨다. 황당함과 웃긴다는 감정이 섞인 할아버지 얼굴은 참 묘하게 찡그려져 있었다.

겨우겨우 웃음을 멈춘 엄마가 눈가에 맺힌 눈물을 닦아내면서 말을 길게 늘어뜨리면서 물었다.

"그래, 아린아~ 검술 연습은 잘되니?"

"몰라요!"

'우씨! 검술 연습하는 게 그렇게 웃기나?'

나는 화가 나서 팩 고개를 돌렸다. 그러자 그 모습을 보고는 할아버지가 친절하게 설명을 해주셨다.

"아린아, 검술은 말이다, 인간이 만들어낸 거야. 그러니 인간이 할 수 있게 만들어진 거지. 네가 아무리 지금 모습으로 검술을 연습한대도 정작 인간으로 폴리모프하면 체형 자체가 달라지기 때문에 검술을 사용하지 못해요. 그리고 네가 드래곤의 모습일 때 검을 잘 다룰 정도로 연습을 한다고 해도 네가 성장을 하면 검술이 필요없어! 아니, 필요없는 게 아니라 검술을 사용할 수도 없을 게다. 완전히 성장한 드래곤의 몸에 맞는 검도 없으려니와 설사 만들어낸다 해도 그 몸집으로 검을 휘두를 수는 없지 않겠니?"

한마디로 왜 쓸데없는 짓을 하냐는 거였다. 되게 열 받았다. 여태까지 내가 한 짓이 헛수고란 걸 안다는 것은 참으로 허탈한 일이다.

"에구구, 이쁜 내 새끼~"

내가 토라져 있자 엄마가 나를 덥석 끌어안고 부비부비했다.

"엄마~ 숨막혀!"

이걸로 내 검술 연습은 막을 내렸다. 할아버지가 말씀하시길 검술을 익히고 싶으면 인간으로 폴리모프해서 익히라고 하셨다. 하지만 내가 폴리모프하려면 아직 90년은 더 있어야 했다. 그래서 검술을 익히자는 목표도 저~ 뒤의 미래로 미루어졌다.

세월은 흘러흘러갔다.

심심하다고 심하게 투덜대다가 짜증난 엄마의 마법에 의해 몇 년 간 동면을 하기도 했고, 엄마의 감시를 피해 산의 지리를 익히러 나갔다가 들켜서 무지막지하게 맞기도 했다. 너무 심심해서 인간의 역사 책을 읽기도 했고, 심지어는 철학 책까지 보기도 했다(몇 장 보다가 말았지만…).

그렇게 세월을 보내다가 드디어, 드.디.어. 내가 100살이 되었다. 이제 마법을 익힐 수 있게 되었다는 사실에 난 너무 기뻤다.

"엄마, 엄마, 엄마, 엄마아아~ 어떻게 해야 해? 응? 응? 응?"

나는 드디어 마법을 배울 수 있게 되었다는 기쁨에 무지 흥분이 되어 엄마 책방에 가서 '기초 마법' 책을 찾아와서 엄마 앞에 털푸덕 주저앉았다.

"그냥 주문을 외워봐. 거기 써 있잖아."

그러나 내가 이렇게 들떠 있는데도 엄마는 돌아보지도 않고 시큰둥하게 대답했다.

"마나를 느껴야 되는 거라며? 여기에 형태를 생각한 뒤에 적당량의 마나를 모아서 넣어야 한다고 했는걸?"

"그거야 인간들 얘기지. 넌 그냥 네가 실현하고 싶은 모양을 떠올리면서 주문을 외우면 돼."

"마나를 안 넣고도?"

"우리는 마나를 숨쉬는 것처럼 자연스럽게 사용할 수 있어. 너는 숨쉬기 할 때 얼마만큼, 어떻게 쉴지 생각하고 쉬니?"

"아니."

"그거와 같아. 그냥 자연스럽게 해. 시간이 좀 지나면 네가 본능적으로 마나를 느낄 수 있을 거고, 그때면 네가 마나를 움직여서 자유자재로 마법을 쓸 수도 있을 테니까. 지금은 그것까지는 무리고 처음부터 천천히 해. 너무 앞서서 나가려고 하지 말고."

"흐음~"

나는 지금 초보 마법서를 손에 들고 있었다. 여기에는 마나란 어쩌고저쩌고를 서두로 이런저런 설명이 쭉 있는데 간단히 결론만 말하자면 '마법을 쓰려면 우선 자연 속에 고루 분포해 있는 마나를 느끼고 이것을 자기 몸속에 축적해야 하고, 그 마나를 다룰 수 있어야 한다'라고 적혀 있었다. 그러나 엄마의 말에 의하면 우리는 전혀 그런 것을 안 해도 자연스럽게 마나를 다룰 수 있고, 주문만 외우면 마법을 쓸 수 있다는 거였다.

'오옷, 확실히 드래곤이 편하긴 편하군. 그냥 주문만 외워도 마법을 쓸 수 있다니. 그럼 뭘 먼저 해볼까?'

뭘 할까 고민하면서 책장을 뒤로 넘기자 엄마가 한마디했다.

"넌 아직 마나를 별로 가지고 있지 않아. 그러니까 쓸데없이 큰 마법을 하려고 하지 말고 작은 것부터 해. 작은 것부터."

'흠, 그럼 기초 마법부터 해봐야겠군. 어디 보자. 아! 여기 기초 마법이 있구나. 음, 우선 이거부터 해볼까?'

"불에서 태어난 빛이여, 지금 내 손 안으로 모여 내 앞을 비추어다오. 라이트!"

나는 정말 진지하게 마법서에 있는 대로 주문을 외웠다. 그러나 시동어까지 외쳤음에도 불구하고 내 앞에서는 아무런 일도 일어나지 않았다.

"어? 이상하다. 주문이 틀렸나? 다시 한 번!"

"불에서 태어난 빛이여, 지금 내 손 안으로 모여 내 앞을 비추어다오. 라이트!"

이번에는 내가 주문을 틀리게 외우는 것을 방지하고자 아예 마법서를 들고 그대로 읽었다. 그런데 그럼에도 불구하고 아무런 반응이 일어나지 않았다.

"어라? 엄마, 이거 어떻게 된 거야? 왜 안 돼?"

"주문만 외운다고 마법이 실현되는 줄 알아? 네가 실현하고 싶은 마법을 마음속으로 구체적으로 생각을 하고 있어야 한다고 했잖아.

어떤 모양에 크기는 어느 정도일 거라는 걸 생각하고 있어야지."

나는 엄마 말을 듣고는 내가 어떤 모양을 기대하고 있는지 생각하기 시작했다.

'음, 라이트니까 밝은 빛이 나오는 구체이고, 크기는 야구공만 하면 될 것 같아.'

그리고 다시 한 번 주문을 외웠다.

'불에서 태어난 빛이여, 지금 내 손 안으로 모여 내 앞을 비추어다오. 라이트!"

그러자 내 몸 안에서 어떤 약한 기운이 내밀어진 손 쪽으로 움직이는 것이 느껴졌다. 그와 동시에 내 손 위에서 작은 빛들이 모여들기 시작하더니 야구공만한 빛의 구체를 형성했다.

"우와~ 됐다, 됐어! 엄마엄마, 이것 봐봐! 했어, 했다니까~"

"아, 그래그래, 잘했어."

엄마는 별 대수롭지 않다는 듯 보지도 않고 말했지만 나는 너무너무 신기했다. 손을 살짝 위로 올렸더니 구체가 공중으로 둥둥 떠올랐다. 그러나 조금 있다가 팍! 하고 꺼져 버렸다.

"엄마엄마, 이거 왜 이래. 응? 이거 꺼져 버렸어."

"그만큼 네가 아직 마나를 쓰지 못한다는 거야. 거기다가 계속 마력을 보내야 그게 계속 형태를 유지하고 있지."

"마나를 어떻게 보내는데?"

"너 아까 마법을 쓰면서 몸에 뭐 이상한 기운이 움직이는 거 못 느꼈어?"

"응? 아, 그러고 보니 몸 안에서 약한 바람 같은 게 손 쪽으로 움직이는 것 같던데?"

"그게 바로 마나야. 그런 걸 많이 움직일 수 있으면 마법도 강해지고, 또 어려운 마법도 사용할 수 있는 거야. 그리고 마나를 보내려면 네 몸속에 있는 마나와 네가 보내고자 하는 곳에 실현된 마법을 동시에 느끼면서 네 마나를 그쪽으로 보내려고 생각하면 돼."

"꽤 복잡하네."

"그럼, 쉬운 게 어디 있어? 그래도 지금 그렇게 고민 안 해도 나중에는 저절로 터득할 수 있을 거니까 너무 걱정하지 마."

"그럼 딴 거 해봐야지. 아, 이거이거……."

나는 내가 생각하는 바를 구체적으로 떠올리면서 파이어 볼을 외쳤고, 곧 내 앞에 배구공만한 파이어 볼이 생성되었다. 그런데 그 불덩어리를 던진다는 게 잘못 던져서 레어 안에 있던 마른풀더미—내 침대다—위로 떨어져서 그만 불이 붙어버렸다.

"우아앗~ 엄마엄마, 불났어! 어떡해, 어떡해. 물! 물이 어딨지?!"

나의 이런 수선에도 불구하고 엄마는 눈 하나 깜짝 하지도 않고 콧김을 흥~! 하고 한번 불었고, 그 콧김에 의해서 불은 꺼져 버렸다. 그리고 난 엄마한테 알밤을 하나 언어먹고 밖으로 내쫓겼다.

"나가서 놀앗!"

레어 밖으로 나온 나는 내가 마법을 할 수 있다는 사실에 너무 흥분해 기초 마법이란 마법은 다 해봤다.

"파이어 에로우! 우왓! 됐다, 됐어. 그 다음, 그 다음… 아이스 미사일! 오옷! 역시 대단해. 또또…… 라이트닝 볼! 우아우아~ 그 담, 그 담……."

레어 앞 공터는 내가 난사한 마법에 의해서 엉망진창이 되어 가고 있었다. 아무리 기초 마법이라지만 계속 난사하다 보니 조금씩 조금씩 원래의 모습을 잃어갔던 것이다. 한참 동안 마법을 난사하던 나는 갑자기 피로가 몰려왔고, 조금만 쉬었다가 하자는 생각에 그 자리에 드러누웠는데 그만 잠이 들고 말았다. 한동안 자다가 깨보니 레어 안이었고, 엄마는 일어난 나를 보자마자 호통을 치셨다.

"이 멍청아! 처음부터 그렇게 많이 마법을 쓰는 녀석이 어디 있니? 아무리 신기하다지만 어떻게 마나를 다 쓸 때까지 마법을 써?!"

'아, 그러고 보니 마나를 다 쓰면 피곤해진다고 했던 것 같다. 그럼 내가 피곤했던 게 마법을 너무 많이 써서 그런 거구나. 호오, 그랬던 거였군.'

그 다음날부터 나는 초보 마법 책에 있는 마법을 하나하나해 보기 시작했다. 처음에는 한 시간쯤 하면 피곤해져서 자야 했는데 며칠이 지나감에 따라 이제는 제법 몇 시간 동안 할 수 있었다. 그리고 그에 따라 마나의 기운을 더욱더 강하게 느낄 수 있었고, 마법의 난이도도 점점 올라가기 시작했다. 그에 따라 레어 앞 공터는 점점 더 예전의 모습을 찾아보기가 힘들어졌다.

몇 달이 지나 할아버지가 오랜만에 찾아오셨을 때, 나는 할아버지를 졸라 사냥을 하러 나갔다. 그곳에서 나는 할아버지가 지켜보고 있는 가운데 내가 여태까지 갈고 닦았던 마법 실력을 마음껏 펼쳐 보았다(나도 참 잔인해). 그리고 이왕 여기까지 온 것, 대상이 없어서 한번도 해보지 못했던 치유 마법과 회복 마법도 구사해 봤다. 그러자 할아버지 왈.

"아린아, 음식 갖고 장난치면 못 쓴다!"

그렇게 신나게—나도 참 잔인하다니까—놀다가 레어로 돌아왔다. 그 다음부터 몇 달에 한 번씩은 꼭 나가서 놀다가(?) 오곤 했다.

그렇게 세월이 지나갔고, 나는 드디어 폴리모프를 할 수 있게 되었다. 엄마의 설명에 의하면 내가 변하고 싶은 모습을 자세히 생각하면서 주문을 외워야 한다고 했다. 하지만 지금은 처음이라서 머리색과 눈 색, 그리고 성별은 바꾸지 못할 거라고 하시면서 머리와 눈 색은 내가 레드 드래곤이기 때문에 붉을 것이라고 했다. 나중에 폴리모프에 많이 익숙해지면 머리와 눈 색은 물론, 성별과 종족도 마음대로 바꿀 수 있다고 했지만 드래곤들은 특별한 경우가 아니면 성별이나 머리색, 눈 색을 바꾸지 않아서 보통 그런 것들로 드래곤의 종족과 성별을 알 수 있다고 했다.

그럼 나는 인간의 모습을 구체적으로 그리기 힘드니까 엄마의 모습을 닮은 소녀로 폴리모프해야겠다고 생각하고 주문을 외웠다. 그러자 내 몸에서는 붉은빛이 났고 나는 신기해져서 내 몸을 바라보았다. 드디어 빛이 사라지면서 내 몸이 드러났다. 그러나 그 모습을 지켜보시던 엄마의 눈에 황당함이 어리더니 곧바로 엄마의 웃음소리가 들려왔다.

"푸하하하~"

"왜 그래?"

갑작스럽게 엄마가 웃어젖히자 불안감이 엄습한 나는 엄마에게 물었지만 엄마는 대답도 못 하고 깔깔대며 그저 웃기만 할 뿐이었다.

당황해진 나는 내 몸을 내려다보았다.

"왜 그러는 거지? 뭐가 잘못된 건데? 잘 변했네. 이거 사람 손 아냐? 맞는 것 같은데… 거기다 밑에도 평소의 내 몸이잖아. 빨갛고 짜리몽당… 어? 이게 아니잖아? 잠깐만! 이게 어떻게 된 거야?"

나는 얼굴과 손은 사람으로 변했지만 그 나머지 부분은 드래곤의 모습 그대로인 괴상한 모습이 되어 있었던 것이다. 엄마가 깔깔깔 웃으면서 말했다.

"폴리모프가 다 될 때까지 네가 변하고 싶은 모습을 생각하고 있어야 해. 그렇지 않으면 되다 만 폴리모프가 될 거야."

그래서 나는 다시 주문을 외웠고, 이번에는 눈을 감고 계속 내가 변하고 싶었던 모습을 머리 속에 그렸다. 시간이 좀 지났다 싶었을 때 갑자기 온몸이 서늘해졌다. 눈을 뜨자 엄마가 싱긋 웃고 있었다. 그러더니 손을 한번 휘저어서 내 앞에 전신을 다 비출 수 있는 커다란 거울을 내놓으셨다.

거울을 바라보니 엄마와 같이 붉은 눈을 가지고 붉은 생머리를 허리까지 늘어뜨린 소녀가 나를 놀란 눈으로 바라보고 있었다. 엄마의 모습을 닮길 원했지만 엄마의 몸매는 닮기 싫었던 나는 얼굴은 엄마와 비슷했지만 약간 마르고 굴곡이 심하지 않은 17, 8세 정도처럼 보이는 소녀의 모습을 하고 있었다. 게다가 알몸이었다.

"엄마, 엄마는 폴리모프하면서 옷을 입고 있었는데 왜 난 알몸이야?"

"아마 넌 옷까지는 생각 못 했던 것이겠지. 그냥 몸만 구체적으로 생각하고 있었지?"

"아, 그렇구나."

"하지만 옷을 빼면 꽤 잘되었구나. 게다가 나를 닮은 모습이 꽤 예쁜데?"

엄마는 손으로 턱을 괴고 나를 아래위로 훑어보면서 고개를 끄덕였다.

"엄마, 근데 옷은 어떡하지?"

그러자 엄마는 뭐라고 중얼거렸고—알아듣진 못했다—내 몸에서 옅은 빛이 생기더니 나는 예쁜 하얀색의 드레스를 입게 되었다.

"와! 예쁘다."

하지만 예쁜 것만이 최고는 아니었다. 그 옷을 입은 내 모습을 보려고 거울을 보면서 한 바퀴 돌다가 드레스 자락을 밟고 벌렁 넘어져 버렸던 것이다. 드레스가 너무 길어서 바닥까지 끌리는 데다 레이스도 많아서 치렁치렁했다.

땅과 부딪쳐서 얼얼해진 엉덩이를 비비면서 일어난 나는 인상을 찡그렸다.

"우씨~ 엄마 이거 말고 딴 거."

엄마는 그 모습을 보시곤 피식 웃으며 다시 뭐라고 중얼거렸다. 그러자 이번에는 간편한 셔츠에 바지를 입게 되었다. 이게 훨씬 활동하기 편했기에 나는 만족해했다. 그리고 이제 사람으로 폴리모프할 수 있게 되었으니 검술을 연습하려고 결심하는 나였다.

또 몇 년이 흘러갔다. 이제는 구체적으로 머리를 굴려서 사람의 모습을 생각하지 않고도 자연스레 폴리모프할 수 있게 된 나는 검술도 독학으로 터득하고 있었고, 또 가끔은 사냥하러 나가면서 실전을 쌓아가고 있었다.

어느 날 레어 앞 공터에서 열심히 검술 연습을 하고 있는데 할아버지가 오셨다.

"오~ 아린아, 열심히 연습하는구나."

나는 하던 동작을 멈추고 소리 나는 쪽을 돌아보았다. 거기에는 언제나 그 모습 그대로의 할아버지가 오늘은 푸른색의 로브를 걸치고 서 계셨다.

"아! 할아버지 오셨어요? 엄마는 안에 계세요."

"오냐, 알았다. 그럼 연습해라."

"네~"

할아버지는 안으로 들어가셨고, 나는 검술 연습을 다시 시작했다.

"호~ 저 녀석 정말 열심히 하는걸? 레드 드래곤 역사상 가장 부지런한 녀석일 거야."

"그러게 말예요. 한 살이 되자마자 날겠다고 난리를 쳐서 며칠 만에 날지를 않나, 마법을 익히겠다고 해서 100살이 된 다음 익히라고 했더니 100살이 되자마자 익히더니, 이제는 7클레스까지 익혔는걸요? 아직 성룡이 아니라서 주문을 외워야 하긴 하지만. 그래도 처음에는 말도 안 하고 움직이려 들지 않아서 저능아가 아닌가 하고 얼마나 걱정했다구요."

"녀석, 빨리 인간 세상에 나가 보고 싶은가 보군. 그런 걸 보면 꼭 널 닮았다니까. 너두 성룡이 되기 전에 인간 세상에 나가 보고 싶어서 가출했다가 몇 시간 만에 잡혀오곤 했잖냐?"

"그 얘기가 지금 왜 나와요? 그리고 몇 시간이 아니었어요, 하루였지."

"그래그래, 처음 가출했을 땐 얼마나 놀랐던지… 그래도 설마 또 하랴 싶었는데… 세르니안이 현명하게도 너한테 추적 마법을 걸어놔서 그나마 다행이었지, 안 그랬음 레드 드래곤 해츨링이 가출했다는 사실이 드래곤 전체에 퍼졌을 거다."

"흥, 해츨링일 때 모험을 단행한 첫 드래곤으로 알려졌겠지요."

"그래도 아린이 가출할 생각을 안 하는 게 다행이야. 저 녀석이 가출을 하려고 하면 세르니안이 뒤집어질 거다."

"칸 세르니안께서 나서면 전 레드 드래곤이 다 나서야 할걸요."

"그래, 아마 그렇겠지. 뭐니 뭐니 해도 저 아린 녀석은 2,000년 만에 처음으로 태어난 해츨링이니까."

"그렇군요. 저 녀석 바로 위의 녀석은 화이트 드래곤이지요?"

"그래. 그녀석이 태어나고 성년이 되었어도 태어나는 해츨링이

1,000년이 넘게 없어서 드래곤 로드도 걱정했었지. 저 녀석이 태어나서 다행이야. 그러고 보면 저 녀석은 다음으로 해츨링이 태어나기 전까진 모든 드래곤 종족 중 단 하나의 해츨링이군."

할아버지와 엄마가 이런저런 대화를 하는 동안 나는 검술 연습을 마치고 레어 근처의 냇가로 가서 몸을 씻고 왔다.

"그래, 아린아. 검술이 얼마나 늘었니?"

"그래도 이젠 좀 늘은 것 같아요. 예전에는 사냥하러 갔을 때 검술로는 부족해서 꼭 마법을 써야 했었거든요. 그런데 전에 갔을 때는 마법을 사용하지 않고 한 녀석을 잡았지 뭐예요?"

'음음… 내 검술 실력이 벌써 그렇게 늘었을 줄이야.'

난 내 자신을 너무 기특해하면서 신나서 할아버지께 얘기하고 있었다.

"뭐가 그렇게 신나? 고작 오크 한 마리 잡아온 주제에. 그것도 그거 한 놈 잡아오면서 다쳐서 엄마가 치료해 줘야 했잖아. 오우거나 가고일은 아직도 못 잡으면서."

"윽! 엄마, 이 하나밖에 없는 딸내미의 아픈 가슴을 그렇게 콕콕 찌르다 못해 쑤시다니요. 그래도 마법으로는 잡을 수 있잖아요."

"당연하지. 드래곤이 마법을 사용하고도 가고일한테 당한다면 말이나 돼?"

윽, 엄마는 전에 내가 가고일 떼에 당한 게 아직도 화가 나시나 보다. 그때 검술도 웬만큼 할 줄 알겠다, 마법도 7클레스까지 익혔겠다 해서 인간의 모습으로 사냥을 나갔던 것이다.

그러다가 가고일 떼가 나한테 덤벼드는 바람에—내가 자기네 먹이로 보였나 보지?—칼 한번 못 휘두르고 마법으로 간신히 간신히 도망쳤는데—높은 단위의 마법일수록 주문이 길어서 낮은 단위의 짧은 마법밖에 사용을 못 했었다—그걸 본 엄마가 화가 나서 거기 있던 가고일들을 전멸시켜 버렸던 것이다.

그렇게 한번 크게 혼이 난 나는 레어로 돌아와서 엄마한테 무지무지 얻어맞았고, 그 다음날부터 마법이랑 검술을 더욱더 열심히 익혀야 했다. 그렇게 열심히 익힌 보람이 있는지 전에는 혼자 어슬렁거리던 오크를 발견해서 검술로만 그 녀석을 잡았던 것이다. 물론 좀 다쳐서—아주 쬐에끔, 가슴 부분에 조금 멍이 들고 옆구리가 아주 조금 결리는 데다 오른팔을 조금 삐었는지 잘 움직이지 못하는 정도?—어설픈 치유 마법으로 치유했다가 엄마한테 들켜 크게 혼나고, 엄마가 오크를 전멸시키러 가려는 걸 간신히 말렸었지만, 그래도 그 정도면 내 실력도 꽤나 늘었음을 인정해 줄 수도 있지 않겠냐는 거다.

그렇게 그날도 지나가고… 그 다음날도 지나가고, 또 그 다음날도…….

내 몸은 점점 커져 갔고, 이제 엄마와 내가 드래곤의 모습으로 있을 때면 엄마의 레어가 좁아서 들어가지도 못할 정도가 되었다.

어느 날 엄마가 사냥을 나갔다 온 나를 불렀다. 거기에는 할아버지도 와 계셨다.

"아린아."

"예?"

"이제 너도 너만의 레어를 가질 때가 되었구나."

"예? 엄마 그게 무슨 말? 이 딸내미가 이제 지겨워지셨단 말인가요?"

"시끄럿! 닭살 돋는 짓 하지 말고 잘 들어. 네가 너무 커져서 너랑 같이 살기에는 엄마 레어가 너무 좁단 말야."

"그래서 이 할아비가 네가 살 만한 적당한 레어를 하나 찾아놨단다. 그러니 이제부터 거기서 살도록 하렴. 이젠 너도 너 혼자 사냥을 할 수도 있으니, 혼자 살 때도 되었지 않니?"

"그럼 거기서 나 혼자 사는 거예요?"

"그래, 엄마랑 같이 살지 않는다고 너무 슬퍼하지 마. 엄마가 가끔 찾아갈 테니까."

"그래그래, 나도 가끔 찾아갈 거고, 또 거기는 할아비 레어와 가까우니까 할아비 레어에도 찾아올 수 있을 거다."

난 슬픈 게 아니다. 너무 갑작스러운 행운에 어리벙벙할 뿐이었다.

'드래곤은 성룡이 되기도 전에 독립을 하는구나. 난 500살까지 기다려야 하는 줄 알았는데. 옷! 이제야 이 세계를 탐험할 수 있겠구나. 세상이여, 기다려라. 여기 미소녀 마검사가 가시노라! 푸하하하……!'

이렇게 속으로 너무 신나 하고 있었는데 그 위에 찬물을 끼얹는 엄마의 말소리가 들려왔다.

"그렇다고 인간 세상에 나갈 생각일랑은 하지도 않는 게 좋을 거야! 해츨링은 인간 세상에 나가는 것이 금지되어 있으니까. 만약 나가기만 했담봐. 그날이 네 제삿날이다."

"윽, 내 생각을 어떻게 알았지?"

"그렇게 입이 헤벌쭉해지는데 엄마가 모를 줄 알아?"

'윽, 낭패다.'

"그러니까 얌전히 네 레어에 가도록 해. 엄마랑 할아버지도 같이 갈 거니까. 아, 그리고 이 검이랑 책 몇 개하고 음식 좀 챙겨줄 테니까 가지고 가. 뭐, 모자라는 것 있으면 할아버지한테 받고."

그렇게 해서 나는 나의 레어를 갖게 되었다. 내 나이 300살이 되던 해였다.

내 레어는 엄마의 레어만큼 컸고, 높아 보이는 산들 사이에 있는 깊은 골짜기에 위치해 있었다. 위에서 내려다보면 레어의 입구가 안 보이는 묘한 구조였다. 그리고 할아버지 레어와 가까웠지만, 엄마의 레어와는 무척 멀었다.

엄마는 내게 몇 권의 책과 음식을 가져다 놓으시고 내 레어를 한번 둘러보더니 만족한 듯 고개를 끄덕이셨다.

"음… 꽤 괜찮네요."

"그럼그럼, 누가 찾아냈는데."

"참내, 뭔 말을 하면 꼭 저런다니까."

"뭐야!"

두 분 사이의 공기가 갑작스럽게 냉각되기 시작하자 나는 재빨리 두 분 사이에 끼어들었다.

"와! 할아버지, 좋네요. 산골짜기 깊숙한 곳에 있어서 눈에 잘 띄지도 않고, 크기도 엄마 레어만하고, 이런 데를 어떻게 찾으셨어요?"

그러자 엄마에게 살기 어린 눈빛을 보내던 할아버지는 얼른 눈길을 내게 돌리더니 싱글벙글 웃으셨다.

"흠흠, 이 할아비가 우리 아린을 위해서 이 정도도 못 해주겠니?"

그리고 엄마도 잔뜩 치켜 올라갔던 눈에 힘을 풀었다.

'에휴~ 그래도 오늘은 이 정도로 끝나서 다행이야.'

내가 속으로 안도의 한숨을 내쉬고 있을 때 엄마가 작별 인사를 했다.

"됐어요, 됐어. 난 이제 갈게요. 아린아, 쓸데없는 생각 말고 여기서 잘 지내. 알았지? 부족한 거 있으면 할아버지한테 말하고. 그리고 가끔 할머니께 찾아가고."

"아, 알았어요, 엄마. 내 레어를 가진 기념으로 내일 할머니께 갈게요."

그리고 할아버지도 엄마의 뒤를 이어 작별 인사를 했다.

"그래그래, 우리 아린 착하기도 하지. 그럼 이 할아비도 가마. 가끔 찾아올 테니 너무 걱정 말고. 그리고 심심하면 할아비 레어에 오너라."

"예, 할아버지. 안녕히 가세요, 두 분."

엄마와 할아버지가 가시고 나 혼자 남자 좀 썰렁한 감이 들었다. 이제껏 엄마와 같이 살았는데, 정말 내가 친자식인 양 온갖 사랑을 부어주신 분이었다.

'그래, 이젠 저분이 내 친엄마야. 쓸데없는 생각은 하지 말자.'

이런 다짐을 하면서 내 레어에서의 첫날밤을 보냈다. 하지만 그렇게 쓸쓸한 생각에 젖어 있을 기운은 없었다. 동굴 안이 엄마의 레어와는 다르게 습기가 무척이나 많아서 동굴 안에는 이끼가 많이 끼어 있었고, 어떤 곳에서는 물이 고여 있기도 했다. 그리고 그 안에는 벌레에 도마뱀, 심지어 박쥐까지 살고 있어서 자기 전에 그것들을 처리하느라고 고생을 해야 했다. 하지만 그들을 완전히 어떻게 하지는 못하고 우선은 내가 머물 곳만 결계를 쳐서 벌레와 박쥐들이 들어오지 못하게 했고, 이끼를 제거해 버렸다. 동굴 안을 살펴보고 내가 머물 잠자리를 마련하는 것이 무척 힘든 일이어서 나는 그날 밤 지쳐서 잠들었고, 덕분에 꿈도 꾸지 않고 푹 잘 수 있었다.

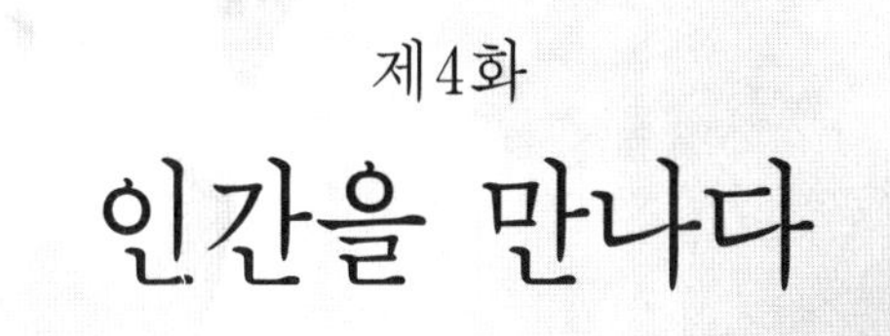

제4화

인간을 만나다

인간을 만나다

나는 속마음을 감춘 채 그에게 씨익 웃어 보였다.

그러자 그 녀석은 정말 여유 있게 미소를 되돌렸다.

막상 혼자 지내려니 처음의 좋았던 감정은 다 어딘가로 사라지고 좀 심심했다. 엄마가 있었으면 같이 놀지는 않아도 잔소리 듣거나 두들겨 맞을지언정 심심하지는 않았을 텐데, 이제는 그렇게 해줄 엄마랑 같이 지내지 않게 되었으니 왠지 허전하기도 하고, 쓸쓸하기도 하고, 심심하기도 하고… 뭐, 그런 복잡한 심정이었다. 그래도 이렇게 독립을 하게 된 이상 이렇게 죽을상을 하고 있지 말고 나중에 모험을 하기 위한 대비를 해나가기로 했다(음… 기특한 나).

우선 오늘 하루 계획표를 짰다.

'아침에 일어나서 마법을 공부하고, 어느 정도 검술을 연습한 다음에—음, 하기 싫음 하지 말구—아침 사냥을 하러 가야지. 그리고 그 다음엔… 할 게 없네. 뭐, 나중에 생각하자. 나중에라도 할 일이 생기겠지. 그럼 지금은 좀 늦었으니 마법이랑 검술 연습은

생략하고 사냥이나 하러 가야겠다.'

윽, 나도 드래곤이 되다 보니까 점점 게을러지는 것 같은 불길한 느낌이 든다. 하지만 우선 배가 고프니 불길한 느낌을 저 멀리 집어넣어 놓고 사냥을 나섰다. 물론 음식이 다 떨어져서 사냥을 나가는 건 아니었다. 식량은 내가 일주일은 먹고도 남을 분량을 엄마가 가져다 놓고 가신 것이었다. 단지 나는 이제부터 내가 살게 된 레어 근처의 지리를 알고 싶었던 것뿐이다.

엄마 레어 근처의 숲은 그렇게 울창하지 않아서 돌아다니는 것도 편했지만 여기는 산속 깊숙이 위치해 있어서인지 내 레어 앞부터 숲이 울창했고, 이제 한낮으로 가는 시간임에도 불구하고 숲속은 어두컴컴했다. 더욱이 큰 나무들이 무척이나 빽빽하게 자라 있었고, 사람들이나 동물들이 전혀 다니질 않는지 길처럼 생긴 곳이 전혀 없었다. 그래서 앞으로 나아가는 것이 무척이나 힘들었다. 그리고 한참이나 갔는데도 몬스터는커녕 작은 동물들조차도 보이지 않았다.

'우씨~ 뭐야, 사냥감이 보이지도 않잖아. 엄마 레어에 있을 때는 조금만 가면 몬스터들을 볼 수 있었는데. 아, 가만! 엄마도 없는데 꼭 몬스터를 잡아먹어야 할 이유가 없잖아. 그렇담 오랜만에 짐승을 잡아서 구워 먹어볼까? 오홋, 불에 구운 걸 먹는 게 얼마만이야?'

동물들은 하나도 보이지 않았건만 나는 벌써부터 구워 먹을 생각에 침이 꼴깍 넘어갔다.

그런데… 동물이 보여야 잡아서 구워 먹든 삶아 먹든 하지. 정오가 지날 때까지 숲 속을 헤매고 다녔어도 그 흔한 토끼 한 마리 보이지 않았다.

'이게 어찌 된겨? 우씨~ 되게 배고픈데… 열 받는데 그냥 드래곤 피어를 사용해 봐? 아냐, 그래도 첫 사냥인데 조금만 더 찾아보자. 앗! 저게 뭐다냐? 오~ 저게 바로 토끼가 아닌가? 이제 드디어 토끼 고기를 먹게 생겼군.'

한동안 숲을 돌아다녀서 어느 정도 나무들도 빽빽하지 않아서 다니기도 수월해지고 햇빛도 잘 들어오는 곳에 오게 되었을 때, 나는 내 기척에 놀라 달아나는 토끼 한 마리를 볼 수 있었고, 드디어 사냥감을 발견했다는 기쁨에 겨워 재빨리 그 토끼 뒤를 쫓았다.

그러나 내가 생각 못 했던 게 있었다. 여태 내가 사냥했던 놈들은 다 커서 잡기가 쉬웠고, 또 내가 사람의 모습일 때는 나를 자신들의 사냥감을 보고 덤벼들기도 해서 쉽게 놓치지 않았는데, 이 토끼라는 놈은 나를 보자마자 도망가기 시작했다. 쫓아서 뛰어갔지만 이놈은 왜이리 재빠르게 요리조리 뛰어가는지 따라잡을 수가 없었고, 수풀 속에 숨으면 잘 보이지도 않았다. 열 받은 난 마법을 날리기로 했다. 미리 주문을 외워두고 토끼가 숨었다고 생각되는 수풀 근처에 가서 큰 소리와 함께 발을 굴렀다. 그러자 그 소리에 놀란 토끼가 수풀 속에서 뛰쳐 나왔고, 그때를 놓치지 않고 나는 토끼에게 마법을 날렸다.

"매직 미사일!"

역시 적을 쫓아가서 맞추는 마법을 쓰니 확실히 효과가 있었다. 토끼는 매직 미사일을 한 방 맞고 쓰러졌고, 나는 마나를 적게 넣은 불화살을 날렸기에 털이 약간 그슬렸을 뿐 거의 온전한 토끼를 잡을 수 있었다.

"푸하하핫! 잡았다, 요 녀석! 이 몸을 피해 감히 도망을 가? 그

벌로 널 구워서 맛있게 먹어주마."

난 근처에서 나무를 모아놓고 마법으로 불을 지폈다(이럴 땐 마법을 할 수 있다는 것이 편했다).

그리고 가지고 있는 칼이 엄마에게 받은 레이피어 하나뿐이었기에 그걸로 토끼 배를 가르고—가죽은 벗길 줄 몰라 벗기지도 않았다. 배를 가른 것은 소설에서 보니까 짐승을 사냥해서 그 자리에서 구워 먹을 때 내장을 다 끄집어냈기 때문에 나도 따라한 것이었다—통째로 불 위에 올려놓았다.

'음… 고기를 좀 씻어야 하지 않나? 에라, 모르겠다. 배가 고픈데 그냥 먹지 뭐. 근데 꼬챙이에 끼워서 돌려가면서 구워야 하는 거 아냐? 이렇게 그냥 불 위에 올려놓아도 괜찮을까? 에이, 몰라. 귀찮은데 지금 또 꼬챙이를 어떻게 구해. 담부터 그렇게 하면 되지 뭐. 그나저나, 이거 언제 익으려나? 에구구~ 털 타는 냄새가 되게 고약하네. 담부턴 꼭 가죽도 벗기고 먹어야겠다.'

이런저런 생각을 하면서 불 옆에 쪼그리고 앉아서 불을 헤집기도 하고, 고기를 뒤집어놓기도 하면서 고기가 익기를 기다렸다. 얼마 후 고기도 대충 익은 것 같아서 불에서 꺼내 뜯어먹기 시작했다. 털이 눌어붙어서 좀 이상했지만 그래도 불에 구워 먹어본 것이 얼마 만인지. 좀 싱겁기도 하고, 어디는 완전히 타버리고, 어디는 덜 익었지만 먹을 만했다.

'호, 이것이 바로 고기 씹는 맛이어라~'

완전히 엉터리로 요리한 거였지만 그래도 태어나서 처음으로 구워 먹어본 고기 맛은 무척이나 맛있었다.

대충 다 뜯어먹고 내가 피운 모닥불의 불씨를 그 위에 흙을 덮어 꺼뜨린 뒤—이런 곳에 불씨가 남아 있으면 산불의 원인이 된다는 것을 잘 알고 있었다—먹고 남은 찌꺼기들과 뼈는 땅을 파고 거기에 묻었다. 그리고 좀 씻으려고 냇가를 찾기 시작했다. 그런데 그것도 쉬운 일이 아니었다. 무턱대고 찾는다고 찾아지는 것도 아니었으니까.

한참을 헤매다가 겨우겨우 골짜기에서 흐르는 물을 찾아냈다. 물에 비춰보니까 얼굴이 말이 아니었다. 더욱이 제대로 묶질 않아서 풀어헤쳐진 머리까지 합세하여 엄청난 형상을 만들어주고 있었다. 게다가 고기를 뜯어먹으면서 거기에 묻어 있던 검댕이가 얼굴과 머리카락에 들러붙어 어떻게 보면 화재를 당한 사람처럼 보이기까지 했다.

그 모습에 경악하면서 세수를 하고 머리를 감았다.

'에구, 그러고 보니 비누가 없잖아? 여기서 샴푸까지 찾는 건 바보짓이구… 더욱이 수건도 없군.'

어떻게 물로 머리와 얼굴에 묻은 검댕이는 씻었다지만 손과 얼굴에 묻은 기름은 잘 지워지질 않았다. 게다가 머리와 얼굴을 적시는 물기를 닦을 수가 없자 몸을 일으키니 위에서 물이 뚝뚝 떨어졌다.

'참내, 세안 도구들이 이렇게 그리워 보기는 처음이군. 여기에 칫솔하고 치약까지 바란다면 너무한 건가?'

처참한 몰골을 하고 일어서서 어떻게 해야 하나 하고 있는데 해가 뉘엿뉘엿 저물어가고 있는 것이 눈에 보였다. 그제야 오늘 할머니한테 간다고 했던 게 생각났다.

'이런이런, 깜박하고 있었잖아. 차라리 할머니한테 가서 어떻게 좀 해달라고 하는 게 낫겠다.'

나는 익숙해진 공간 이동을 외웠고, 곧 할머니 레어로 공간 이동해 갔다. 이제는 내 몸도 커진 덕에 할머니 레어에 갈 때는 폴리모프한 모습으로 갔기 때문에 따로 드래곤의 모습으론 변하지 않았다.

"할머니~ 저 왔어요."

할머니 레어에 들어서자마자 나는 명랑한 목소리로 할머니께 인사를 드렸다. 그러자 언제나처럼 할머니의 따스한 음성이 들려왔다.

"오, 아린이 왔구나. 그래, 새 레어로 갔다며? 어떻든?"

"할아버지 레어랑 가깝구요, 꽤 넓어서 좋아요."

"그래, 다행이구나. 이제부터는 너 혼자서 살아야 할 테니 조심하렴."

"그런데 그 동굴이 습기가 너무 많아서 좀 걸려요. 엄마 레어에는 습기가 그 정도로 차 있지는 않았는데, 제 레어에는 습기가 많은 덕분에 이끼도 많이 껴 있고 벌레랑 도마뱀, 심지어 박쥐까지 있지 뭐예요? 그래서 첫날은 그것들을 처리하느라고 하루 종일 동굴에 있었어요. 그런데도 어떻게 하지는 못하고 겨우 제가 머물 곳만 결계를 쳐서 벌레들을 막는 게 고작이었던 거 있죠? 게다가 근처에 몬스터가 안 보여요. 그래서 오늘 사냥하는 데도 애를 먹었어요, 겨우 토끼 한 마리 잡았지 뭐예요?"

"호호호, 우리 아린이가 혼자 살더니 걱정거리가 많이 늘었구나. 네 레어야 드래곤이 살지 않은 평범한 동굴이었으니 습기가 많고 벌레들이 살고 있는 것은 당연한 거지. 하지만 그렇다고 결계까지 칠 필요는 없단다. 그냥 네 기운을 퍼뜨리렴. 그럼 그것들이 위험을 감지하고 스스로 그 동굴에서 나갈 거야. 그리고 습기도 며칠이 지나면 많이 사라질 게다."

할머니는 빙그레 웃으며 자세히 설명해 주었다. 하지만 습기가 자연스레 사라진다는 말은 이해가 가지 않아서 나는 되물었다.

"습기가요? 어떻게요?"

"그거야 당연하지. 그곳에 이제부터 레드 드래곤이 사니까. 우리 레드 드래곤은 불의 속성을 가지고 있단다. 그래서 은연중에 뜨거운 기운을 내뿜고 있지. 그래서 레드 드래곤이 사는 곳은 습기가 없고, 약한 동물들은 뜨거움을 느껴 살지 못하지."

"아하! 그렇군요."

"그리고 네 사냥감 문제 말인데, 몬스터들이 없는 이유는 드래곤이 살지 않았던 곳이라서 그래. 보통 몬스터들은 타 종족이 침범하지 못하는 곳에서 살지. 그렇기에 깊은 산속에서 그들끼리 살거나, 아니면 드래곤 영역의 끝자락에서 많이 살아간단다. 하지만 네 레어에는 여태껏 드래곤이 살지 않았으니까. 게다가 거기는 무척 울창하고 너무 깊은 골짜기라서 보통 동물들도 살기 힘든 곳이지. 사냥을 하려면 숲이 그다지 울창하지 않은 곳으로 가야 한단다. 그런 곳이 동물이 많아."

"아, 그렇군요."

"그런데 아린아, 아까부터 묻고 싶었는데 네 꼴이 그게 뭐냐?"

"예? 아하, 이거요. 사냥을 나가서 토끼 한 마리를 잡아서 구워 먹었는데 이렇게 되었네요. 물로 씻는다고 씻었는데… 게다가 물기를 말릴 수가 없어서……."

나는 멋쩍게 뒷머리를 긁적이며 말했다. 그러자 할머니는 고개를 설레설레 저으시더니 곧 인간으로 폴리모프하셨다.

할머니가 인간으로 폴리모프한 모습을 본 것은 오늘이 처음이었다. 곱실거리는 붉은 머리카락을 등까지 늘어뜨리신 따스하고 지혜로워 보이는 붉은 눈을 가진 지적인 스타일의 미인이었다. 게다가 고급스러워 보이는 하얀색의 로브를 입고 계시니 더욱더 지적으로 보였다.

할머니는 내게 다가오시더니 손바닥만한 하얀 물체를 내미셨다.

"가서 씻고 오렴. 레어 바깥쪽에 작은 샘이 있는 곳을 알고 있지?"

할머니가 내게 내민 것은 비누였다. 이런 곳에서도 비누가 있다는 것이 신기했다. 물론 내가 그동안 써왔던 비누들처럼 칼라풀하고 향기가 나는 것이 아니라 하얗고 좀 이상한 냄새가 나긴 했지만, 그래도 이거라도 있는 게 얼마나 다행한 일인가.

할머니가 말한 샘은 할머니 레어 근처에 있는 유일한 샘이었다. 그리고 그 샘은 물이 무척 따뜻했다. 할머니가 계신 곳이 화산 지대라는 것을 볼 때 그 샘은 온천인 셈이었다.

그곳에 가서 다시 세수를 하고 머리를 감고 돌아오는 내게 이번에는 수건을 내미셨다.

"쯧쯧, 네 어미는 뭘 챙겨준 거냐? 이런 걸 챙겨주지 않고서……."

그 말에 뭐라 할 말이 없는 나는 그냥 하하 웃을 수밖에 없었다.

내가 수건으로 얼굴의 물기를 닦고 대충 머리칼의 물기도 닦자 할머니께서 따뜻한 바람을 불러내어 내 머리를 휘젓게 하셨다.

머리가 다 마르자 나를 바닥에 앉게 하시더니, 내 머리를 화려하게 세공된 은빗으로 빗어주셨다.

"너도 그래. 머리가 이게 무슨 꼴이냐? 물론 꾸미고 다니라는 말은 아니지만, 그래도 이렇게 하고 다니면 오히려 불편하겠구나."

그러시곤 가죽 끈으로 내 머리를 밑에서 한번 질끈 동여매 주셨다.

"자, 이제 저녁을 먹을까? 오늘 토끼 한 마리밖에 못 먹었다니 배가 고프겠구나."

"네~"

할머니는 다시 드래곤의 모습으로 돌아갈 거라는 내 예상과는 달리 계속 인간의 모습을 하고 계셨다. 그리고 그 모습으로 음식을 준비하셨는데, 오크 한 마리가 통째로 올 거라는 내 예상을 깨고 내 앞에 나타난 것은 대리석으로 만들어진 멋진 둥근 식탁과 그에 어울리는 하얀색의 의자였다. 그리고 그 위로 은으로 만들어진 것 같은 식기 위에 과일 샐러드와 스테이크, 그리고 포도주가 차려졌다. 비록 빵과 스프는 없었지만, 그건 분명히 사람들이 먹는 음식들이었다. 더욱이 포크와 나이프도 있었다.

놀란 눈으로 할머니를 바라보자 할머니가 호호호 하고 손을 입으로 가리며 웃었다.

"그렇게 볼 것 없단다. 나도 예전에는 인간 세상에 나가봤었고, 지금도 가끔은 인간들의 방식으로 식사를 즐기거든. 뭐, 급하게 차리느라 별로 없지만, 그래도 한번 먹어보렴. 꽤 먹을 만하단다."

"헤에, 할머니가 이런 걸 즐길 줄은 몰랐는데요?"

"호호호, 그래. 요즘은 이렇게 차려 먹진 않았지. 하지만 네가 오늘 토끼 고기를 구워 먹었다는 소리를 듣고 네가 인간들의 풍습을 겪어보고 싶어한다는 걸 알았지. 그래서 오랜만에 차려봤단다. 예전에 많이 보관해 둔 것 같았는데 이 정도밖에 남지 않았구나. 그래, 어디 먹어볼까?"

할머니는 나에게 의자를 권하시고는 자신도 의자에 앉아서는 포크는 왼쪽 손에 나이프는 오른쪽 손에 들고 스테이크를 썰어

먹는다는 것을 상세하게 설명해 주시고는 직접 시범까지 보이며 나에게 가르쳤다.

'흠, 양식 먹을 때랑 똑같구나. 하긴 음식을 보니 양식이네.'

나는 할머니에게 알았다는 듯이 고개를 끄덕끄덕하고는 양손에 포크와 나이프를 들고 음식을 먹기 시작했다. 역시 아까 내가 엉터리로 구워 먹던 토끼 고기와는 비교도 안 될 정도로 맛있었다.

"우선 이것 먹고 나중에 갈 때 좀 챙겨줄 테니 가져가렴. 그리고 세면 도구랑 옷도 좀 챙겨줄 테니 잊지 말고 가져가고. 그 산이 좀 크고 울창해서 익숙해지려면 시간이 좀 걸릴 거다."

"예, 역시 할머니가 최고."

"참, 아린아. 정령술을 배워보지 그러니?"

"정령술요?"

"그래. 정령을 다룰 줄 알면 사냥하는 데나 혼자 생활하는 데 꽤 많은 도움을 줄 거다."

"할머니, 드래곤이 정령도 다룰 수 있어요? 마법만 다룰 수 있는 게 아니었나요?"

"그런 건 아니야. 우리 드래곤은 모든 정령을 다 다룰 수 있단다. 더욱이 우리의 속성상 불의 정령을 소유할 수도 있지. 단지 드래곤들이 정령을 사용할 필요성을 느끼지 못하기 때문에 사용하지 않는 거야."

"그래요? 몰랐어요."

"자, 내친김에 불의 하급 정령을 너에게 주마. 여기 정령이 있으니 불러보렴."

할머니가 '카사!' 라고 말하자 내 앞에는 불꽃으로 이루어진 비둘기만한 작은 새가 나타났다.

"어떻게 불러요?"

"그냥 불러봐. 그럼 너한테 갈 거야."

"이리 와."

나는 조심스럽게 그 새에게 손짓하면서 말했다. 그러자 그 새가 내게 날아오더니 스르르 내 안으로 사라졌다.

"어라? 할머니! 이게 내 몸 안으로 사라졌어요!"

"그건 그 정령이 이제 네 소유가 되었기 때문에 네 몸 안에서 살겠다고 하는 거란다. 이제 그 정령은 네 몸의 일부나 마찬가지가 된 거야. 그리고 그건 불의 하급 정령 카사라고 한단다. 좀더 고위급의 정령을 너에게 주고 싶지만 넌 아직 마나가 충분하지 못하니 하급밖에 못 가질 거다. 뭐, 생활하는 데 하급 정령도 도움이 많이 되지만, 혹시 나중에라도 고급 정령을 가지고 싶다면 할미에게 오거나 네 스스로 계약을 맺으렴."

"이거 어떻게 불러내요?"

"그냥 이름을 부르면 돼. 그 정령은 이제 너한테 속한 거거든."

"카사!"

그러자 내 앞에는 아까 그 불새가 나타났다.

"이거 하나만 부를 수 있어요?"

"네 마나가 가능한 한 많이 부를 수도 있지."

"카사, 카사!"

옷, 그러자 불새가 두 개 더 늘어났다.

"와~ 신기해. 그럼 다른 정령들도 이렇게 부를 수 있어요?"

"그래. 하지만 불의 정령처럼 네 몸의 일부가 되진 않는단다. 불의 정령처럼 계약을 맺으면 네 몸속에서 사는 것이 아니라 그들은 계속 정령계에서 있다가 네가 부르면 네 앞에 나타나는 거지.

내 책들 중에 정령 마법 책이 있으니 가져다가 한번 익혀보렴. 거기에 네가 궁금해하는 것들이 자세히 설명되어 있을 거다."

"예."

식사를 마치고 나는 할머니가 챙겨주신 물건들을 가지고 내 레어로 돌아왔다. 그리고 레어로 돌아오자마자 바람의 정령과 땅의 정령, 그리고 물의 정령과 계약을 맺었다(비록 하급 정령이긴 하지만). 그리고 바람의 정령인 실프도 불의 정령 카사처럼 내 소유로 할 수 있었다. 책에 의하면 드래곤들은 자신의 속성과 같거나 도움을 줄 수 있는 정령을 자신이 소유할 수 있다고 했다. 대신 몸속에서 자신의 마나를 그들에게 공급하므로써 정령들이 정령계에 돌아가지 않아도 계속 살 수 있게 해주어야 했지만, 마나가 너무 많아서 주체를 못 하는 드래곤들에겐 그 정도야 부담조차 되지 않는 일이었다.

다음날부터 나는 마법이랑 검술 연습은 때려치고 하루 종일 숲속을 헤매고 다녔다. 숲의 지리를 익히려는 목적도 있었지만, 정령들을 다룰 수 있기 때문이었다. 바람의 정령한테는 동물이 있는 곳을 물어보고, 물의 정령에게는 물이 있는 곳을 물었다. 그리고 동물을 발견하면 정령들의 도움을 받아 사냥하는 재미도 쏠쏠했다.

그러던 어느 날이었다. 레어에서 멀리 떨어진 곳까지 가보려고 마음먹고 반나절이나 뛰어 내려왔는데 어디서 이상한 소리가 들려왔다.

"하앗! 스물. 하앗! 스물하나……."

'이게 뭔 소리야? 어딘가 익숙한 소리 같기도 하고… 사람 소리구나! 뭐? 사람?! 여기에 사람이 있단 말이야?'

나는 소리가 나는 쪽으로 가만히 다가가 보았다. 거기에는 넓은 공터가 있었고, 어떤 한 소년이 검을 들고 기합 소리와 함께 내려치고 있었다.

"하앗! 마흔……."

17세쯤 되었을까? 어깨까지 내려오는 갈색 머리를 가지고 있었고 170쯤 되어 보이는 키에 약간 마른 몸매를 가지고 있었다. 인간은 정말 300년 만에 처음 보는 거라 너무 감격스러운 나머지 그를 멍하니 바라보고 있었다. 그러자 나의 시선을 느꼈는지 그 소년이 내 쪽을 쳐다보더니, 나를 발견하고는 놀란 표정을 지었다.

"넌 누구야? 여기 어떻게 왔지?"

그는 내가 자신의 또래로 보였는지 처음부터 다짜고짜 반말로 물어왔다.

그가 연습하고 있던 검을 들고는 내 쪽으로 다가오자 나는 그를 더욱더 자세하게 볼 수 있었다. 약간 까무잡잡한 얼굴에는 주근깨가 있었고, 갈색 눈은 순진해 보였다. 그런 그 눈이 의아한 빛을 띠자 그제야 나는 그가 나에게 질문을 했다는 걸 깨달았다.

"나?"

'윽, 뭐라고 대답을 하지?'

내가 누구냐고 묻는 질문에 '난 드래곤이야'라고 대답할 수는 없는 일이었다.

'이럴 땐 공격이 최고의 방어인 법!'

그리고 그도 반말로 물었기에 나도 반말로 나갔다.

"그러는 너는 누구야?"

대답을 안 하고 오히려 되묻는 나를 이상하게 볼까 봐 걱정을 했는데 의외로 그 소년은 순순히 대답해 주었다.

"나는 저쪽에 있는 집에서 살고 있는 앤드루라고 해. 그러는 넌 누구니?"

"나는 저기 고개 너머에서 살고 있는 아힌이라고 해."

그가 한 대답에서 내가 대답할 힌트를 얻은 나는 그와 비슷하게 대답했다. 그리고 내 본명을 대기는 싫고 해서 아무거나 생각이 나는 이름을 대버렸다. 어정쩡하게 대답을 했음에도 불구하고 그 앤드루라는 소년에게는 충분한 대답이 되었는지 그는 고개를 끄덕였다.

"그렇구나. 근데, 아힌. 여긴 어떻게 왔니?"

"아! 사냥을 하러 오다 보니까 이렇게 됐어. 좀 멀리까지 나왔는데, 설마 여기에 사람이 있을 거라곤 생각도 못 했거든."

이건 거짓이 아니었기에 나는 망설이지 않고 곧바로 대답할 수 있었다.

"그랬구나. 그럴 거야. 나도 여기서 산 지 5년이나 되었지만 이곳에서 다른 사람을 본 건 네가 처음이야."

"너는 여기서 혼자 살고 있니?"

"아니야. 아버지랑 같이 살고 있어. 아버지가 사람들을 싫어하셔서 이런 곳에서 살고 있는 거야."

"그래. 그런데 너 검술을 연습하고 있었던 것 같은데… 잘해?"

"응? 아, 아니야. 아직은 그렇게 수준이 높지 않아. 아버지 따라가려면 한참 멀었지 뭐. 그나저나 넌 어때? 검을 차고 있는 걸 보니 실력이 있는 모양이구나. 우리 한번 붙어보지 않을래?"

'호, 저 녀석도 나를 관찰하고 있었군. 좋아, 한판 붙어보지.'

"좋아. 나도 누군가와 대결을 해보는 건 이번이 처음이거든."

나는 검을 꺼내 들고 공터 중심으로 나아갔다.

"와~ 좋은 검이구나. 근데 레이피어를 사용하다니 의외네. 보통은 바스타드 소드를 사용하지 않나?"

"응, 그렇지만 내가 팔 힘이 적어서. 그리고 사냥을 하다 보면 스피드가 필요하거든."

"흠, 그렇구나. 자, 그럼 잘 부탁해."

앤드루는 검을 가슴 앞으로 들더니 고개를 꾸벅 숙였다.

"나야말로."

솔직히 나는 좀 흥분된 상태였다. 이 세계로 와서 사람은 처음 보는 데다가 그것도 사람이랑 여태까지 한번도 해보지 못한 검술 대결을 해보다니.

'우~ 떨려.'

"하앗!"

기합과 함께 앤드루가 돌격해 왔다. 나는 그 녀석의 검을 정면으로 받지 않고 슬쩍 옆으로 흘려버린 뒤 녀석의 다리를 찔러 들어갔다. 그러나 다리에 검이 닿기 전에 앤드루의 바스타드 소드가 내 검을 가로막는 동시에 내 검을 쳐올렸다.

'윽! 대단한 힘인걸.'

나보다 힘이 더 셌다. 손목이 저릿하면서 검을 놓칠 것 같아 뒤로 두어 걸음 물러섰다.

'우씨, 이럴 줄 알았으면 미리미리 팔의 힘을 단련시켜 놓는 건데…….'

드래곤이 폴리모프해도 첨부터 힘이 강하다고 생각하면 그건 착각이다. 처음 폴리모프하면 아무리 근육질의 모습으로 변한다고 해도 스스로 단련하거나 마나의 힘을 사용하지 않는 한 보통 성인 남자의 힘 정도밖에 나오지 않는다. 나는 지금 많이 봐줘야 17,

8세, 적게는 15, 6세로 보이는 소녀의 상태. 게다가 근육질이나 글래머가 아닌 절벽 가슴에 약간 마른 몸매—척 보면 소년 같은 몸매—였기에 폴리모프했을 때 순수한 체력만 본다면 그렇게 강하지 않다. 또 그 모습으로 오랜 세월을 지냈지만 워낙 수련(?)을 게을리 한 탓에 마나를 사용하지 않는 순수한 힘만으론 이 소년에게 좀 밀렸다.

"대단한데?"

"너야말로."

나는 속마음을 감춘 채 그에게 씨익 웃어 보였다. 그러자 그 녀석은 정말 여유있게 미소를 되돌렸다. 그 모습에 쬐끔 열이 오른 나는 재빠르게 그 녀석 가슴을 노리고 달려들었다. 그 녀석은 당연히 나를 막으려고 검을 들어올렸고, 그걸 노리고 있던 나는 재빨리 방향을 살짝 바꾸어 녀석의 손목을 노렸다. 확실히 녀석보다 내가 스피드는 더 빨랐다.

그러나 내 검이 녀석의 손목에 닿기 전에 뒤로 물러나 내 검은 허공을 쳤고, 그때를 놓치지 않고 자세를 가다듬은 녀석이 횡으로 그었다. 재빨리 몸을 숙이고 다시 다리를 노리려고 했지만 거리가 너무 멀어서 공격은 못 하고 뒤로 물러나 자세를 가다듬었다.

우리는 몇 차례 더 붙었다.

"너는 대결을 많이 해봤니?"

그와 검을 맞대고 힘으로 버티고 있을 때 나는 그에게 슬쩍 말을 걸었다.

"아버지랑은 몇 번 해봤지만 나랑 비슷한 나이의 사람이랑 한 건 처음이야."

그는 그렇게 대답을 하고 힘껏 검을 밀었기 때문에 나는 그 힘을 이기지 못하고 뒤로 물러났다.

우리는 실력이 그다지 뛰어나지도 못했고—나야 정식으로 배운 것도 아닌 데다 그나마 검술 연습도 제대로 안 했고, 실전 때는 마법이랑 정령의 도움을 받았으니 내 실력이 그렇게 뛰어나지 않다는 것을 스스로가 잘 알고 있었다. 그리고 남의 검술 실력을 보는 건 처음이지만, 그도 나보다 훨씬 뛰어난 것처럼 보이지 않았다—서로 급소를 노리지 않았기에 승부는 나지 않았다.

"에구구, 그만 하자. 힘들다."

꽤 오랜 시간 동안 검을 휘둘렀어도 승부가 나지 않았지만 이제는 서로 지쳐서 검을 휘두를 생각도 하지 못했다. 내가 먼저 손을 휘휘저으며 땅바닥에 털썩 주저앉자 앤드루도 내 옆으로 와서 털썩 주저앉았다.

"아! 힘들다. 하지만 재밌었어."

앤드루는 뭐가 그리도 기분이 좋은지 싱글벙글 웃으면서 말을 건넸다.

"뭐가 재밌어? 서로 봐주느라고 바빴지."

"하하하, 그랬나? 하지만 네가 상처를 입게 하고 싶지는 않았거든."

"피차 마찬가지야. 에구구, 그나저나 물 없냐? 목이 마른데."

"아, 잠깐만 기다려."

앤드루는 자리에서 일어나 저쪽으로 걸어가더니 수풀 속에서 바구니를 하나 꺼내왔다. 내 앞에 내려놓고 펼쳐 보이는 그 바구니 속에는 물통이랑 빵이랑 훈제 고기, 과일 몇 개가 들어 있었다.

"아직 점심 안 먹었지? 그럼, 나랑 같이 먹자."

"그러고 보니 점심 먹을 시간이 넘었구나. 음식을 보니까 꽤 배가 고픈걸."

"자, 여기 많이 가져왔으니까 먹어. 어쩐지 오늘은 왠지 음식을 많이 챙기고 싶더라니."

"오, 너의 그 예리한 예감에 경의를 표한다."

앤드루는 나에게 빵 한 덩이를 건넸고, 나는 그것을 들고 감상에 빠져들면서 한 입 베어 물었다.

'이 얼마 만에 먹어보는 빵이란 말이냐? 여기에 와서 맨날 고기(?)만 먹고 살았었는데… 오! 이 맛있는 빵 맛…….'

"그런데 너, 사냥하러 나왔다고 그러지 않았어?"

갑자기 앤드루가 말을 건네는 바람에 나는 입 안에 있던 빵을 얼른 삼키고 대답했다.

"맞아."

"그런데 하나도 못 잡았나 보지?"

"오늘은 아직 못 잡았어."

"안 잡아가도 괜찮아?"

"괜찮아. 집에 아직 음식이 남아 있거든."

"그래? 너희 부모님은?"

'내 부모님? 가만, 엄마는 처음에 오고 아직 한번도 안 왔고, 아빠라는 드래곤은 한번도 보지 못했으니 뭐 하는지 모르겠고.'

"울 부모님은 볼일이 있으셔서 며칠 동안 어딜 가셨어."

"그랬구나. 그럼 너 혼자 있겠네?"

"그렇지."

"너희 부모님도 사냥꾼이셔?"

'그렇다고 할 수 있겠지?'

"응, 그런데 너희 부모님은?"

나는 자꾸 나에게로 질문이 쏠리자 슬쩍 질문을 바꿔 앤드루에 대해서 물었다.

"아, 우리 어머니는 5년 전에 돌아가시고 지금은 아버지랑 살고 있어."

'이구, 괜한 걸 물었다.'

"그랬어? 안됐구나."

"뭘, 이젠 괜찮아."

"아버지는 뭐 하시는데?"

"예전에는 기사였는데, 여기로 이사 온 뒤론 사냥을 하시거나 텃밭을 가꾸고 계시지."

"흠, 그래?"

그 뒤로도 우리는 이런저런 이야기를 했고, 난 이 산 밑 쪽에 마을이 하나 있다는 것도 알아냈으며, 앤드루의 아버지가 사람들을 무척 싫어한다는 것도 알 수 있었다. 하지만 5년 전의 이야기는 하려 들지 않아서 나도 묻지 않았다.

"아, 이런!"

하늘을 바라보던 앤드루가 갑자기 자리에서 일어났다. 얼결에 같이 따라 일어난 나는 영문을 몰라 그에게 물었다.

"왜 그래?"

"아버지가 돌아오실 때가 됐어. 오늘 마을에 내려가셨었거든."

나도 참 운이 좋았다. 앤드루의 아버지는 한 달에 한번쯤 마을에 내려가는데 오늘이 바로 그날이었던 것이다.

"그러고 보니 슬슬 저녁때가 되어 가는구나. 나도 이제 가봐야겠다."

그러자 앤드루의 주저하는 목소리가 나를 불렀다.

"저기, 아힌."

"왜?"

"또 올 거야?"

'왜 저렇게 애처롭게 말하지?'

"글쎄… 빵 주면 또 올지도."

나는 분위기가 이상하게 되어가는 것 같자 일부러 가볍게 말했다. 그 효과가 있었는지 앤드루가 피식 웃었다.

"내일 나랑 사냥 가지 않을래? 내가 점심 싸 올게."

"그럴까? 좋아. 근데 어디서 만나지?"

그러자 앤드루가 자신의 뒤쪽에 있는 숲 속으로 들어가는 길을 가리켰다.

"저쪽으로 가면 샘터가 있거든? 거기서 아침에 만나자. 여기는 아침에 아버지가 검술을 연습하시기 때문에 안 돼."

"그래? 알았어. 그럼 내일 아침에 거기서 만나자."

"일찍 나와."

"알았어. 그럼 가기 전에 샘터나 한번 가봐야겠다."

"그래, 그럼 내일 봐."

"응."

앤드루는 바구니를 챙기더니 자신의 검을 들고 집 쪽으로 뛰어갔다. 나는 그가 뛰어가는 걸 보다가 그가 시야에서 사라지자 그가 가르쳐 준 쪽으로 걸음을 옮겼다. 숲 속으로 얼마 들어가지 않아서 그가 말했던 샘을 어렵지 않게 찾을 수 있었다.

샘 주위의 삼면을 큰 바위들이 둘러싸고 있었고 한쪽만이 아무것도 없어서 샘을 드러내주고 있었다. 그리고 샘이 생각보다는 꽤 컸기에 금방 눈에 띄었다.

"음, 여기군. 좋아, 내일 늦게 일어나면 이 근처로 공간 이동을 해오지 뭐. 아, 지금도 레어까지 걸어가기 귀찮으니까 공간 이동해야겠다. 헤헤, 내일이 기대되는걸?"

다음날 아침 생각보다 좀 늦게 일어나 버렸다. 허둥지둥 아침을 먹고 앤드루가 너무 기다릴까 봐 샘터 근처로 공간 이동했다. 샘터에는 앤드루가 벌써 나와 있었다.

"왔구나."

나는 앤드루에게 열심히 뛰어왔다는 것을 보여주기 위하여 그의 앞에 멈춰 서서 헥헥거렸다.

"늦어서 미안. 많이 기다렸냐?"

"아냐, 얼마 기다리지 않았어."

"그래? 그럼 다행이구. 그럼 슬슬 사냥하러 가볼까?"

"좋아."

앤드루는 자신의 옆 땅 위에 놓아두었던 물건들을 들어올렸다. 화살이 들어 있는 통은 어깨에 매고 활을 팔에 끼었다. 그리고 허리에는 바스타드 소드와 단검이 제대로 있는지 확인을 한 뒤 마지막으로 커다란 바구니를 들었다. 나는 그런 그를 그냥 보고 있었는데 앤드루는 자신의 짐을 다 챙기더니 아무것도 안 하고 그냥 멀거니 서 있는 나를 보고 의아한 눈으로 물었다.

"뭐 해?"

나는 그의 물음에 어리둥절해져서 다시 되물었다.

"뭘?"

"짐 안 챙겨?"

"뭔 짐?"

그러자 앤드루는 황당하다는 눈으로 나를 빤히 쳐다보았다.

"사냥하러 가는데 필요한 짐 말야."

"아, 다 챙겼는데?"

그러자 앤드루는 나를 한번 훑어보더니 더욱더 황당해했다.

"그게 다야?"

"다냐니?"

"그 레이피어 하나 갖고 사냥을 갈 거냐구."

"그럼 뭘 갖고 가냐?"

"뭘 갖고 가냐니. 사냥할 때 활 안 써?"

"안 쓰는데?"

이제 앤드루는 나를 이상하다는 눈으로 쳐다보았다.

"그럼 단검을 사용하냐? 그건 갖고 왔겠지?"

"안 갖고 왔는데? 그게 필요하냐?"

앤드루가 이상하다는 차원을 넘어서 한심하다는 눈으로 나를 쳐다보았다.

"너, 그럼 사냥한 다음에 가죽은 뭘로 벗기고, 배는 뭘로 가르냐? 설마 레이피어로 한다고 그러지는 않겠지?"

"레이피어로 하는데?"

그러자 앤드루의 눈이 둥그래졌다.

"뭐라고? 너희 부모님 사냥꾼이시라며?"

"항상 통째로 갖고 오시던데……."

"그래도 단검이랑 활은 기본적으로 갖고 다니실 거 아냐?"

'윽……'

생각도 못 해보던 거였다. 엄마야 사냥하는 걸 못 봤고, 할아버지가 하실 땐 드래곤 피어 한 방이면 저절로 나와서 쓰러졌으니까 활이나 단검이 전혀 필요가 없었다.

'에구구~ 보통 사냥할 때 단검이랑 활이 필요한 거구나. 조금 있다가 할아버지한테 가서 달라고 해야겠다.'

그러나 지금은 먼저 앤드루에게 내가 활이 필요없다는 것을 이해시켜야 했다.

"근데, 난 활 쏠 줄 몰라."

앤드루는 다시 황당하다는 표정으로 날 바라보았다.

"그럼 너, 사냥은 어떻게 하냐?"

"정령들이랑 같이 하는데?"

"정령? 너 정령술사야?"

앤드루의 눈이 다시 둥그래졌다. 오늘따라 많이 놀라는가 보군.

"뭐, 그렇다고 할 수 있겠지."

"대단해. 그랬구나. 그래서 사냥을 레이피어 하나 가지고 했다고 그랬구나. 무슨 정령을 다룰 수 있는데?"

앤드루는 이제는 이해했다는 듯이 고개를 끄덕였다. 그러면서 감탄하는 표정으로 나를 바라보았다.

"불이랑 바람이랑 땅이랑 물의 정령들."

"대단해, 대단해! 그럼 어서 정령을 소환해 봐. 난 말로만 정령에 대해서 들어보았지 실제로 본 적이 없거든. 어서 빨리 소환해 봐."

"카사, 노움, 실프, 운디네."

앤드루의 재촉에 나는 정령들을 불러냈고, 앤드루는 그걸 보더니 이젠 완전히 흥분해서 떠들어댔다.

"대단해, 대단해! 와~ 이게 정령이라는 거구나. 가만있자. 이게 실프인가? 그럼 이게 운디네겠구나. 오, 이건 노움이야. 그럼 저게 카사겠군."

사냥하러 나왔으면서 사냥에 대해선 완전히 잊어버린 듯 정령들만 바라보며 흥분해서 어쩔 줄 몰라 하는 앤드루를 그냥 두었다간 언제까지나 저러고 있을 것 같았다.

"그만 좀 해라. 사냥 안 갈 거냐?"

"응? 아, 그래그래, 사냥을 가야지. 근데 정령에게 길을 물어볼 수 있다며? 그럼 어디에 동물이 있는지도 알 수 있겠네?"

그제야 앤드루는 사냥 나왔다는 것을 깨달은 듯했지만 여전히 흥분한 목소리로 나에게 물었다. 그런 앤드루를 보니까 한숨이 푹 나왔지만 그래도 대답은 해주었다.

"보통 실프한테 물어서 동물을 찾아."

"그럼 어서 가르쳐 달라고 해."

"그래그래. 정말 어린애 같다니까. 실프, 부탁해."

실프는 고개를 끄덕이고는 앞장서서 날아갔다. 나는 나머지 정령들은 돌려보내고 실프의 뒤를 따랐고, 앤드루도 얼른 짐을 챙기고 쫓아왔다. 한참을 달려가자 실프가 공중에서 멈췄다. 앞에 동물이 있다는 신호였다. 앤드루는 통에서 화살 하나를 꺼내 들어서 활에 걸었고, 나는 활 대신 아이스 스톰(얼음 화살) 주문을 외우면서 조심스럽게 다가갔다.

"사슴이야. 근데 그다지 크지는 않다."

나무 뒤에 몸을 숨기면서 눈앞에 보이는 사슴을 바라보며 앤드루에게 작게 속삭였다.

"그래도 새끼는 아니잖아."

앤드루 역시 내 옆으로 다가와서 사슴을 살펴보며 대꾸했다.

"그건 그래. 이제 어쩔 거냐?"

"어쩌긴. 내가 내 활 솜씨를 보여주마."

"그래, 잘 해봐라."

나는 앤드루가 활을 쏠 수 있도록 옆으로 물러났고, 앤드루는 사슴을 겨냥하면서 조심스럽게 활시위를 당기곤 잠시 숨을 고르고 조준을 하더니 활시위를 당겼던 손을 놓았다. 활시위에서 떠난 화살은 사슴을 향해 날아갔다. 그러나 아쉽게도 사슴은 활을 날리기 전에 우리의 기척을 느꼈는지 활을 날리자마자 뛰어서 숲 속 깊이 도망가 버렸다.

"이런! 아깝다."

사슴을 놓치고 분해하는 앤드루를 보면서 나는 위로조로 중얼거렸다.

"그나저나 도망갔으니까 다른 걸 찾아보자. 다음에는 꼭 잡고 말 테다."

"그래그래. 실프, 또 부탁할게."

앤드루가 주먹까지 불끈 쥐면서 결연하게 말하자, 나는 피식 웃음이 나왔다. 실프는 또다시 앞장서서 날아갔고, 우리는 그 뒤를 따라 달렸다. 잠시 후에 실프가 또 사냥감을 발견했는지 멈춰 서서 가리키는 쪽을 바라보았다. 우리 허리까지 오는 크기의 무성한 덤불이 있었는데, 그 안에 뭔가가 있는지 부스럭거렸다.

"좋아. 이번에는 놓치지 않겠어."

"잘 해봐라."

앤드루는 아까보다도 더욱더 신중하게 화살을 날렸다. 화살이 덤불 속으로 강하게 날아 들어가자 곧바로 덤불 속에서 부스럭거리는 소리가 사라졌다.

"와~ 맞췄나 봐."

소리가 사라지자 앤드루가 신나 하면서 외쳤다.

"가서 확인해 보자."

너무나 어린애처럼 좋아하는 그를 진정시키면서 덤불로 가까이 갔을 때였다. 갑자기 덤불 속에서 시커먼 그림자가 튀어나와 우리는 서로 다른 방향으로 재빨리 몸을 피했다.

"우갸갸! 멧돼지야!"

우리를 덮치지 못한 검은 그림자가 달려오던 속도를 견디지 못하고 저쪽까지 뛰어가자 그 검은 그림자의 정체를 안 앤드루가 내 쪽으로 달려오며 소리쳤다.

"피햇!"

그때 갑자기 멧돼지가 또 달려들었고, 나는 내 쪽으로 달려오는 앤드루에게 소리치며 또다시 옆으로 피했다. 다행히 앤드루도 일찍 알아차려 다른 쪽으로 피했고, 멧돼지는 그런 우리를 지나쳐 앞으로 나가다 멈추고 뒤로 돌아섰다. 우리를 노려보는 폼이 화가 난 것 같았다. 아까는 정신없어서 못 봤지만 지금 자세히 멧돼지를 살펴보니 앤드루의 활이 멧돼지의 옆구리에 꽂힌 게 보였다. 그리고 화살이 꽂힌 곳에서 약간의 피가 보였다.

"멧돼지가 화가 났나 봐."

우리를 노려보는 멧돼지에게 겁을 먹었는지 앤드루가 걱정스레 말했다.

"화살을 맞았으니 당연히 화가 나지."

그때 멧돼지가 나한테 덤벼들었고, 나는 아까 주문을 외워두었던 얼음 화살을 날렸다.

"아이스 스톰!"

그러나 그것은 사슴을 상처없이 잡기 위해서 기절할 정도로 마력을 약하게 해놓은 것이기에 멧돼지를 쓰러뜨리기에는 턱없이 부족했다. 멧돼지는 얼음 화살을 맞더니 더 화가 난 듯 거칠게 푸르릉거리며 덤벼들었다.

"우아아악!"

나는 얼른 옆으로 굴렀다. 그때 잠시 막간을 이용해 활을 장전한 앤드루가 활을 날렸고, 이번에는 엉덩이에 정확히 꽂혔지만 멧돼지는 그 정도는 거뜬하다는 듯 꿈쩍도 않고 오히려 앤드루 쪽으로 돌아서서 앤드루를 노려보더니 돌진했다.

"노움, 저놈 발을 걸어!"

난 재빨리 노움을 불렀고 노움이 땅을 약간 솟아오르게 해서 멧돼지의 발이 거기에 걸려 넘어지게 만들었다. 그러나 스피드가 그리 높지 않았을 때 넘어뜨린 거라서 멧돼지는 한번 프루릉거리더니 곧 일어났다. 우리는 멧돼지가 넘어지는 사이에 멧돼지한테서 멀찍이 물러나면서 앤드루는 활을 장전했고, 나는 주문을 외우기 시작했다. 그리고 다행인지 멧돼지는 나는 거들떠보지도 않은 채 계속 앤드루만 노려보았기 때문에 틈을 얻는 나는 외우고 있던 마법을 날렸다.

"라이트닝 에로우!"

전기 덩어리는 곧장 날아가서 멧돼지에게 명중되었다. 강한 빛이 번쩍 하는 동시에 멧돼지가 돼지 멱따는 소리로 비명을 지르며 한번 몸부림을 치더니, 온몸이 새카맣게 타서 쓰러져 몇 번 꿈틀대다가 조용해졌다.

우리는 멧돼지한테 다가갔다. 멧돼지는 죽었는지 꼼짝도 안 했고 그에 용기가 난 내가 발로 쿡쿡 찔러봐도 반응이 없었다.

"와~! 우리가 멧돼지를 잡았어."

앤드루는 너무나 좋아하면서 내 팔을 잡고 흔들어댔다. 한참을 그러던 앤드루는 흥분된 마음을 진정시키고 멧돼지를 돌아보았다.
"오늘 정말 운이 좋은데? 그나저나 이걸 어떻게 가져가지?"
"그렇게 크지 않잖아. 끌고 가지 뭐."
평소 오크 한 마리는 너끈히 끌고 다녔던 나는 아무 생각 없이 말했는데, 앤드루가 한심하다는 듯 쳐다보았다.
"바보야. 너, 사냥꾼의 자식 맞냐? 그냥 끌고 가면 가죽이 상하잖아. 들고 가야 해. 가만! 이거 좀 이상하다?"
멧돼지 옆에 쪼그리고 앉아 멧돼지를 만져 보며 상태를 확인하던 앤드루가 고개를 갸우뚱했다.
"왜 그래?"
나의 물음에 계속 고개를 갸웃하면서 앤드루는 이제 멧돼지를 들어보기도 하면서 대꾸했다.
"글쎄, 보기보다 좀 가벼운 녀석 같네? 감촉도 좀 이상한 것 같고."
"번개 공을 맞아서 그런 게 아닐까? 털은 다 탔네."
앤드루가 너무 이상해하니까 나도 그의 옆으로 가서 같이 쪼그리고 앉아 멧돼지를 살펴보았다. 그러나 나는 아무리 봐도 이상한 점을 찾지 못했다.
"잠깐만 기다려봐."
앤드루는 허리에 차고 있던 단검을 꺼내더니 멧돼지의 배를 쭉 갈랐다. 그리고 갈라진 가죽을 양손으로 잡고 좌우로 펼쳐서 안이 다 보이게 했다. 그런데 그 안은 피가 줄줄 흐르는 내장이 있는 게 아니라 온통 새카맣게 탄 숯 덩어리밖에 없었다.
"이게 어떻게 된 거야? 왜 살은 없고 새카만 숯덩이밖에 없는 거지?"
당황한 앤드루가 비명처럼 소리쳤다. 그리고 나는 그것을 보자마자 내 실수로 그렇게 되었다는 것을 알아차렸다.

"에구머니나, 마력을 너무 많이 넣어서 날렸다. 그래서 다 타버린 거야."

"그럼 이게 아까 네가 쏜 그 번개 공 때문이다 그거지?"

앤드루가 살벌한 시선으로 나를 바라보면서 조용하게 물었다.

"아하하하… 너무 급해서 마력을 잘못 조종했나 봐. 그게 좀 센 마법이었거든."

왠지 내가 무척 잘못한 것 같은 기분이 든 나는 멋쩍게 웃으면서 말했다. 그때 앤드루가 열 받은 목소리로 나에게 소리쳤다.

"이 멍청아! 기껏 잡은 건데 이렇게 다 태워버리면 어떻게 해!"

갑자기 소리치는 앤드루를 어리벙벙하게 바라보던 나는 같이 열 받아서 맞대놓고 소리쳤다.

"뭐라구? 야, 누가 잡은 건데 그래! 그리고 사람이 그럴 수도 있지."

"뭐가 그럴 수도 있지야? 마법을 쓸 줄 알았으면 아까 그 사슴한테는 왜 안 썼냐?"

"네가 잡겠다고 했으니까 가만있었지!"

"그렇다고 가만있냐? 옆에서 대기하고 있어야 할 것 아냐?"

"넌 뭘 잘했다고 큰소리냐? 네가 잘못 쏴서 놓친 주제에!"

"말 다했냐?"

"다했다, 어쩔래?"

"좋아. 한번 누가 이기나 붙어보자."

"흥, 누가 너한테 질 줄 알고?"

우리는 서로 검을 빼 들고 겨누었다. 그리고 오늘은 어제와 달리 내가 먼저 선제 공격을 했다.

"하앗!"

난 너무 화가 난 상태였기에 조금도 봐주지 않고 곧장 급소를 겨누며 달려들었다. 그러나 앤드루도 만만치 않은 듯 내 검을 막으며 힘으로 밀어붙이면서 반격해 들어왔다. 나는 앤드루의 검을 살짝 옆으로 흘리며 앤드루에게 바짝 붙어서 공격을 하려 했지만 어느새 앤드루가 왼손에 빼 든 단검에 의해 막히고 말았다. 곧 이어 앤드루는 오른손의 검을 크게 휘두르며 나의 옆구리를 노렸다.

우리 둘은 서로를 봐주지 않고 날카롭게 공격했으나 서로 실력이 만만치 않은 듯 서로에게 치명타를 먹이지 못해 싸움은 쉽게 끝나지 않았다. 그래도 내가 실전 경험이 많은 탓에—이래봬도 200년 간 몬스터를 사냥한 경험이 있는 몸이다. 물론 대부분 마법을 사용했고 검술은 거의 써먹지 못했지만, 그래도 그 오랜 세월의 경험이란 무시 못 한다—앤드루의 어깨와 손등에 가벼운 상처가 생겼으나 앤드루도 정식으로 검술을 배운 탓인지 그에 굴하지 않고 조금도 물러서지 않았다.

"탓!"

앤드루가 내게 곧장 찔러 들어왔고, 나는 그것을 가볍게 막으며 뒤로 물러섰는데 물러선 자리에 아까 죽어 넘어진 멧돼지가 누워 있다는 것을 알아채지 못했기 때문에 그걸 밟고 뒤로 넘어져 버렸다. 재빨리 옆으로 굴렀지만 칼을 놓친 데다가 그 기회를 놓칠 앤드루가 아니었기에 고개를 들자 벌써 나에게 검을 겨누고 있었다.

"하하, 어떠냐?"

"칫, 승자의 웃음을 보는 패자는 기분이 상당히 나쁘다."

"그러게 조심했어야지."

앤드루는 웃으며 검을 치우곤 나에게 손을 내밀었다.

"우씨! 저놈만 아니면 내가 이길 수 있었는데……."

나는 그의 손을 잡고 일어서면서 온몸에 묻은 먼지를 탁탁 털었다.

"그럴지도 모르지. 너, 정말 대단한 실력이더라. 아까는 솔직히 이길 수 있을 거란 생각도 못 했어."

앤드루가 진심으로 말하자 나는 그에게 졌다는 사실로 뭉글뭉글 피어올랐던 화가 가라앉는 걸 느꼈다. 그래서 모른 체하려던 그의 상처를 바라보았다.

"너도 만만치 않던데 뭐. 이리 와봐. 피가 나는데?"

"아~ 별로 깊은 상처는 아니야. 괜찮아."

"괜찮긴 뭐가? 여러 군데 찔린 주제에. 이리 와, 낫게 해줄게."

나는 앤드루의 상처에다 손을 얹고 치유 주문을 외웠다.

"성스러운 치료의 손이여, 어머니 되는 대지의 숨결이여. 내 앞에 있는 이에게 그대의 커다란 자비를. 리커버리!"

곧 내 손에서 나오는 새하얀 빛이 앤드루의 상처를 감싸자 상처가 서서히 아물어갔다. 그리고 그 모습을 바라보던 앤드루의 입이 놀라서 벌어졌다.

"대단하구나, 너. 마법도 할 줄 알다니……."

나는 그의 감탄 어린 말을 듣자 기분이 무척 좋아져서 입이 벌어질 것 같았지만 그런 모습을 보이기 싫어서 그의 손을 놓고 몸에 쌓인 먼지를 툭툭 털며 아무렇지도 않은 듯 말했다.

"뭐, 그리 높은 마법은 아니야. 울 할아버지가 마법사시거든. 그래서 쬐께 배웠지."

"그랬구나. 대단해. 정령을 부리는 데다가 검술에, 이제는 마법까지."

앤드루가 부러운 듯 말하자 아까부터 참고 있던 기분이 좋아서 나오는 웃음을 참기가 너무 힘들었다. 나는 양손을 허리에 얹고 과장스레 잘난 체하면서 말했다.

"푸하하! 내가 마검사를 지향하고 있걸랑."

"대단하긴 하지만 그렇게 여러 길로 가다간 하나도 제대로 터득 못 하면 어떻게 해?"

내가 너무 잘난 체를 했는지 앤드루가 쓴웃음을 지으며 충고했다. 그러나 한번 잘난 체를 하자 갑자기 겸손해지기는 무리였다.

"괜찮아, 괜찮아. 정 안 되면 나중에 하나만 고르지 뭐."

그러자 앤드루가 고개를 설레설레 저으면서 화제를 딴 데로 돌렸다.

"그나저나 또 실패해서 어떡하지?"

"또 찾으면 되지. 그나저나 배고프지 않냐? 벌써 정오가 지났는데……."

문득 뱃속에서 꼬르륵거리자 그제야 점심때가 지났다는 것을 깨달았다.

"그래그래, 우리 점심이나 먹고 또 찾아보자. 여기 좋네. 그늘도 있고. 여기서 그냥 먹자."

우리는 앤드루가 싸 온 점심을 먹고 좀 쉬다가 또 사냥에 나섰다. 이번에는 내가 마력을 잘 조종하고 앤드루도 그동안 실패한 활 실력을 만회하려는지 잘 쏜 덕분에 저녁때가 되었을 즈음엔 토끼 세 마리에 노루 한 마리, 그리고 산새 두 마리를 잡을 수 있었다.

"오, 제법 수확이 괜찮은걸?"

어둑어둑해졌을 때 우리는 우리가 오늘 얻은 수확물을 쌓아놓고 살펴보고 있었다. 생각보다 많이 사냥할 수 있어서 기분이 좋아진 난 고개를 싱글벙글하면서 산새는 산새끼리 토끼는 토끼끼리 모아놓고 있었는데, 앤드루가 어두워진 하늘을 보고는 걱정스럽게 말했다.

"이제 슬슬 가야지? 이러다 늦겠다."

"그래, 그러자. 그나저나 어떻게 나누지?"

"내가 노루를 갖고 가면 아버지가 의심하실지도 모르지. 아직 난 사냥에 능숙하지 못하니까, 그러니까 내가 토끼와 새를 가져갈게. 그거면 의심하지 않으시겠지."

"그래? 그럼 내가 노루를 갖고 가지 뭐."

내가 아무렇지도 않게 대답하자 앤드루가 약간 걱정스럽다는 듯 쳐다보았다.

"가져갈 수 있겠어?"

'난 오크 한 마리 정도는 거뜬하게 들 수 있걸랑.'

나는 전혀 문제가 없다는 듯 씨익 웃어 보였다.

"그럼. 정령들한테 부탁하면 돼."

"하긴. 그럼 내일은 어쩌지?"

앤드루가 납득이 갔다는 표정을 지었기에 나는 노루 쪽으로 시선을 돌렸는데, 갑자기 뚱딴지 같은 질문이 들려오자 의아한 눈으로 앤드루를 돌아보았다.

"어쩌다니?"

"오늘 사냥을 했으니 내일은 사냥하러 나온다고 그러지는 못할 거야. 아마도 내일은 아버지한테 검술 지도를 받게 될 거야."

앤드루는 내일 나를 못 만나는 게 서운했는지 시무룩하게 말했다. 근데 나는 그런 앤드루의 심정은 헤아리지도 못하고 아무렇지도 않은 듯 대답해 버렸다.

"그래? 뭐, 그럼 못 만나겠네. 그럼 나도 내일은 할아버지 댁에

나 가야겠다."

나 같으면 내가 서운해할 때 상대방이 아무렇지도 않게 말하면 열 받아서 아무 말도 안 할 텐데 앤드루는 열 받질 않았는지, 아니면 호기심이 강한지 금방 관심을 보이며 물어왔다.

"할아버지도 여기 사셔?"

나는 말해 놓고 앤드루에게 너무 무성의하게 대답한 것 같아서 뜨끔했는데, 다행히 앤드루가 우리 할아버지께 관심을 돌리자 속으로 안도의 한숨을 내쉬면서 내가 대답할 수 있는 한 성심 성의껏 대답해 주었다.

"아니, 좀 멀리 사시긴 하지만, 할아버지가 우리 집이랑 할아버지 집에 마법으로 통로를 만들어놓으셨거든. 그거면 금방 갈 수 있어."

'뭐, 공간 이동으로 가는 거니까 거짓말은 아니지.'

그때 앤드루가 뭔가를 더 묻고 싶어하는 것 같았으나 더욱더 어두워져 가는 하늘을 바라보면서 급한 듯 질문은 못 하고 서둘러 작별 인사를 했다.

"그래, 그럼 우리 모레 만나자. 그때는 사냥하러 나올 수 있을 거야."

"그래, 글면 모레 아침에 샘터에서 만나자."

"그래, 그럼 나 갈게. 담에 봐."

"그래, 잘 가라."

앤드루는 곧 토끼와 새들을 챙겨 들고 집 쪽으로 사라졌고, 나는 앤드루가 멀리 갈 때까지 기다렸다가 공간 이동으로 내 레어로 돌아왔다.

'우~ 피곤하다. 오늘은 그냥 자고 할아버지께는 내일 가야겠다.'

제5화

앤드루의 죽음

앤드루의 죽음

여기 와서 처음으로 사귄 친구였는데… 죽음에서 구해줬다고 생각했는데…

다시 나랑 사냥 갈 줄 알았는데…

바보 같은 놈, 이젠 다시는 검 대련을 못 하게 됐잖아!

다음날 나는 처음으로 할아버지 레어에 갔다. 처음 가는 거라서 그곳을 몰랐기 때문에 공간 이동은 못 하고, 그렇다고 드래곤의 모습으로 날아갈 순 없어서 인간의 모습으로 마법을 써서 날아갔다. 주문은 알고 있었지만 인간의 모습으로 날아본 적이 없어서 첨에는 무척 긴장했었다(난 항상 드래곤 모습으로 날아다녔으니까). 그래도 나는 것은 익숙해 있어서 괜찮았지만 마법을 쓰는 것이기 때문에 마나의 흐름에 계속 집중하고 있으려니 힘들었다. 조금만 주의를 게을리 하면 추락하기 때문에, 죽고 싶지 않은 이상 계속 신경 쓰고 있어야 했다. 그러니 체력이 지치는 것도 지치는 것이었지만 정신적으로도 무척 피곤해졌다.

너무 피곤해져서 잠시 쉬어가려고 내려갈 곳을 찾고 있던 중, 어느새 도착했는지 할아버지가 말씀해 주신 곳이 보이기 시작했다. 할아버지 레어는 휴화산의 분화구 안쪽에 위치해 있어서 쉽게 찾아올 수 있을 거라 했지만, 휴화산의 분화구는 찾았는데 오랜 기간 동안 화산 활동이 없었던 탓에 분화구 안쪽에는 커다란 호수가 생겨 있었고, 그 호수를 중심으로 수풀이 무성하게 자라 있었다.

"엑~ 여기 어디에 커다란 동굴이 있다는 거야?"

주위를 쭉 둘러보아도 커다란 동굴은커녕 비슷한 구멍조차도 보이지 않았다. 사방을 두리번거리면서 여기서 그냥 할아버지를 불러볼까 고민하고 있었는데.

"흐음, 아린아, 뭐든지 겉만 보고 판단하는 것은 경솔한 거란다."

뒤에서 할아버지의 목소리가 들려왔다. 목소리에는 다정함이 가득 담겨 있었지만 갑자기 들려오는 목소리에…….

"헉! 할아버지 간 떨어질 뻔했잖아요."

너무 놀란 나머지 나는 내 간이 제대로 내 몸속에 붙어 있는지 확인해 보고 싶은 심정이었다.

"호오, 그랬니? 할아비 레어에 첨 오는 손녀를 보니 너무 기뻐서 그만……."

언제 오셨는지 내 뒤에 서 계시던 할아버지가 껄껄 웃으셨다. 할머니가 왜 할아버지보고 한숨을 쉬시는지 알 것 같았다. 나이가 8,000살이 다되어 가시건만 아직까지 장난을 무척 좋아하시고 젊은(?) 드래곤 못지 않게 혈기가 왕성하신 분이었다.

"그런데 할아버지, 레어가 안 보이는데 어디 있는 거예요?"

계속 웃고 계시던 할아버지는 내 질문에 그제야 생각이 났다는 듯 머리를 탁, 치셨다.

"아, 내 레어는 입구가 그렇게 크지 않거든. 그래서 작게 변신해서 들어가거나, 아니면 공간 이동을 해야 한단다. 그나저나 아린아, 여기 경치가 꽤 좋지 않니?"

그러고 보니 넓고 새파란 호수를 가운데로 주위는 수풀이 우거져 있어서 경치가 꽤나 좋은 데다 조용해 낭만적인 산책 코스로는 딱이었다. 게다가 누가 만들어놓았는지는 모르겠지만 호수 둘레에 작은 오솔길까지 있었다. 나는 길을 따라 걸어가는 할아버지의 뒤를 쫄랑쫄랑 쫓아가면서 대답했다.

"멋지네요. 산책하기에 좋겠는데요? 그나저나, 여기는 분화구인데 굉장히 넓네요."

내가 감탄 어린 말을 하자 기분이 좋아지셨는지 할아버지는 싱글벙글 웃으시면서 친절하게 설명해 주셨다.

"그렇지? 여긴 내가 태어나기도 전에 큰 화산 폭발이 일어난 곳이란다. 얼마나 컸냐 하면, 이 화산으로 대륙의 절반이 화산의 피해를 입고 말았지. 그 뒤로 큰 지진이 일어나 현재의 산맥이 생기고, 이곳에 살던 인간들은 물론 모든 종족들이 거의 절반이나 전멸을 당했단다. 그런데 만 년이 넘는 시간 동안 이런 모습으로 회복을 했지. 그런 걸 보면 자연이란 참 대단한 존재야."

"그럼, 여기가 가장 큰 화산이겠네요?"

"그래, 휴화산이긴 하지만 현 대륙에서 가장 큰 화산이지. 네 할머니가 계신 곳은 이 산맥과 연결되어 있는 곳인데, 5,000년 전에 화산 폭발을 일으켰지. 물론 작은 폭발이긴 했지만 그걸로도 사람들은 꽤 피해를 입었을걸? 또 거긴 아직도 화산 폭발이 일어날 가능성이 높은 곳이지."

나는 좀 뭔가 이상했다.

'할머니가 계시는 곳이 화산 폭발이 일어날 가능성이 높은 곳

이라고?'

"그런데 할머니는 왜 그런 위험한 곳에서 사시는 거죠?"

그러자 할아버지는 '우리는 자랑스러운 드래곤'이라고 써붙여 놓은 것 같은 얼굴로 말씀하셨다.

"후후… 아린아, 우리 드래곤이 그깟 화산 좀 폭발한다고 무슨 피해나 입을 것 같니? 전혀 상관이 없으니까 거기서 살지. 오히려 늘그막에 뜨뜻한 곳에 있으니 좋기만 할 거다."

'호~ 역시 드래곤은 위대한 종족이군. 화산이 폭발해도 피해를 입지 않으니.'

"자, 여기가 내 레어의 입구란다."

할아버지는 오솔길을 약간 벗어난 수풀이 많이 자라 있는 곳으로 안내하셨다. 그리고 수풀 때문에 가려서 잘 보이지 않는 곳에 웬 동굴 입구가 하나 보였다. 그러나 그 동굴 입구를 보는 순간 난 어리벙벙할 수밖에 없었다.

"에? 여기가요?"

"입구가 좀 작긴 해도 안은 꽤 넓은 곳이지."

할아버지는 무언가 비밀을 나에게만 특별히 보여주시는 듯한 표정으로 동굴 안으로 들어가셨다. 그러나 나는 여기가 할아버지의 레어라는 것이 믿기지 않았다. 할아버지가 가리키신 레어의 입구는 성인 남자가 겨우 들어갈 만한 크기였다. 이곳이 드래곤이 살고 있는 레어라는 걸 믿는 것보다는 차라리 팥으로 메주를 쑨다고 하는 말이 더 믿음이 갔다. 그러나 동굴 안에 있는 길을 따라 밑으로 꽤 깊숙이 들어가자 공간이 무척 넓어지면서 드래곤이 살 수 있을 정도의 크기가 되었다. 그리고 좀더 깊숙이 들어가자 거기에는 수증기가 모락모락 피어오르고 있는 온천이 있었다. 그곳까지 도착하자 할아버지는 자랑하지 않고는 못 배기겠다는 얼굴로 나를 돌아보셨다.

"어떠냐, 아린아. 이 할아비 레어도 꽤 괜찮지 않니? 이렇게 온천도 있고 말이다."

"굉장하네요. 근데 작아서 드래곤은 못 들어가겠어요."

"그게 무슨 상관이냐? 작게 변해서 들어가면 되는 것을. 근데 저래 보여도 꽤 온도가 높단다. 보통 인간이 들어가면 화상을 입게 될 거야."

그때 나는 신기한 장면을 보게 되었다. 온천에서 모락모락 피어오르고 있는 수증기가 일정한 공간 안에만 모여 있는 것이었다. 그 수증기는 온천 주변의 1m 이내의 공간에서만 공중을 뿌옇게 만들고 있었다. 그러나 그 외의 공간에는 수증기의 영향을 전혀 받지 않고 있었다.

"할아버지, 수증기가 저기 위에만 모여 있네요. 마법을 걸어놓으셨나 보죠?"

"그래, 내가 여길 3,000년 전에 발견했을 때만 해도 온 동굴 안이 수증기로 꽉 차 있었지. 그리고 그때는 온도가 지금보다 더 뜨거웠었거든. 처음 여길 왔을 때 돌아다니다가 입구에서 수증기가 조금씩 흘러나오는 걸 우연히 발견했고, 덕분에 여길 찾을 수가 있었지. 그리고 여길 발견하자마자 결계를 쳐놔서 수증기가 저곳에만 모이게 해놨단다. 처음에는 가끔 와서 온천욕을 즐길 생각이었는데 수증기가 다 빠져 나가고 보니까 공간도 넓고 그런 대로 꽤 괜찮은 곳이더라고. 그때부터 여기서 살기 시작했지."

"정말 운이 좋으셨네요."

"훗훗, 그런 셈이지. 근데 아린아, 여긴 어쩐 일이냐? 그냥 놀러 온 것 같진 않은데?"

할아버지의 질문에 그동안 잊어먹고 있었던 여기 온 이유가 생각이 났다.

"아, 맞다. 할아버지 저 단검 좀 주세요."

"단검?"

"예, 사냥하러 다닐 때 보니까 필요할 때가 많더라구요. 처음에는 무조건 레이피어를 썼는데 여러모로 불편해서요."

"오라, 그래서 할아비한테 단검을 하나 얻으려고 왔구나?"

"헤헤헤, 예."

할아버지는 빙그레 미소를 지어 보이시더니 좀더 깊은 공간에 있는 할아버지의 보물 방으로 나를 안내하셨다.

"그래, 사냥은 재미있니?"

"할머니가요, 정령 마법 책을 주셔서 정령과 계약을 맺었거든요. 그러니까 꽤 도움이 돼요. 그 덕분에 재미있어요."

"정령? 그까짓 것들과 뭐 하러 계약을 맺어. 나중에는 그런 것들이 필요없을 텐데."

"하지만 지금은 못 하잖아요. 그래서 물이랑 바람이랑 땅의 하급 정령들하고 맺었어요."

"저런, 왜 하필 하급이냐? 이제는 상급을 다룰 수 있을 텐데."

"아직 안 해봐서 모르겠지만, 하급 정령으로도 충분한걸요 뭐. 근데 할아버지, 정령들이랑은 대화할 수 없나요?"

"대화? 왜? 정령들이 네 말을 안 듣든?"

"아뇨, 그런 건 아니구요. 그냥 말을 해보고 싶어서요."

"정령이랑 대화를 하려면 마력도 마력이지만 친화력이 꽤 높아야 한단다. 너랑은 대화하기가 좀 어려울 거야."

"왜요?"

"우리 드래곤을 정령들이 두려워하고 있거든. 그래서 그것들과 친해지기가 어렵지. 뭐, 그런 것보단 우리가 정령들과 대화를 할 필요를 느끼지도 않아서 그런 것도 있지만."

"아, 그렇군요."

보물 방에 도착해서 열심히 두리번거리시던 할아버지는 어느 한 쪽을 보시곤 그쪽으로 다가가셨다.

"아, 여기 꽤 쓸 만한 게 있구나. 대거라고 하는 거란다."

할아버지는 검집에 꽂혀 있는 단검을 들어서 내게 건네주셨다.

"와, 꽤 멋진 검이네요."

그 단검을 받은 나는 자세하게 살펴보았다. 검집은 검은 가죽으로 만들어져 있었고, 그 가죽은 무척 고급이었는지 만져지는 촉감이 부드러웠다. 테두리에는 금실과 은실이 꼬아진 형태로 무늬를 만들고 있어서 더욱더 고급스럽게 보이고 있었다. 더욱이 단검의 손잡이의 끝에는 작은 루비가 박혀 있었고, 검집에서 단검을 뽑아 들자 날이 시퍼렜다.

"훗훗, 이 할아비가 그저 그런 걸 갖고 있을 순 없지 않니?"

"하하하……."

나는 왠지 이마에 땀이 맺히는 것 같아서 손을 이마 위로 올려 스윽 땀을 닦았다.

"자, 이거 하나면 됐니? 또 딴 거 필요한 건 없구?"

"예, 이거면 충분해요."

난 할아버지한테 앤드루를 만난 이야기를 하려다가 그만두었다. 성룡이 되기 전까지 인간 세상에 나가는 것이 금지된 만큼 뭐라고 하실지 모르기 때문이다.

"저 그만 가볼게요."

단검을 받자마자 가보겠다는 말에 할아버지는 서운한 표정을 지으셨다.

"벌써 가려구?"

"오늘 아직 아무것도 사냥하지 못했거든요."

서운해하시는 할아버지의 표정을 애써 외면하며 나는 미소를 지으며 변명을 했다.

"할아비가 줄 수도 있는데……."

"그냥 제 힘으로 해결할래요. 단검 감사합니다."

내가 그렇게까지 말하자 할아버지는 더 이상 잡지 않으셨다.

"그래그래, 나중에 할아비가 한번 찾아가 보마."

"예!"

다음날 앤드루와 약속한 대로 나는 앤드루와 만나서 사냥을 했다. 우리는 여전히 사냥에 서툴렀고, 그러다 보면 투닥투닥 다투다가 검까지 뽑아 드는 일이 많았다. 그리곤 다시 화해하고 사냥을 하고…… 뭐, 이런 식이었다. 나는 정령들을 사용하면 간단하게 사냥을 할 수 있지만 왠지 그러고 싶지 않았다. 아마 앤드루가 자신의 실력으로 사냥을 하니까 나도 내 실력으로 하고 싶었나 보다.

'근데 정령이랑 계약을 맺은 건 내 실력이 아닌가? 에이, 그건 타고난 거니 실력이라고 할 수는 없잖아? 뭐, 목숨을 걸고 싸우는 일도 아닌데 안 쓰면 어때.'

어느덧 그 녀석이랑 만난 지 몇 달이 지나갔다. 가을은 벌써 지나갔고, 이제는 완연한 겨울이었다. 우리는 그동안 계속 만나서 같이 사냥하러 다녔고, 앤드루의 아버지가 마을에 내려가실 때면 앤드루의 집에 놀러가기도 했다. 하지만 여전히 앤드루는 나와 만나는 것을 아버지에게 숨기고 있었다.

그러던 어느 날이었다. 사냥을 하기 위해 만나긴 했지만 간밤에 눈이 너무 많이 내려 함부로 산을 돌아다닐 수가 없을 것 같았다.

"흠… 눈이 너무 많이 쌓였는걸?"

무릎까지 쌓인 눈을 발로 차며 앤드루가 중얼거렸다.

"그렇지? 사냥하러 가기는 힘들겠어."

나 역시 사냥하러 가지 못한다는 생각에 기운이 빠져서 대꾸했다. 그러다 좋은 생각이 나서 앤드루를 쳐다보았다.

"오늘은 가지 말고 저쪽에서 검 대결이나 해볼까?"

앤드루도 그게 좋겠는지 고개를 끄덕였다.

"좋아. 하지만 거기는 말고, 오늘 아버지가 집에 계시거든. 그러니까 왜 예전에 알게 된 그 공터 말야, 샘 근처에 있는. 거기로 가자."

그는 내가 자신이 매일 연습하는 그의 집과 가까운 공터를 바라보자 얼른 반대했다. 하지만 난 그의 말에 찬성할 수 없었다.

"거긴 여기서 멀잖아? 그냥 근처에서 하자."

그러나 앤드루도 자신의 의견을 철회할 생각은 없는지 우겨댔다.

"뭐 어때? 시간도 많은데 눈 구경도 할 겸 갔다 오자."

'이 녀석은 왠지 아버지한테 나를 숨기고 싶어하는 게 좀 심한 것 같단 말야. 뭐, 하루이틀은 아니지만… 그렇다고 그렇게 멀리 가야 하나?'

나는 거기까지 가고 싶지는 않았지만 벌써 그쪽으로 가고 있는 앤드루를 보고는 아무 말도 못 하고 그 녀석의 뒤를 쫓았다. 눈 구경할 겸이라고 했지만 눈이 너무 많이 쌓이는 바람에 걷는 것만도 힘들어서 경치 구경은 하지도 못했다. 그래서 우리가 공터에 닿을 쯤에는 땀을 뻘뻘 흘리면서 헉헉대고 있었다.

"야, 검 대련하기도 전에 지쳐 버리겠다."

공터에 도착하자 나는 덥기도 하고 힘들기도 해서 눈 위에 풀썩 쓰러졌다.

"에고고~ 힘들어."

눈이 몸에 닿는 감촉이 시원하고 또 푹신하기도 해서 기분이 좋았다. 앤드루도 내 옆으로 다가와 풀썩 쓰러지면서 대꾸했다.

"누군 이렇게 힘들 줄 알았냐? 아, 이렇게 하니까 기분은 좋네."

"그러고 보니 우리도 만난 지 꽤 됐구나, 그치?"

하늘을 바라보면서 기분 좋은 느낌을 즐기고 있을 때 문득 앤드루를 만난 지도 벌써 몇 달이 흘렀다는 것을 새삼 느꼈다.

"그러게. 우리가 여름이 될 때쯤 만났으니까 벌써 6개월 됐나?"

앤드루도 그걸 느꼈는지 꿈꾸는 듯한 목소리로 대꾸했다.

"그러고 보면 우리도 실력이 많이 는 것 같지 않니?"

앤드루의 물음에 나는 잠시 앤드루를 처음 만났을 때를 생각했다. 그때는 재미로 검 대련을 했었는데 서로 봐주느라고 승패가 나지 않았었다. 하지만 그 뒤로는 싸울 때마다 뭐가 그리도 분했었는지 검까지 뽑아 들고 덤벼들었던 것이 기억났다.

"그렇겠지. 사냥한다고 만났다가 계속 싸워댔으니……."

앤드루는 피식 웃고는 하늘을 바라보았다. 고개를 옆으로 기울이다가 그 모습을 보니 괜히 장난끼가 발동됐다. 그래서 그 녀석 몰래 살짝 실프를 불러내어 앤드루 얼굴에다 눈을 왕창 뿌리도록 시켰다. 그리고 나는 미리 도망을 갔다. 잠시 후 앤드루의 비명 소리가 들려왔다.

"우왓! 차거워~ 너, 가만 안 둔다."

실프가 일으킨 바람과 함께 공중에 흩어지는 눈 속에서 이리저리 손을 휘젓고 있는 앤드루를 보자 웃음이 터져 나왔다.

"푸하하하! 땀을 흘리길래 시원하게 해준 것뿐인데 왜 화를 내고 그래?"

"흥, 그랬단 말이지? 이거나 받아랏~!"

앤드루는 어느새 뭉쳤는지 나에게 눈덩이를 던져 왔다.

"헹, 내가 그걸 맞을 것 같냐?"

말은 여유있게 했지만, 눈 위에서 피하는 게 그렇게 쉽지만은 않았다. 겨우겨우 앤드루가 던진 눈덩이를 피하고 재빨리 나도 곧 눈덩이를 뭉쳐서 던졌다. 앤드루도 처음에 눈덩이를 던진 뒤 또 다른 눈덩이를 만들어서 던졌다.

그렇게 눈싸움은 시작되었고 우리는 신나게 눈싸움을 하느라고 누군가 이쪽으로 오는 것을 알아채지 못했다.

"좋아. 너, 가만 안 둔다. 실프~!"

앤드루에게 눈싸움에서 자꾸 밀리자 자존심 상한 나는 실프를 불러냈다. 그러자 앤드루는 재빨리 도망치면서 소리쳤다.

"비겁하다. 눈싸움에 정령을 사용하는 게 어딨냐?"

"헹, 여기 있지 어딨냐?"

난 실프에게 바람을 일으키게 했다. 그런데 그때였다.

"앤드루!"

누군가가 앤드루를 불렀다. 우리는 깜짝 놀라서 소리가 난 쪽으로 고개를 돌리자 거기에는 어떤 중년의 남자가 서 있었다.

"아, 아버지……."

그 남자의 모습을 발견한 앤드루는 신음성과 같은 목소리로 말했다. 그 중년 남자는 앤드루와 같은 머리카락과 눈을 가졌는데, 키가 무척 크고 어깨가 넓은 남자였다. 그는 허리에 검을 하나 차고 있었는데 그 위에 손을 얹고 이쪽을 노려보면서 서 있었다.

'저 사람이 앤드루의 아버지였군. 앗! 그럼 나 들킨 건가?'

나는 이렇게 태평한 생각을 하고 있는데 앤드루는 당황해서 어쩔 줄 몰라 했다.

"어떻게 여길……?"

"공터 주위에 네 발자국 말고 딴 사람의 발자국이 나 있더구나. 그래서 와봤지."

앤드루의 아버지는 척척 걸어서 나에게 다가왔다.

"아버지, 이쪽은 아힌이라구 제 친구예요."

앤드루는 재빨리 내 곁으로 다가와서 나를 소개했다. 그러나 앤드루의 아버지는 앤드루 말은 들은 척도 안 하고 내 앞으로 오더니 날 살벌하게 노려보면서 물었다.

"넌 누구냐?"

"앤드루의 친구인데요?"

갑작스런 그의 질문에 나는 내가 생각해도 참 어벙하게 대답했다. 앤드루의 아버지는 그 대답을 듣더니 눈썹을 한번 꿈틀거릴 뿐 다시 질문을 던졌다.

"어디서 살고 있지?"

"저쪽, 계곡 쪽에서요."

앤드루의 아버지는 그 대답을 듣자 더욱더 살벌하게 나를 노려보면서 말했다.

"거짓말 말아라. 내가 여기서 살아오면서 이 근처 산에서 사람이 살고 있는 자취는 찾지 못했어."

내가 거짓말을 하고 있다고 단정적으로 생각하는 말투였다.

'진짜 계곡에서 살고 있는데. 물론 내가 인간이 아니지만.'

앤드루의 아버지는 살벌해진 눈으로 계속 나를 주시하면서 더 욱더 차갑게 말했다.

"사실대로 대답해라, 여긴 왜 왔지?"

"앤드루랑 놀러 왔는데요?"

하지만 나도 강심장인지, 그런 시선을 받고 있으면서도 참으로 당당하게도 어벙한 대답을 계속 고수했다. 앤드루의 아버지는 또 다시 눈썹이 꿈틀했지만 괘념치 않고 다시 질문했다.

"여기 우리가 산다는 것을 너말고 또 누가 알고 있지?"

"아직 아무에게도 말 안 했는데요?"

"그래?"

갑자기 앤드루의 아버지가 검을 치켜올렸다. 그러고 보니 정말 속으로는 당황하고 있었는지 앤드루의 아버지가 어느새 검을 빼어 들고 있었다는 것도 모르고 있었다.

"아버지 걘 제 친구예요!"

앤드루가 소리치며 그의 팔에 매달렸지만 앤드루의 아버진 쳐다보지도 않고 그를 뿌리쳤다. 그리곤 검을 내 목에다 대고 겨누며 싸늘하게 말했다.

"네가 아직 어린것을 다행히 여겨라. 아직 어려서 죽이지는 않겠지만, 다시는 여기 오지 말아라. 그리고 여기에 우리가 있다는 것을 누구에게도 말하지 말아라. 만약 그랬다간 넌 내 손에 죽을 것이다."

난 내 목에 검이 겨누어져 있고 그 아저씨가 살벌하게 말하고 있었지만, 어쩐지 겁이 요만큼도 나지 않았다. 이럴 땐 드래곤이랑 살아왔던 경험이 상당히 도움이 되는 것 같았다. 그가 아무리 살벌하게 말했어도 내가 태어나자마자 봤었던 엄마의 당황한 표정에—그래도 그때는 엄청 무서웠었다—비하면 아무것도 아니었다.

"저기, 전 진짜 이 근처에서 살고 있는데요. 근데 어떻게 안 와요?"

그러나 아무리 겁이 안 난다고 해도 어른에게 버릇없이 말하다간 한 대 맞을 분위기였기에 내가 주저주저하면서 조심스럽게 말했지만, 아저씨의 표정은 조금도 누그러지지 않았고 오히려 더 살벌해졌다. 그때였다.

"반역자 디로히스 라무아노르! 여기에 숨어 있었구나!"

이 외침과 함께 갑옷을 입고 투구를 쓴 채 칼을 든 한 무리의 사람들이 나타났다.

"이런……."

앤드루의 아버지는 그들을 보자마자 급히 앤드루를 끌어다가 자기 등뒤로 오게 했다. 그리고 내 목에서 검을 치우곤 나를 밀쳐내더니 검을 든 한 무리의 사람들을 노려보았다.

"아힌……."

앤드루는 당황한 듯 나를 쳐다보았지만 나라고 별 뾰족한 수가 있는 것도 아니었기에 어깨만 으쓱하고는 앤드루가 있는 쪽으로 물러났다.

'지금 상황이 어떻게 돌아가고 있는 거야?'

"반역자 디로히스 라무아노르. 나 레스틴 제국의 기사 유시라크 알리시아드가 너를 처단하겠다."

갑옷을 입은 한 무리 중에서 어떤 한 사람이 걸어나오며 말했다.

'음… 그럼 저 사람들이 말로만 들어보던 기사들인가 보군. 근데 앤드루의 아버지가 반역자였다니 놀라운걸? 하긴 쫓기는 처지가 아니라면 이런 곳에서 살지도 않았을 거고, 앤드루가 날 만난

다는 것을 그렇게 꺼려하지도 않았겠지. 그나저나, 저 두 사람 싸울 것 같은 분위기인데?'

앤드루의 아버지는 요란하게 자신을 소개하며 앞으로 나온 기사를 바라보며 허탈한 표정으로 웃었다.

"유시라크… 네가 나를 처단하러 오다니. 후후, 너조차도 내가 황태자를 암살하려 했다고 믿는다는 것인가?"

그러나 앤드루의 아버지를 처단하러 나선 그 유시라크라는 기사는 무표정하게 입을 열었다. 그 말하는 폼이 꼭 인형 같았다.

"디로히스, 예전의 동료였던 것을 감안하여 내가 네 목숨을 거두어주겠다. 자, 덤벼라."

"그래, 네가 나의 목숨을 취하는 것도 좋겠지. 하지만 지금은 네게 내 목숨을 내어줄 순 없다. 내가 만약 지금 죽는다면 내 아들 앤드루조차 죽일 것이 아니냐?"

"흥, 반역자의 말로를 모르는 것이냐? 반역자는 물론, 반역자의 가족은 모조리 처형된다."

뒤에 무리 지어 있던 기사 중 한 명이 외쳤다. 그 목소리를 듣자 하니 나이가 꽤 많을 것 같은 느낌이 들었다. 하지만 그 기사의 나이와는 상관없이 그 말을 듣자 앤드루의 아버지는 얼굴이 굳었고 앤드루는 새파랗게 질렸다.

'그럼 저들은 앤드루와 저 아저씨를 죽이러 왔다는 거군. 참 한심해. 여름에 오면 좀 편히 올 수 있었을 걸 뭐 하러 겨울에, 그것도 이렇게 눈이 많이 쌓인 날에 고생고생하면서 오냐.'

이렇게 내가 쓸데없는 생각을 하고 있을 때 앤드루가 말했다.

"아힌, 이건 너와 상관없는 일이야. 그러니 넌 어서 가봐. 아마 다신 못 만나겠지만 너랑 만나서 즐거웠어. 우리 여기서 작별하자."

'웃, 임마. 그렇게 슬픈 얼굴로 말하면 내가 '그래, 잘 있어라. 나중에 내가 와서 네 시체가 있으면 무덤은 만들어주마' 이렇게 말할 순 없잖아. 우씨~ 되게 난처하네. 어쩌지?'

"소년이여, 여긴 네가 있을 곳이 못 된다. 그러니 어서 가거라."

앤드루의 아버지와 싸우기 위해 앞으로 나왔던 유시라크라고 하는 기사가 나에게 말했다.

하지만 지금 상황은 내가 그렇게 쉽게 갈 분위기가 아니었다. 왠지 내가 가면 의리없는 놈이 될 것 같은…….

'윽, 나보고 어쩌라는 거야?'

그때 아까 그 늙은 목소리의 기사가 외쳤다.

"무슨 소린가, 유시라크. 저 녀석이 아직 있을지 모르는 반역자의 무리 중 하나일지도 모르지 않나!"

"저 소년은 여기 마을에서 살고 있는 아이다. 우리완 아무 상관이 없어!"

'오, 앤드루 아버지 꽤 괜찮은 사람인걸?'

"닥쳐라! 네 말을 어찌 믿는단 말이냐? 저 소년을 잡아라."

그러나 그 늙은 기사는 의심도 많은지 앤드루 아버지의 말은 듣지도 않고 옆의 기사들에게 명령했다. 아무래도 저 늙은 기사가 여기 온 기사들 중 대장인 것 같았다.

"아무 상관이 없을지도 모르지 않습니까?"

뒤에 무리 지어 있던 기사 중 다른 한 사람이 말했다.

'흠, 저 사람은 좀 젊은 것 같군. 하긴 그러니까 저렇게 생각이 깊지.'

"심문해 보면 알게 될 것이다."

하지만 그 늙은 기사는 자신의 명령을 철회할 생각이 없는 것 같았다.

'참내, 고래 심줄 같은 늙은이.'

"그렇다고 아직 어린 소년을……."

"흥, 감히 황태자를 해하려 했던 자들이다. 동정할 가치도 없다."

'이거이거, 왠지 내가 위험한 상황이 되어가는 것 같은걸? 하지만 이봐, 아저씨. 당신들이 내게 상처라도 입히는 날엔 울 할아버지가 당신들을 가만두지 않을 거야. 날 곱게 보내주는 게 당신들이 사는 길이라구.'

라고 말하고 싶었지만 아무도 믿지 않을 것 같아서 그만두었다.

'그래그래, 말하면 내 입만 아프지. 나중에 어떻게 되더라도 내 팔자려니… 하셔요.'

이렇게 내가 쓸데없는 생각에 빠져 있을 때 앤드루의 아버지는 뭔가 결심을 단단히 한 모양이었다.

"나를 쓰러뜨리고나 그런 말을 하시지!"

그 말과 함께 앤드루의 아버지는 유시라크라고 하는 기사한테 덤벼들었고, 그 기사도 준비하고 있었는지 앤드루 아버지의 검을 막아섰다.

'오, 저것이 바로 기사들의 검 대결!'

한심한 나. 지금 상황이 어떤데 흥미진진하게 칼싸움을 구경하고 있단 말인가? 하지만 나말고도 기사들의 무리도 투구 사이로 보이는 눈들이 반짝반짝 빛나고 있는 걸 보니까 열심히 구경하고 있는 것 같았다.

정말 살벌하게 싸웠다. 나와 앤드루의 대결은 저들에 비하면 어린애들 장난인 것 같았다(진짜 어린애들이긴 하지만). 그때였다.

나를 잡으라고 했던 늙은 기사가 날카롭게 말했다.

"유시라크, 지금 뭘 하고 있는 겐가? 반역자를 봐주고 있는 겐가? 자네가 소드 마스터란 건 누구나 다 아는 사실인데, 왜 검기를 사용하지 않고 있는 겐가?"

'저 인간 되게 난리 치네. 그냥 얌전히 구경이나 할 것이지. 너, 조금 있다가 두고 봐라 너만은 내가 가만 안 둔다.'

유시라크는 그 난리 치는 기사의 말을 듣고 흠칫하더니 한 발 물러섰다. 그리고 검을 들어 앤드루의 아버지를 노리며 자세를 가다듬었는데.

'오, 저게 바로 말로만 듣던 검기라는 거구나.'

유시라크의 검에 하얀빛이 서리더니 검을 조용히 감싸면서 날카롭게 빛나기 시작했다. 그러자 앤드루의 아버지도 자세를 가다듬더니 검기를 내뿜기 시작했다.

'잉? 그럼 앤드루의 아버지도 소드 마스터란 거네? 그럼 둘 다 봐주면서 싸웠다는 거야?'

검에 검기가 맺힌 채 싸우는 것은 아까의 싸움이랑 비교가 안 되었다. 물론 싸우는 모습은 비슷했지만 음향 효과라든지 아니면 주위에 끼치는 영향이 장난이 아니었다. 검기가 땅에 부딪치면 땅이 푹푹 파이고, 검을 휘두를 때마다 주위의 쌓여 있던 눈이 날아가는데, 그렇게 무서운 효과를 내는 움직임들이 거의 눈에 보이지 않았다. 앤드루를 슬쩍 보니 그는 너무 놀라서 입을 다물 줄 몰랐다.

'헹, 이 녀석에게는 안 보이는 모양이군.'

솔직히 나에게도 거의 보이지 않았지만 그래도 나는 어렴풋하게나마 움직임이 보였다.

그렇게 검기를 내뿜으며 싸운 지 얼마 안 되어 곧 싸우는 두 사람의 주위는 엉망이 되어갔다. 하지만 두 사람의 실력이 비슷한지 결판이 나지 않았다.

앤드루를 슬쩍 바라보자 이제는 입을 다물고 있었지만 이번에는 손이 하얗게 질릴 정도로 꽉 쥐며 대결을 지켜보고 있었다. 눈이 무척 긴장되어 있는 게 보기에 심히 안됐다.

'불쌍한 녀석.'

유시라크가 앤드루 아버지의 검을 피하면서 앤드루 아버지 앞으로 찔러 들어가자 앤드루 아버지는 뒤로 물러서려고 했다. 하지만 그곳은 아까 유시라크의 검기에 의해 살짝 패여 있었고 물이 고여 있어서 미끄러웠다. 그곳을 밟은 앤드루의 아버지는 휘청거렸으나 곧 중심을 잡을 수 있었다. 하지만 유시라크도 뛰어난 검사였다. 그 순간을 놓치지 않고 앤드루 아버지의 검을 날려버리고는 검을 앤드루 아버지의 목에 대고 겨누었다.

"아버지……."

앤드루가 신음을 흘리듯 아버지를 불렀다.

"잘했다, 유시라크. 역시 레스틴 왕국 소속 근위 기사단 부단장다운 솜씨다."

아까부터 계속 나서는 저 난리 치는 기사가 말했다.

'저 인간 되게 맘에 안 드는걸?'

그 늙은이는 앞으로 나서서 앤드루의 아버지 가까이 걸어가더니, 손을 뻗으면 닿을 거리에 멈춰 서서 앤드루의 아버지를 쓰윽 훑어보며 고개를 끄덕이며 고개를 돌려 뒤의 기사들에게 앤드루의 아버지를 손으로 가리키며 소리쳤다.

"저 반역자를 체포하고 저 소년들도 데려가라."

그 늙은이가 말하자 몇 명의 기사들이 밧줄을 가지고 와서 앤드루의 아버지를 결박했고, 나머지 몇몇의 기사들은 나와 앤드루에게 다가왔다.

"어쩌지, 아힌?"

앤드루가 겁에 질린 목소리로 내게 작게 물었다.

"앤드루, 안됐지만 아버지는 포기하자. 우리 힘으로 어쩔 수 없어."

앤드루는 입을 꾹 다물고는 고개를 끄덕였다. 여기서 우리가 곱게 잡혀준다 해도 앤드루는 반역자의 자식으로 처형당할 것이 분명했다. 더욱이 나까지 덤으로 끌려가 고생할 것이 뻔했다.

그런데 그때 앤드루의 아버지가 몇 명의 기사들이 나와 앤드루 쪽으로 다가오는 것을 보고 몸부림을 쳤다. 그러자 그를 결박하려 하던 기사들이 칼을 그에게 겨누었고, 한 기사가 검 집으로 그의 뒷머리를 내리쳤다. 결국 앤드루의 아버지는 신음 소리조차 내지 못하고 천천히 차가운 바닥 위로 쓰러졌다. 그제야 안도의 한숨을 내쉰 기사들은 그에게 다가가 그를 결박했다. 그 모습을 본 앤드루는 절망감 어린 표정으로 다시금 자신의 입술을 짓이겼다. 그의 그런 모습을 본 나는 더 이상 머뭇거릴 여유가 없다는 것을 깨닫고 재빨리 머리를 굴렸다.

'곱게 잡혀줄 수야 없지.'

나는 내가 외우고 있는 주문 중 가장 음향과 조명 효과가 탁월한 파이어 필드를 골라 주문을 외웠다. 될 수 있는 한 멀리까지 마법을 퍼뜨려야 했다. 지금 내가 노리고 있는 것은 적을 공격한다기보다 할아버지의 주의를 끌려는 것이다. 여기서 큰 마법이 일어난다면 할아버지께선 내가 걱정이 될 테니 달려오실 것이다. 물론 이 마법이 할아버지께서 계신 곳까지 보여야 가능하겠지만. 그래도 조금이라도 강하면 마력의 파장이라도 할아버지께 도달할 것이다.

"앤드루, 내 곁으로 붙어!"

앤드루는 내가 마법을 외운 것을 알아차리곤 얼른 내 곁에 바짝 붙었다.

"파이어 필드!"

나는 내가 낼 수 있는 모든 마나를 총동원하여 마법을 일으켰다. 솔직히 이렇게 큰 마법을 내 모든 마력을 총동원해서 펼친 적이 한번도 없기 때문에 잘될진 몰랐다. 그러나 효과가 있는 듯 우리의 주위에서 큰 불기둥이 땅에서 솟아오르며 기사들을 덮쳤다.

"마법사다. 젠장, 저 꼬마가 마법사일 줄이야."

"우선 뒤로 후퇴하라. 저 꼬마 녀석이 마법을 오래 지속하고 있지는 못할 것이다. 물러나서 불꽃이 가라앉을 때까지 기다려!"

내 쪽으로 다가오던 기사들은 당황해서 뒤로 물러났고 곧 이어 그 늙은 기사가 명령하는 소리가 들려왔다.

'흥, 이놈들아! 내가 보통 마법사인 줄 아냐?'

하지만… 이렇게 높은 계열의 마법은 익히기 위해 몇 번 적은 마력으로 해봤을 뿐 이렇게 필사적으로 구사해 보는 건 처음이었기 때문에 마법을 유지시키는 데 온 정신을 집중해야 했다. 그러다 보니 이 불구덩이에서 빠져 나갈 수가 없었다. 앤드루 또한 불기둥이 사방을 막고 있어서 빠져 나가기란 불가능했다. 게다가 나만 두고 갈 성격이 아니었기에 더욱더 움직이질 못했다. 오직 빨리 할아버지가 이 불을 보고 와주시길 기다릴 수밖에 없었다.

그때였다. 한쪽에서 강한 바람이 불더니만 불꽃이 갈라졌다. 거기에는 아까 그 늙은이가 검을 들고 서 있었다. 가뜩이나 온 정신을 집중하고 있었는데 불 한 귀퉁이가 갈라지자 순간 정신이 흐트러지는 바람에 마법이 풀려버렸다. 갑작스레 마법이 풀려지는 바람에 요동치는 마나를 다스릴 수 없어서 온몸에 고통을 느끼고 있는데 그 늙은이의 목소리가 들려왔다.

"지금이다! 저 꼬마를 잡아!"

그리고 그 목소리와 함께 우리 쪽으로 뛰어오는 기사들의 발소리가 들렸다.

'윽, 저 일평생 도움이 안 될 늙은이. 저놈도 소드 마스터인가 뭔가였나 보다.'

"젠장! 앤드루, 튀엇!"

이럴 땐 주문이 필요한 마법보단 정령이 편한 법이다. 나는 앤드루의 손목을 잡아끌면서 정령을 불렀다.

"노움!"

곧 우리에게 다가오던 기사들이 바닥에 갑자기 생긴 구멍으로 굴러 떨어졌다. 하지만 노움은 하급 정령. 그가 만들 수 있는 구멍은 그리 크지 않았다. 빠진 기사들도 몇 명 없었거니와 그들도 곧 그 구멍에서 나올 수 있었다.

"젠장! 실프, 바람을!"

실프가 급히 바람을 일으켜 기사들에게 흙먼지를 날렸다. 지금 저들을 쓰러뜨리는 것을 기대할 순 없으니 눈을 가리게 한 것이었다. 그 틈을 타서 앤드루와 나는 기사가 없는 쪽으로 뛰었다.

하지만 곧 기사 세 명이 우리 앞을 가로 막아섰다.

나는 아직도 몸속을 휘젓고 다니는 마나들을 다스려야 했기에 그들을 상대할 수 없었다. 그런 내 상태를 보고서는 앤드루는 먼저 자신이 기사 하나를 막아섰다. 하지만 난 앤드루의 실력으로는 기사 한 명도 상대 못 한다는 것을 직감적으로 느끼고 있었으므로 나는 남은 두 명에게 카사를 날렸다.

"카사, 카사, 가랏!"

내가 잽싸게 카사를 불러 날렸기에 그들은 카사를 가슴에 정통으로 맞고 넘어졌다. 하지만 갑옷을 입고 있었고, 또 재빨리 뒤로 물러선 탓에 죽지는 않았다. 하지만 그 기사들은 그 때문에 주춤했고, 그 기회도 나에게는 절실한 것이었다. 나는 얼른 노움을 불러 앤드루가 상대하고 있는 기사 밑에 함정을 만들어 넘어뜨리고는 앤드루를 끌고 또 뛰었다. 하지만 얼마 가지 않아 또 두 명의 기사가 막아섰다.

"젠장, 카사, 카사, 카사, 카사!"

나는 이를 악물고는 카사들을 불러댔다. 그리고는 이번엔 한 기사에 두 정령씩 한꺼번에 날리곤 곧 뛰었다. 그러나 이번엔 운이 없게도 우리를 막아선 기사들이 그 늙은이와 유시라크라고 하는 기사였다. 정령을 재빨리 날렸지만 그들은 검기가 맺힌 검을 휘두르는 바람에 오히려 정령만 소멸되고 말았다.

"꼬마야, 제법이구나. 하지만 여기까지다."

나는 그 늙은이를 앤드루는 유시라크를 맞아 검을 들고 덤볐다. 그러나 그들은 기사 중에서도 소드 마스터들. 우리들은 그들과 제대로 싸워보지도 못했고, 우리들의 검은 그들의 검기 맺힌 검에 의해 두 동강나 버렸다. 이제는 검의 구실을 못 하게 된 내 레이피어를 땅에 내동댕이치자 그 늙은이가 내 목에다 검을 들이대었다.

"여기까지다, 꼬마."

'자꾸 꼬마꼬마하지 말란 말야. 나보다 나이도 어린 주제에. 이래봬도 난 340살이라구.'

속으로는 열이 부글부글 끓었지만 나는 차마 그에게 뭐라고 대꾸할 수 없었다.

'어쩌지?'

내 목에 그 늙은이의 칼이 들이대 있으니 생각을 하는 것도 쉽지만은 않았다. 더욱이 아까부터 요동치는 마나에 의해 온몸이 고통스러운 지경이었기에 생각하는 것은 불가능했다. 어서 빨리 정신을 집중해 마나를 다스려야 했지만 그것도 이 상황에서는 힘들었다.

'젠장, 이 늙은이의 실력이 이렇게 뛰어날 줄이야.'

옆을 보니 앤드루는 벌써 저항을 포기하고 순순히 끌려가고 있었다. 그러나 나는 도저히 자존심이 상해서 그냥 끌려가고 싶지는 않았다. 하지만 섣불리 움직이면 이 날카로워 보이는 칼이 가만있지 않을 것 같아 겁이 나기도 했다.

"쓸데없는 생각하지 말고 순순히 항복해라. 너 같은 꼬마 하나쯤 못 당할 내가 아니다."

'힝~ 할아버지는 지금 어디서 무얼 하고 계신단 말입니까? 이 손녀가 위험에 처해 있는데…….'

별 뾰족한 수가 떠오르지 않아 나는 마나가 제멋대로 날뛰는 것도 무시하고 여차하면 공간 이동으로 튀기 위해 주문을 외우려고 했지만 그 늙은이가 눈을 부라리며 노려보고 있었기에 입도 뻥긋 못 했다.

'하는 수 없지. 나중에 기회를 보는 수밖에.'

"손을 머리 위로 올려!"

'젠장, 하지만 어쩌랴. 시키는 대로 해야지. 너, 진짜 나중에 두고 보자.'

이렇게 속으로 투덜투덜대면서 서서히 손을 머리 쪽으로 가져갔다. 그런데 갑자기 엄청난 불꽃이 그 늙은이를 강타하였다. 너무나 갑작스럽고 엄청난 불꽃이었기에 그 늙은이는 정통으로 맞아버렸고 비명을 지르면서 불꽃에 휩싸였다.

'헬 파이어?'

지옥의 불꽃이라고 불리는 고단위의 화염 마법. 상대방이 죽을 때까지 지옥의 고통을 주며 한줌의 재도 안 남기고 모조리 태워버린다는 헬 파이어였다(이건 적을 죽이면서 주위에 전혀 피해를 안 준다). 이런 마법을 쓸 수 있는 사람은 이 근처에서는…….

"할아버지―!"

공중에 갈색의 로브를 바람에 나부끼며 어떤 사람이 둥둥 떠 있었는데, 그 사람은 바로 울 할아버지셨다.

'얼마나 기다렸는데 이제 오시나이까. 역시 내 계산이 맞았어.'

나는 기쁜 마음에 할아버지께 한달음에 달려갔고, 할아버지는 서서히 공중에서 내려와 땅에 착지하셨는데 왠지 할아버지의 분위기가 심상치 않았다.

앤드루의 일을 할아버지께 말 안 한 죄가 있기에 찔끔해서 할아버지의 눈치를 살살 살폈다.

평소에 할아버지는 항상 인자한 미소를 띠고 계셨고, 엄마랑 싸울 때조차 눈에는 장난기가 흘러넘치셨다. 하지만 지금의 할아버지 얼굴은 딱딱하게 굳어 계셨고, 눈에는 무서운 기운이 피어오르고 있었다. 마치 눈빛으로 사람도 죽일 수 있는 느낌… 저게 바로 살기라는 것인가? 게다가 평소에는 내보이지 않으셨던 드래곤의 위압감도 남김없이 보여주고 계셨다. 나조차도 다리가 후들후들거릴 지경이었다.

'내가 이런데 다른 사람들은?'

주위를 둘러보니 앤드루는 아예 새파랗게 질려 서 있지도 못해서 땅에 주저앉아 벌벌 떨고만 있었다. 앤드루뿐만이 아니라 우리를 잡으려던 기사들도 움직이지도 못한 채 제대로 서 있지도 못했다. 투구를 쓰고 있어서 얼굴이 보이지는 않았지만 아마 새파랗게 질렸거나 새하얗게 질렸을 거란 걸 쉽게 짐작할 수 있었다. 그래도 유시라크라고 하는 기사는 제대로 서서 검을 들고 있기는 했지만 손이 덜덜 떨리는 게 보일 지경이었다.

어느새인가 그 늙은이는 다 타버렸는지 비명도 들리지 않았다. 그리고 바람결에 뭔가 탄 듯한 고약한 냄새가 실려왔다.

'우~ 사람 타는 냄새가 그다지 좋지는 않군.'

주위는 너무나 조용해졌다. 지금 이 상황에서 바늘 하나를 떨구면 그 소리가 들릴 것 같았다.

"이 하찮은 인간들이 감히 내 손녀를 해하려 하다니……."

주위에 있는 인간 하나하나를 노려보고만 계시던 할아버지는 단어 하나하나를 강하게 내뱉었다. 그 말에는 노여움이 가득 들어 있었다.

왠지 내가 일을 너무 크게 벌인 것 같다는 느낌이 들었다.

'에구, 차라리 할아버지를 부르지 말고 앤드루나 데리고 공간이동을 해버릴걸.'

그러나 어쩌랴. 이미 쏟아진 물이요, 쏘아버린 화살인 것을.

할아버지의 손에서 강력한 불길이 솟아올랐다. 불꽃의 크기와 열기도 장난이 아니었지만 그 불꽃을 감싸고도는 마나의 양도 어마어마했다. 그 모습을 본 기사들이 주춤주춤거렸고, 몇 명이 더 땅에 주저앉았다.

'전부 태워버리려고 하시는 걸까? 에구구, 저기엔 앤드루도 있는데……'

하지만 할아버지가 너무 무서워서 목소리가 나오지 않았다.

'히유~ 나 땜시 불쌍한 애 하나 죽게 생겼구나.'

그때였다. 할아버지의 말이 끝난 뒤 다시 조용해진 공간을 가로지르며 누군가의 목소리가 들려왔다.

"멈춰라! 나는 레스틴 제국의 기사 유시라크 알리시아드다. 우리는 여기 반역자를 잡으러 왔을 뿐, 저 소년을 해할 생각은 없다."

목소리는 심히 떨리고 있었지만 말을 했다는 것이 참으로 대단해 보였다.

'대단한 인간이군. 나조차도 말을 꺼내지 못하고 있는데.'

그러나 할아버지는 그를 한번 힐끔 바라볼 뿐 아무 말도 없이 기사들이 서 있는 중앙으로 큰 불덩이 하나를 선사하셨다. 그들은 자신들에게 불덩이가 다가가고 있는 데도 공포에 눌려서 도망갈 생각도 못 하고 있다가 불덩이가 땅과 맞닿아 폭발과 불꽃을 일으키자 그 폭발에 휩쓸려 대부분의 기사들이 쓰러져서는 일어나질 못했다. 단지 유시라크 홀로 재빨리 움직여 땅에 주저앉아 있는 앤드루를 감싸안았다. 그의 몸 주위에는 은빛의 엷은 막이 생겨 앤드루와 그를 보호하고 있었다.

"제법이구나, 인간. 내 브레이크 파이어 볼을 막아내다니. 하지만 거기까지다. 네놈들이 내 손녀를 괴롭힌 대가를 톡톡히 치르게 해주마."

"저기, 할아버지. 나 괴롭힌 놈은 할아버지가 벌써 태워 죽였는데……."

다 죽고 겨우 무사히 살아남은 저 둘까지 죽일 수는 없어서 나는 할아버지 소매를 잡아당기며 기어 들어가는 목소리로 말했다.

그러자 할아버지가 나를 휙 돌아보더니. 나를 꽉 껴안으시고 부비부비하셨다.

"에구구, 이쁜 내 새끼. 그래, 어디 다친 덴 없고? 저 하찮은 놈들이 감히 너한테 해코지를 하려들다니."

'역시 우리 할아버지 맞구나.'

나는 속으로 안도의 한숨을 내쉬었다. 할아버지는 본래 대로 얼굴에는 가득 미소를 눈에는 장난끼를 머금고 계셨다. 물론 걱정과 분노가 같이 있긴 했지만.

"할아버지, 저들은 안 그랬어요. 아까 저놈이 나를 위협했어요, 나중에 무지 패줄려고 했는데……."

"에그그, 그랬어? 그럼 저놈들이라도 패련? 네가 원한다면 꼼짝 못 하게 묶어주마."

"아니, 그냥 봐주면 안 될까여?"

"무슨 소리냐? 아까 너한테 해코지하려는 놈들과 같이 온 것 같은데. 에구, 우리 아린 착하기도 하지, 저런 하찮은 것들도 아낄 줄 알고. 걱정 마라. 이번엔 우리 아린이가 부탁하니 특별히 저놈들까지만 손봐주고 저놈들 나라는 봐주마."

'힉?! 아니, 글면 재네들 나라까지 멸망시키려고 했단 말야? 분명 책에서 해츨링을 죽인 마법사의 나라를 멸망시켜 버렸다는 얘기는 읽었지만… 안 말렸으면 큰일 날 뻔했네…….'

나는 속으로 안도의 한숨을 내쉬고는 앤드루와 유시라크라는 기사를 할아버지 손에서 빼낼 아이디어를 짜내느라고 머리를 열심히 굴렸다.

"할아버지, 그러지 말구요. 쟤네들 저 주면 안 될까요? 그렇지 않아도 요즘 검술 대련할 상대가 없어서 심심했거든요. 쟤네들 가지고 매일 놀고 싶은데……."

"그럴까? 우리 아린이 장난감으로 한다는데 이 할아비가 그것도 못 해줄까 봐. 그럼 저놈들을 데스 나이트로 만들어 버릴까?"

'허걱, 이러다 멀쩡한 사람을 죽이게 생겼다.'

"아니요, 살아 있는 게 더 재밌을 것 같은데……."

"흠… 그래, 그럴지도 모르겠군. 그럼 그냥 주리?"

할아버지는 손으로 턱을 살짝 받치면서 곰곰이 생각하시는 모양이었다. 나는 할아버지의 그냥 주겠다는 말에 열렬히 고개를 끄덕였다.

"예, 제가 정지 마법을 걸 수 있으니까 저들을 관리할 수 있을 거예요."

"하지만 저놈 꽤 하는 놈일 게야. 그냥은 위험하니까 이 할아비가 가벼운 금제 마법을 걸어주마."

"어떻게요?"

"글쎄다. 저놈들이 널 공격 못 하게 하는 게 어떨까?"

"에이~ 할아버지, 그럼 저랑 검 대련을 못 하잖아요."

"아, 그렇구나. 그럼 위험하니까 갖고 놀지 말아라."

"잉~ 주신다고 했잖아요."

"아, 그것도 그렇군. 그럼, 이럼 어떨까? 이놈은 어느 정도 마나를 다룰 줄 아니 마나를 봉인시켜야겠다. 그럼 네가 충분히 다룰 수 있겠지?"

"아, 그럼 되겠네요."

"그래그래, 그럼 그렇게 하마."

"참, 할아버지. 제 검이 부러졌는데……."

"그러냐? 그럼 나중에 할아비 레어에 한번 들러라. 좋은 걸로 하나 주마. 이런 하찮은 놈들이 아린 검까지 뺄겨? 곱게 죽이는 게 아니었는데… 너무 흥분을 하는 바람에 그냥 죽여버렸잖아!"

할아버지는 기분 나쁜 일이 다시 생각났다는 듯 주먹을 쥐고 부르르 떠셨다.

'에구, 검 이야긴 괜히 했나 보다. 차라리 하질 말걸.'

"예~"

나는 할아버지께 최대한 애교스럽게 대답했다. 일단은 그렇게 해서라도 할아버지의 화를 풀어야만 할 것 같았다. 할아버지는 아직도 쓰러져서 일어나지도 못하는 유시라크에게 다가가시더니 몸에 마법을 걸어 마나를 봉인시키고 레어로 돌아가셨다. 그러면서 한마디 당부하는 것을 잊지 않으셨다.

"아린아, 이번엔 저 인간들이 네 영역을 침입한 거고, 또 네가 말리니까 가만있는 거지만 다시 인간들을 만나면 그땐 할아비한테 알려야 한다. 알았지? 또다시 네가 이런 위험에 처하면 나는 물론, 네 할미가 인간들을 모두 전멸시켜 버릴 거야."

할아버지가 공간 이동을 하시고 나자 나는 그때까지 참고 있던 안도의 한숨을 내쉴 수 있었다.

'너무 보호받는 것도 힘든 일이군.'

그때 유시라크가 신음을 흘렸다. 정신을 차리는 것 같았다.

"에구구, 하마터면 큰일 날 뻔했네. 이봐요, 당신 괜찮아요?"

"아까 그 마법사는……?"

앤드루는 아까 기절한 뒤론 아직까지 깨지 못하고 있었다. 그리고 겨우 정신을 차린 유시라크한테 내가 다정히 말을 건넸건만 저놈은 내 말은 듣지도 못했는지 싹 무시하고는 공포에 질린 얼굴로 주위를 둘러보았다. 하긴 공포에 안 질리는 게 비정상이겠지.

"아, 할아버지는 가셨어요. 그러니 이제 괜찮아요. 난 당신을 해칠 생각은 없으니까. 에구구, 아까 그 늙은이를 좀 손봐주려고 했는데 할아버지가 먼저 해치워 버리는 바람에 그러지 못했잖아?"

"다 죽은 건가?"

유시라크는 불에 그슬려 땅에 쓰러져 있는 기사들을 바라보면서 씁쓸하게 말했다. 그곳에는, 이제는 단지 시커멓게 탄 숯덩이에 불과했지만 앤드루의 아버지도 있었다. 그는 아까 결박당할 때 반항한 덕에 기절해 있다가 아무것도 모른 채 저 세상으로 간 것이다. 뭐, 덕분에 고통은 못 느꼈겠지만. 나는 유시라크의 시선을 따라 그 모습을 보다 다시 그에게로 시선을 돌렸다.

"어쩔 수 없었다구요. 당신까지 죽을 뻔한 걸 내가 겨우겨우 살린 거예요. 그러길래 왜 나한텐 덤벼가지구 그래요?"

"그렇군. 하아~ 이젠 날 어쩔 거지?"

유시라크는 땅에 쓰러져 있는 기사들을 바라보던 눈을 돌려 나를 바라보더니 머리에 쓰고 있던 투구를 벗었다. 그제야 나는 그의 얼굴을 볼 수 있었다.

그는 숏 커트를 한 금발 머리에 잘 어울리는 푸른 눈을 가지고 있었다. 잘생긴 건 아니었지만 남자답게 생긴 얼굴이었다. 강인해 보이는 각진 턱이 인상적이었고, 가무잡잡한 피부는 그 남자다움을 더욱 돋보이게 해주고 있었다.

"글쎄, 우선 당신을 해칠 맘은 없지만 지금 당신을 내가 놓아주면 할아버진 분명 당신을 가만 안 둘 테니 당분간은 여기서 지내야 할 거예요. 어차피 앤드루도 혼자가 되어서 돌봐줄 사람이 필요했고, 당신도 앤드루를 싫어하는 게 아니잖아요. 나중에 기회를 봐서 도망시켜 줄 테니까."

그 말을 들은 유시라크는 살았다는 데 별다른 감흥 없이 자리에서 휘청이며 일어나 앤드루를 부축해서 들었다.

"우선은 이 녀석을 눕히고 나도 좀 쉬어야 될 것 같군."

"아, 그래. 앤드루네 집으로 가면 되겠군요. 지금 당신이 걷는 것은 무리일 테니 마법을 걸지요."

나는 그가 앤드루를 부축해서 걸어가려는 걸 만류하고는 겨우 진정시킨 마나를 조심스럽게 모아서 공간 이동 주문을 외웠다.

우리는 앤드루네 집으로 가서 앤드루를 방에 눕혔다. 그리고 유시라크는 갑옷을 벗고 앤드루 아버지의 옷장을 뒤지더니 거기 있는 옷으로 갈아입었다. 그리고 그동안 나는 부엌에서 먹을 것을 찾아보았다. 비록 식기는 했지만 스프하고 빵과 훈제된 고기를 찾을 수 있었다. 나는 스프를 데우고 식탁을 차렸다. 몇 번 와본 집이라서 쉽게 할 수 있었다.

잠시 후 유시라크가 부엌에 나타났다. 몸을 씻었는지 머리가 젖어 있었다.

"드실래요?"

그가 고개를 끄덕이며 식탁에 앉자, 나는 그의 앞에다 음식을 내어주고는 나도 내 음식을 놓고 식탁에 앉았다.

"여기서 살았나?"

"아뇨. 난 여기서 살진 않았지만 몇 번 놀러 온 적이 있지요."

"네 이름이 뭐지?"

"아힌이요."

"아까 그 마법사는 누구였지?"

"아, 울 할아버지신데 저를 끔찍이 아끼시기 땜에… 하하하."

"그렇다고 제국의 기사들을 다 죽여버리다니……."

그는 아까 죽은 기사들이 생각났는지 침울하게 중얼거렸다. 그런데 나는 뭐라고 위로를 할 수도 없어서—그들이 잘못한 거긴 하지만 결국은 나 때문에 죽은 거니까—혼잣말로 중얼거렸다.

"다 죽인 건 아닌데……."

작은 소리로 중얼거렸는데 유시라크라는 기사는 그걸 들었는지 피식 웃더니 얼굴을 폈다.

"다 죽은 거지 뭐. 하긴 그 정도의 능력이면 제국이 겁나지는 않겠지. 정말 대단한 분이더군. 우리 왕궁 수석 마법사도 그 정도는 안 될 거야."

'푸하하하! 당연하지 울 할아버지가 뉘신데.'

나는 괜스레 입이 좌우로 벌어지려는 것을 간신히 참고 화제를 돌렸다.

"뭐, 어쨌든 간에… 근데 당신을 뭐라고 부르지요?"

"유시라크, 내 이름은 유시라크……."

"아, 됐어요, 됐어. 아까 들어보니 짧지도 않은 이름이더구만… 너무 길으니까 짧게 유스라고 부를 게요. 괜찮죠?"

나는 유시라크가 자신의 이름을 다 대려고 하자 중간에서 끊어버렸다. 그러자 유시라크는 또다시 피식 웃더니 한마디했다.

"좋을 대로."

그가 또다시 웃자 나는 용기를 내어서 아까부터 생각하고 있었던 것을 입 밖으로 꺼냈다.

"근데 말예요. 괜찮다면 나한테 검술 안 가르쳐 줄래요?"
그는 좀 놀란 듯한 눈으로 나를 쳐다보았다.
"검술을?"
"예, 나도 누군가한테 정식으로 검술을 배우고 싶거든요. 거기다 당신은 실력이 꽤 뛰어나잖아요. 그리고 당분간 당신은 여기에 있어야 하고."
그러자 그는 의아한 듯한 표정으로 나를 바라보았다.
"아까 보니까 넌 제법 마법을 다루던데 마법사 될 게 아니었나?"
나는 괜히 쑥스러워서 뒷머리를 긁적였다.
"하하하, 검술도 배워보고 싶어서요."
그러자 그는 다시 피식 웃고는 자신의 앞에 있는 스프로 시선을 돌렸다. 그러면서 충고하듯 말했다.
"검술을 배운다는 것은 쉬운 일이 아니야. 마법사에게는 더욱더 그렇지. 마법사는 체력이 약하거든. 그리고 그렇지 않다고 해도 두 가지를 한꺼번에 배우려면 무척 힘들걸? 차라리 한 길로만 나가는 게 어때?"
나는 그의 말에 괜히 기분이 상해서 투덜거리듯 말했다.
"마법은 당분간 배우지 않을 거예요. 그리고 나는 사냥을 하러 다니기 때문에 체력이 무척 좋다구요. 그리고 검술도 정식으로는 아니지만 책을 보고 혼자 조금이나마 배워서 몬스터 한둘쯤은 상대할 수 있다구요."
그는 피식 웃었다. 그리고 아무 말도 없이 음식만 꾸역꾸역 먹어댔다. 그런 그의 태도에 나는 내 제의를 거절당한 것 같아 기분이 나빴다. 더욱이 나를 무시하는 것 같기도 해서 자존심도 상했다. 그래서 음식을 다 먹지도 않고 스푼을 내려놓으며 의자에서 일어섰다.

"전 이제 가볼 테니까 여기 이거는 유스가 치워요. 내가 차렸으니까."

"풋, 사부한테 설거지를 시키다니."

나는 순간 내가 잘못 들었나 했다.

'사부라니? 그럼 검술을 가르쳐 주겠단 말야?'

유스의 얼굴을 바라보니 싱글싱글 웃고 있었다. 아무래도 내 제의는 받아들였는데 아까는 장난을 친 것 같았다. 나는 너무나 기뻐서 당장이라도 설거지를 해주고 싶었지만 아까의 복수를 조금이나마 해주고 싶다는 생각이 더 강했다. 그래서 그의 얼굴을 바라보며 씨익 웃으며 말했다.

"전 유스의 목숨을 구해준 은인이라구요. 그러니까 은혜를 갚는 셈치세요. 그럼 유스만 믿고 저는 내일 오후에 한번 와볼게요. 참, 당신 마나가 봉인된 건 알지요? 할아버지가 봉인시켰어요. 아마 검기는 못 쓸 거예요. 하지만 나중에 내가 할아버지 눈치를 봐서 적당한 때에 봉인도 풀어주게 할 테니까 너무 걱정하진 마세요. 그럼 갈게요. 앤드루 잘 부탁해요."

나의 속사포처럼 쏟아지는 말에 어벙벙한 얼굴로 고개만 끄덕이던 유스가 한참 있다가 나에게 물었다.

"넌 어디서 살지?"

나는 그에게 미소까지 띠며 친절하게 말해 줬다.

"저쪽 골짜기 쪽이요."

"그 마법사랑 같이 사는 건가?"

"아니요. 할아버진 저 산 너머에 사세요. 그럼 갈게요."

그는 고개를 끄덕였고, 나는 그가 더 질문을 하기 전에 재빨리 그 집을 나와 내 레어로 돌아왔다. 정말 많은 일이 있는 하루였음을 실감하고 곧 잠이 들었다.

다음날 할아버지께 가서 칼 한 자루를 얻어오고 오후쯤에 멧돼지 한 마리를 잡아서 앤드루의 집에 갔다. 유스는 집 안을 이곳저곳 둘러보고 있었고, 앤드루는 아직 깨어나지 않고 있었다.

"흠… 이상하다 어디 크게 다친 데는 없는 것 같은데……."

오늘 앤드루에게 오자마자 그의 몸 이곳저곳을 살펴본 나는 고개를 갸우뚱했다. 그의 몸에는 칼에 찔리거나 베인 곳이 없었고 단지 몇 군데 멍이 들거나 긁혔을 뿐이었다. 그것도 내가 치유 마법을 써서 다 치유해 준 데다 회복 마법까지 걸어주었건만 앤드루는 창백해진 얼굴에 약간 혈색이 돌아왔을 뿐 깨어날 기미가 전혀 보이지 않았다. 옆에서 그 모습을 바라보고 있던 유스는 내가 자꾸만 앤두르를 이곳저곳 찔러보자 그런 나를 말렸다.

"아마 정신적인 충격이 커서 그럴 거다."

유스의 말에도 일리는 있다고 생각했다. 어제는 앤드루에게 정말 힘든 날이었다는 것을 충분히 짐작할 수 있기 때문이었다.

"그런가?"

나는 순순히 유스의 말에 고개를 끄덕이고는 부엌으로 가서 잡아온 멧돼지의 가죽을 벗기고 내장을 빼내어 고기만 물에 담가두었다. 그리고는 유스와 가벼운 저녁 식사를 하고 내일부터 검술을 배우기로 하고 내 레어로 돌아왔다. 앤드루가 깨어나지 않아서 걱정이었지만 그래도 유스가 곁에 붙어 있었고, 또 유스는 앤드루와는 달리 그럭저럭 괜찮아 보여서 안심이 되었다.

앤드루는 며칠 후에 깨어났다. 그러나 그는 말이 없어졌고 침대에서 일어날 생각도 하지 않았다. 그리고 음식도 옆에서 떠 먹여줘야 겨우 입을 벌려 받아먹기만 할 뿐 배고프다, 배부르단 의사표시조차하지 않았다. 그냥 멍한 눈빛으로 창 밖만 계속 바라보고 있었다. 나나 유스가 그에게 말을 걸어도 그때만 잠시 쳐다보았을 뿐, 시선은 다시 창 밖으로 향했다. 그런 걸 보면 나도 못 알아보는 것 같아서 서운했다. 그렇게 며칠이 지나자 앤드루는 점점 야위어갔다. 아무리 기름진 음식만 골라서 먹이고, 매일 회복 마법을 걸어줘도 소용이 없었다.

"정신적인 충격이 너무 커서 그래."

내가 걱정스런 눈으로 앤드루를 바라보는 걸 볼 때마다 유스는 이런 말만 되풀이했다. 그건 앤드루의 상태를 가장 잘 말해 주는 것인 동시에 앤드루가 낫지 않을 가능성도 있다는 것을 알려주는 말이었다.

며칠 후부터 나는 유스에게 검술을 배우기 시작했다. 원래는 유스가 앤드루의 집에 머물기 시작한 다음날에 배우려고 했으나 내내 앤드루의 상태가 마음에 걸려 계속 미루고 있었다. 그러나 어느 날 유스가 나에게 앤드루의 상태와 내가 검술을 배우는 것과는 아무런 상관이 없으므로 그것 때문에 검술 배우는 것을 늦추는 것은 배울 맘이 없는 거라고 따끔하게 말해 줘서 그날부터 검술을 배우기 시작했던 것이다. 유스는 내가 레이피어를 뽑아 드는 걸 보더니 내 팔 힘에 맞는 검이라고 말해 줬다.

매일매일 유스가 시키는 대로 기본 동작을 익히고 저녁에는 유스와 대련을 했다. 처음에는 나보고 혼자 익힌 동작 시범을 보이게 하고서는 잘못된 것이 있으면 바로 잡아주고 더 필요한 게 있으면 가르쳐 주는 식이었다. 그리고 저녁을 먹고 난 후에는 내가 오늘 배웠던 동작을 얼마나 연습했고 얼마나 잘하는지 검사한 뒤에 대련을 했다. 유스는 내 실력이 그에 전혀 미치지 않는다는 것을 알면서도 전혀 나를 얕보지 않았다. 물론 여유를 가지고 나를 상대했지만, 그는 항상 뛰어난 기사를 상대하듯 신중한 눈으로 나를 바라보며 온 힘을 다해 맞서주었던 것이다. 뭐, 나를 얕보면서 아무렇게나 대련해 주는 것보다는 좋았고, 또 그렇게 진지하게 대해주니 고마웠지만 덕분에 나는 매일 내 칼이 허공을 나는 것과 유스의 칼날을 내 목으로 느껴야 했다. 그것뿐이 아니라 유스와 대련을 한 뒤에는 몸이 성하질 못했다.

내가 아무리 악착같이 덤벼들고 눌어붙어도 그는 나의 공격을 너무나 쉽게 무로 만들어 버렸으며 눈 깜짝할 사이에 공격을 해서는 내 검을 하늘 높이 날려보냈다. 매일매일 그런 모습을 본 나는 유스를 따라가려면 아직도 머나먼 세월을 가야 할 것 같았다.

그렇게 하루하루를 보내는 사이, 어느덧 나는 유스와 많이 친해져 대화도 많이 하고 장난도 치는 사이가 되었다. 그러나 점점 더 심하게 앓아가는 앤드루가 문제였다. 처음에는 며칠이 지나면 괜찮아질 줄 알았는데 점점 더 야위어가고 이젠 잘 먹지도 못했다. 이러다 죽는 게 아닐까 더럭 겁이 났다. 회복 마법을 써봤지만 이 녀석에게는 먹혀들지 않았다. 걱정이 된 나는 내 레어에 있던 마법 책이란 마법 책을 다 뒤져서 거기에 써 있는 회복 마법과 그것 비슷한 마법은 몽땅 다 가지고 와서 그에게 펼쳐 보았다. 그러나 결국 나의 마나만 다 써버렸을 뿐, 그 정도로 마법을 퍼부었는데도 효과는 조금도 나타나지 않았다. 열 받은 내가 할아버지께 가서라도 마법을 구해 오겠다고 하자, 보다 못한 유스가 나를 말리면서 회복 마법도 살고 싶은 욕망이 있어야만 효과가 있지 전혀 살고 싶지 않은 사람에게는 회복 마법도 소용이 없다고 했다.

유스의 말은 머리 속으로는 이해가 갔지만 왠지 그 말을 부정하고 싶은 맘이 들었다. 앤드루의 이까짓 병쯤 쉽게 고칠 수 있는 마법이 나에게는 몰라도 할아버지나 할머니께 있을 것만 같았다. 그러나 결국 나는 할아버지나 할머니께 마법을 구하러 가지는 못했다. 왜 그랬는지 나는 내 자신을 이해 못 했지만 어쩌면 난 마음 한구석으로는 유스의 말을 인정하고 있었는지도 모르겠다.

그 뒤 일주일이 지나 앤드루는 죽고 말았다. 그 녀석 방에 들어가자 마치 잠자는 것처럼 조용히 죽어 있었다.

"우씨… 되게 연약한 녀석이로군. 이 정도로 못 일어나고 영영 누워버리다니……."

그 녀석이 조용히 잠든 것 같은 모습을 보자 괜히 울화가 치밀어 올랐다.

'여기 와서 처음으로 사귄 친구였는데… 죽음에서 구해줬다고 생각했는데… 이제 살아나서 나와 같이 유스한테 검을 배울 줄 알았는데… 다시 나랑 사냥 갈 줄 알았는데… 바보 같은 놈, 이젠 다시는 검 대련을 못 하게 됐잖아!'

유스가 조용히 내 뒤로 다가와서 내 머리를 쓰다듬어 주었다.

"울지 마라. 저 녀석은 부모를 만나서 행복할 거다. 저 녀석의 부모가 먼저 가서 기다리고 있었을 테니, 지금은 온 식구가 만나서 기뻐하고 있겠지."

나는 어느새 울고 있었다.

'어쩐지 저 녀석이 뿌옇게 잘 안 보이더라. 칫! 내가 저깐 녀석 때문에 울다니…….'

앤드루는 그의 아버지 곁에 묻혔다. 앤드루 아버지의 무덤 옆에는 앤드루와 그의 아버지 무덤 말고도 여러 개의 무덤이 있었다. 나중에 안 것이지만 유스가 다음날 죽은 기사들과 앤드루의 아버지를 혼자서 다 묻어줬다는 것이었다. 난 생각도 못 하고 있었는데, 역시 이럴 땐 동료가 최고인 것 같았다.

유스와 같이 앤드루를 묻고 나서 나는 왠지 할아버지가 보고 싶어져서 할아버지 레어로 갔다. 그리고 할아버지께 앤드루가 죽었음을 말씀드리고 그동안의 일을 다 말씀드렸다. 그러자 할아버지가 나를 품에 꽉 안아주셨다.

"아린아, 인간은 우리들보다 훨씬 빨리 죽는 존재란다. 너는 그 존재들의 죽음을 너무나 많이 경험하게 될 거야. 그런데 그럴 때마다 이렇게 가슴 아파하면 네 가슴이 어디 남아나겠니? 이건 우리 드래곤들이 이겨내야 할 일이란다."

"할아버지, 할아버지도 이런 일이 있었어요?"

"많았지. 인간 세상에 나갔다 온 드래곤들치고 그런 일 안 당한 드래곤은 없을 게다. 하지만 우리는 그런 하찮은 존재들 때문에 울지 않아. 알았니?"

'하찮은 존재라……. 너무나 많은 친구들을 잃어야 하기 때문에 차라리 그들을 하찮은 존재로 치부해 버리고 슬픔을 지우는 게 아닐까?'

오늘따라 쓸데없는 생각만 하는 나였다.

제6화

성룡이 되다

성룡이 되다

위대한 태고의 용 칸 크라비스이시여,

이제 제 앞에 있는 아이가 성룡이 되려 합니다.

레드 드래곤의 대표로서 이 아이에게 성룡의 증표를 당신을 대신하여 내립니다.

몇 달이 지났다. 유시라크는 여전히 앤드루의 집에 머물고 있었고, 나는 매일 유시라크한테 가서 검술을 배웠다. 가끔 우리는 사냥을 같이 가기도 했다. 유시라크는 검술에 비하면 활 솜씨는 형편없어서 대부분의 사냥감을 내가 잡았다. 그럴 때면 그는 히죽 웃으면서 나에게 이렇게 말했다.

"나는 기사지 사냥꾼이 아니야."

그의 말이 어이없기는 했지만 틀린 말은 아니어서 뭐라고 대꾸할 수도 없었다.

그는 이 생활을 즐기는 것 같았다. 처음에는 이곳에서 떠나길 바랄 줄 알았는데 그동안 앤드루 때문에 정신이 없기도 했고, 또 그는 나에 대한 질문을 하지 않았고, 언제 보내줄 건지에 대해서도 묻지 않았기에 잊고 있었다. 물론 나에 대해 물어올까 봐 걱정을 하던 나는 그가 아무것도 묻지 않자 안심이 되기는 했지만 시간이 점차 지나자 오히려 불안해졌다.
"유스, 가족이 보고 싶지 않아요?"
어느 날 나는 유스와 사냥을 하고 집으로 돌아오던 중에 넌지시 물어보았다. 그러자 그는 피식 웃더니 재밌다는 눈빛으로 나를 바라보았다.
"갑자기 그건 왜 묻지?"
"유스가 집에 가고 싶어하는 것 같지 않아서요."
그가 오히려 그렇게 되묻자 나는 속으로 무지 당황해서 얼른 얼버무렸다. 그러나 곧 되돌아온 그의 대답에 나는 더욱더 당황할 수밖에 없었다.
"나에게는 가족이 없어."
"결혼 안 했어요?"
"그래, 아직 하지 않았지."
"나이가 많아 보이는데?"
"나이가 많다고 다 결혼하는 건 아니지 않니? 근데 이상하구나, 왜 새삼스럽게 나에 대해 궁금해졌니?"
"아까도 말했지만 유스는 돌아가고 싶어하는 것 같지 않아서요. 나야 유스가 여기 있으면 좋긴 하지만……."
"글쎄다, 별로 돌아가고 싶지 않은걸? 여기 있는 게 편해."
"당신은 왕궁 기사잖아요?"
"그래, 그렇지. 그런데 그게 뭐 어때서?"
"그럼 직업이 있고, 또 거기에 당신 생활이 있잖아요."
"훗, 내 직업이라… 그래, 처음 왕궁 기사가 되었을 당시엔 정말 기뻤지. 목숨을 다해 왕께 충성하는 기사가 되고 싶었는데……."
그는 씁쓸하게 웃더니 하늘을 올려다보았다. 아마도 옛날 일을 회상하는 것 같았다.

"기사 생활이 안 좋았나 보죠?"

"후후후… 글쎄, 나도 잘 모르겠구나."

'참내, 아직 나이도 젊은 사람이 노인처럼 저렇게 세상 다 산 것처럼 굴다니… 나도 모르겠다. 자기가 가고 싶지 않다는데 내가 뭐라고 할 수는 없지. 하지만 왠지 저러니까 괜히 찜찜하군.'

며칠이 더 지났다. 유스는 여전히 돌아갈 생각을 안 했다. 더 이상 찜찜함을 참을 수 없던 나는 유스에게 단도직입적으로 말을 꺼냈다.

"유스, 돌아가야 하지 않아요?"

"왜?"

순간 그의 단순하고 명쾌한 대답에 나는 할 말을 잃었다.

'저 사람 기사 맞아?'

"왜라니요, 생각해 보세요. 유스는 여기 반역자를 잡으러 온 왕궁 기사잖아요? 그런데 반역자도 죽고 같이 온 기사들도 죽고 유스 혼자 남았는데 돌아가서 보고를 해야 하지 않아요? 안 그러면 어떻게 된 건지 모르니까 여기에 또 기사들을 보내올지 모르잖아요. 그럼 여기 이러고 있다가 왕궁에서 온 기사들을 만나면 유스는 뭐라고 할 거예요?"

"오, 그렇구나. 똑똑한걸?"

유스는 새삼 감탄했다는 듯한 표정으로 싱글싱글 웃기만 했다.

"그건 똑똑한 게 아니라 상식이라구요, 상식!"

내가 그를 한껏 째려보면서 말하자 그는 피식 웃더니 진지하게 설명해 주었다.

"뭐, 금방 찾을 수 없다는 건 그들도 잘 알고 있을 테니 몇 달

늦는다고 달라지는 건 없겠지. 단지 난 조금이라도 늦게 돌아가고 싶을 뿐이야."

"그곳이 싫어요?"

"지금은……."

"그럼, 갔다가 다시 오면 되잖아요. 가서 보고를 하고 기사를 그만두고 여기로 와요. 여기 아무도 못 살게 하고 유스를 기다리고 있을게요."

열렬히 말하는 나를 보고 유스는 웃기만 했다.

"후후후, 처음에는 나보고 당분간 여기 머물라고 하더니만 이제는 날 못 보내서 안달이구나. 내가 그렇게 싫증났니?"

"그런 게 아니라구요."

"알아. 나도 언젠가는 거기로 돌아가야 한다는 것도 알아. 하지만 잠시 나를 얽매고 있는 모든 책임과 의무를 잊고 그냥 지내보고 싶었어. 단지 그것뿐이야. 네 말대로 나는 곧 가야 하겠지."

"……."

"하하하, 그런 표정으로 보지 마. 꼭 내가 세상에서 가장 불행한 사람 같잖아."

'자기가 '난 세상에서 제일 불쌍한 사람이요' 하는 표정으로 있었으면서…….'

"기사라는 게 좋은 것만도 아닌가 봐요. 유스가 그러는 걸 보면."

"그렇지 않아. 단지 지금 왕궁이 좀 혼란스러워서 그러는 거야. 예전엔 우리 왕궁 기사단은 다른 나라에서도 인정해 주는 대단한 곳이었다구. 왕궁이 안정되기만 하면 다시 예전처럼 될 거야."

"흠, 나야 사정은 잘 모르겠지만, 그리고 알고 싶지도 않지만, 어쨌든 돌아갈 생각은 있나 보군요."
"이런, 아힌에게 어떻게 내가 비치는지는 모르겠지만 난 이래봬도 책임감은 있는 사람이라구."
그는 다시 얼굴을 활짝 피면서 장난스럽게 말했지만 내가 그를 안됐다는 표정으로 보고 있었는지 씁쓸하게 웃으면서 말했다.
"그래, 네 말대로 돌아가야지. 그게 내 의무이니까. 아힌, 미안하지만 할아버지께 부탁해서 내게 건 봉인을 풀어주겠니?"
'벌써 봉인 푸는 방법을 알아놨다구. 할아버지께 허락도 맡았구.'
"언제 가게요?"
유스의 표정은 다시 장난끼가 흘렀다.
"빨리 갈수록 좋겠지? 아힌이 이렇게 날 싫어하는데."
"싫어하는 게 아니라고 했잖아요!"
"그래그래. 어쨌든 거기 가면 모든 일을 정리하고 돌아올 거야. 그때까지 여기가 이대로 있을진 모르겠지만."
"아마 그대로 있을 거예요. 여기에 다른 사람이 살지 않게 내가 봐줄게요."
"하하하, 왠지 정든 님을 떠나 보내는 아가씨의 대사 같은걸?"
"에게게? 유스가 잘생긴 젊은 남자라도 되는 줄 알아요?"
"뭐? 내가 어때서. 난 아직 장가도 안 간 총각이라구."
"총각이면 단가요? 나이를 생각하셔야지요."
"예예~ 알겠습니다, 아름다우신 레이디."
나는 순간 흠칫했다.
'지금까지 그에게 여자라고 말한 적도 없고, 또한 여자처럼 행동한 적도 없는 것 같은데?'

나는 놀란 눈으로 유스만 바라보다가 겨우 입을 열었다.

"어떻게 알았어요?"

유스는 별것 아니라는 듯 어깨를 으쓱해 보였다.

"처음에 네 할아버지가 손녀를 해코지하려 했다고 펄펄 뛰셨잖니. 솔직히 그때는 잘 몰랐는데, 네가 그렇게 검술 연습을 하는 데도 팔에 힘이 없어서 바스타드 소드를 못 쓰는 걸 보고 눈치 채기 시작했지. 그리고 더운 날인데도 나랑 씻으려고 하지도 않았잖아. 보통 소년들 같으면 같이 냇가에서 씻을 텐데."

"참내, 눈치 하난 빠르다니까. 그런데 왜 여태껏 모른 체했어요?"

"그냥 아힌이 말을 안 해주니까. 별로 말하고 싶어하지 않는데 굳이 아는 체할 필요도 없을 것 같아서 말야."

'참내, 생각지도 못한 곳까지 신경을 써준단 말야.'

나는 괜히 기분이 이상해져서 그를 바라보던 시선을 딴 데로 돌리면서 화제를 바꿨다.

"어쨌든 그럼 언제 출발할 거예요?"

"봉인이 풀린 다음 바로 출발할 거야."

"그럼, 지금 풀어줄게요."

그러자 유스의 놀란 외침이 들려왔다.

"아힌이 풀 줄 알아?"

그 말에 의기양양해진 나는 손을 허리에 턱 얹어놓고는 잘난 체했다.

"벌써 할아버지께 허락도 맞구 방법도 알아놨다구요. 내가 유스처럼 느림보인 줄 알아요? 그럼, 오늘은 늦어서 못 갈 거구, 내일 가겠네요?"

"그래야겠지? 내일 새벽에 출발해야겠어."

"그래요. 그럼… 아참, 새벽에 출발하면 내일 난 배웅 안 할 거예요. 일찍 못 일어나거든요."

"이거이거, 내가 가는데 아린이 배웅을 안 해주면 섭섭할 텐데?"

"또 돌아올 거잖아요. 그러니까 알아서 가세요. 여기까지도 잘 왔으니까, 짐 정도는 챙길 줄 알잖아요. 참, 돈은 있어요?"

"그래, 나에게도 얼마 정도 있고, 또 이 집에 돈도 조금 있더라고. 그거면 충분해."

"잘됐네요. 그럼 봉인을 풀게요."

나는 할아버지께 배운 대로 유스의 머리 위에 손을 얹은 다음에 주문을 외우고 봉인을 풀었다. 할아버지가 봉인할 때는 별로 힘들이지 않고 하시는 것 같았는데, 내가 봉인을 풀려니까 시간도 많이 걸렸고, 또 꽤 많은 양의 마나가 필요했다. 이것이 고룡과 해츨링의 차이인가?

봉인을 풀고 난 후에 나는 작별 인사를 하고 레어로 돌아왔다.

그 다음날 난 일부러 늦게 일어났고 앤드루의 집에는 가지 않았다. 대신 할머니 레어에 가서 늦게까지 놀다가 왔다. 그리고 다음날도, 또 그 다음날도 난 앤드루의 집엔 가지 않았다.

가을이 지나고 겨울이 다시 돌아왔다. 그리고 봄이 왔다.

유스가 돌아올 때가 거의 다되었단 생각이 든 나는 그때서야 앤드루의 집에 가봤다. 오랫동안 비워놓은 집이라서 그런지 먼지가 많이 쌓여 있었다. 그리고 거실의 탁자에는 유스가 떠나기 전에 써놨을 메모가 먼지를 뽀얗게 뒤집어쓴 채로 놓여 있었다.

아힌에게.

정말 배웅 오지 않을 줄 몰랐는데 안 오다니 너무한걸?

섭섭해. 하하하, 농담이고.

아힌에게 약속한대로 그곳 일을 정리하고 일찍 돌아오도록

노력할게. 아마 늦어도 2년 안에는 돌아올 거야.

그때까지 집 잘 지키고 있어.

그리고 이건 우리 어머니 유품이야. 약속의 징표로 줄 테니까

소중히 간직하고 있어.

—유스가

그 메모를 보는 순간 픽 하고 웃음이 나왔다.

'나이도 많은 아저씨가 닭살 돋는 짓 하고 있네. 하지만 뭐, 기분은 나쁘지 않은걸? 단지 아저씨가 한 20년 만 젊었다면 더 좋았을지도… 에구구, 내가 뭔 생각을 하고 있는 거야?'

탁자 위에는 메모지 말고도 목걸이가 하나 놓여 있었다. 그렇게 고급으로 보이진 않았지만, 금으로 만든 가느다란 줄에 작은 사파이어가 파랗게 빛나고 있었다. 그 목걸이를 집어올려 먼지를 털고 목에 걸었다. 그러니까 괜스레 기분이 좋아졌다.

'어디 보자. 벌써 거의 일 년이 지났으니까 일 년 안에는 돌아오겠구나. 언제 올지 모르니까 가끔 와봐야겠다.'

그 뒤로 나는 가끔씩 집에 와서 청소도 하고 거기서 머물기도 했다. 하지만 일 년이 다 가도록 유스는 돌아오지 않았다.

'뭔 일이 생겼나? 하긴, 그곳이 좀 복잡한 상황이랬지? 참내, 내가 유스를 걱정하다니… 꼭 낭군을 기다리는 색시 같잖아?'

그러나 일 년이 지나고, 이 년이 지나고, 다시 몇 년이 지나도 유스는 돌아오지 않았다.

'안 오려나 보군. 뭐, 하는 수 없지. 어차피 평생을 같이 살 것도 아니고, 또 돌아와 봤자 내가 성룡이 되기도 전에 늙어 죽을 텐데……'

라고 스스로 위안을 해보았지만 마음 한구석에서 느껴지는 쓸쓸함은 사라지지 않았다. 나는 앤드루의 집 안을 잘 정리하고 집 안에 있는 모든 창문과 출입문을 잠갔다. 열쇠는 앤드루의 무덤 앞에 유스의 목걸이와 같이 묻어버리고 나서 나의 레어로 돌아왔다. 며칠 만에 돌아온 레어 안의 공기가 싸늘하게 느껴졌다. 그동안 레어에도 오지 않고 앤드루의 집에서 지냈던 것이다.

나는 레어 중앙에 앉아서 정신을 가다듬고 폴리모프의 주문을 외웠다. 오랜만에 드래곤으로 돌아가는 것 같았다. 내 몸이 커지면서 완전히 드래곤의 모습으로 돌아가자 땅에 엎드려 얼굴을 팔 위에 올려놓고 조용히 눈을 감았다.

"아린아, 아린아, 그만 일어나. 언제까지 자고 있을 거야?"

"으응~ 엄마? 조금만 더 잘래~"

"어리광 피우지 말고 얼른 일어나지 못해! 100년 간 잤으면 됐지, 얼마나 더 자려고 그래? 너 성룡식도 안 치르고 잘 거야?"

'뭐? 100년?'

정신이 확 들었다. 일어나 보니 인간 세상에 놀러 갔다는 엄마가 어느새 돌아왔는지 내 앞에 계셨고, 그 옆에는 할아버지도 계셨다.

"할아버지, 엄마? 언제 돌아오셨어요?"

"쯧쯧, 이것아, 네가 동면한 지 벌써 100년이 지났어."

"그러길래 왜 애는 재우고 그래요?"

"흥, 해츨링을 버리고 놀러나간 엄마가 뭔 잔소리가 그렇게 많냐? 내가 그랬으면 뭔가 이유가 있는 줄 알 것이지."

"뭐라구요? 평소에 믿음이 가게 잘했으면 내가 이런 말도 안 하지요. 그러길래 누가 평소에 못 하래요?"

"흥, 그럼 넌 평소에 못난 행동을 하던 나한테 애를 맡기고 놀러 갔냐?"

"아니, 누가 아버지한테 맡겼다고 그래요! 단지 레어가 가까이 있으니까 자주 봐달라고 했지!"

"그게 그거지 뭐냐?"

나를 만나러 오신 것 같은데도 그 용건은 잊어버리시고 또다시 투닥투닥하시는 모습을 바라보니 한숨이 절로 나왔다. 하지만 한편으로는 전혀 변하지 않으신 두 분을 만나니 기쁘기도 했다.

'에휴휴~ 정말 오랜만에 만났는데도 전혀 변하신 게 없군, 두 분은. 그래도 이분들이 있어서 다행이야. 그런데 100년이 지났으니 내가 몇 살이지?'

나는 아직까지도 투닥투닥거리시는 두 분 사이에 끼어들었다.

"잠까만요, 엄마. 내가 100년 동안 잤으면 지금, 내가 그러니까, 나이가……."

"400살 하고도 이제 99살이지. 내일이 네가 태어난 지 500년이 되는 날이란다."

내가 말을 끝맺지 못하고 더듬자 엄마가 내 대신 말을 맺어줬다.

"벌써 그렇게 됐어요?"

"그렇지. 그러니까 우리가 이렇게 너를 깨우러 온 게 아니겠냐? 네 엄마도 네가 성룡이 되는 걸 보기 위해 이렇게 왔잖니."

"세월 참 빨라요. 이 녀석이 태어난 지 얼마 안 된 것 같은데 벌써 성룡이라니……."

엄마가 회상에 젖는 듯한 목소리로 말하자 할아버지도 거기에 동조하셨다.

"글쎄 말야. 이 녀석도 이제 한 명의 드래곤이 되는군."

"그러고 보니 해츨링이 또 태어났다지요?"

"그래, 이번엔 두 마리나 태어났다는군. 실버하고 그린이라고 하던데?"

"흠, 이제 해츨링도 계속 태어나니 드래곤 로드도 걱정을 덜었군요."

"그렇지. 이로써 우리 드래곤도 50명을 채웠군."

"할아버지, 그럼 드래곤이 100명을 못 넘었나요?"

"그래. 우리 드래곤들은 아기를 잘 낳지 않거든. 그래서 종족 수가 몇 안 되지. 너희 엄마가 태어날 쯤엔 30명이 됐나 그럴걸? 그때 전 드래곤 로드가 종족 수를 늘리기 위해 애를 무던히도 많이 썼지."

'흠… 드래곤 숫자가 50명이라고? 하긴 드래곤이 많으면 큰일이겠지. 음식도 많이 필요할 거고, 또 드래곤 레어도 많이 필요할 거고. 또 많은 드래곤들이 인간 세상으로 놀러가 봐… 음, 역시 능력있는 종족은 적은 편이 좋겠군.'

내가 이렇게 나만의 생각에 빠져 있을 때 엄마가 깜박 잊고 있었다는 듯 갑작스레 말씀하셨다.

"아! 그래, 아린아. 내일 할머니 레어로 오는 것 잊지 마라. 네가 성룡이 되는 날이니 지금 있는 레드 드래곤들이 다 모일 거야."

"아린 아비도 오나?"

"그 용놈(?)은 인간 세상으로 놀러 갔어요. 뭐, 자기 자식이 성룡이 되는 날인 걸 알면 올지도 모르지만, 아린이 성룡이 된다는 것을 알고나 있을런지."

"흠, 그렇군. 그놈, 아직 아린을 한번도 안 봤잖아?"

"글쎄 자기 자식한테 관심도 없는 용이라니까요."

그러고 보니 난 내 아버지 되시는 드래곤을 한번도 본 일이 없었다. 그런데도 그동안 한번도 궁금해한 적이 없었으니.

'나도 관심이 없긴 마찬가지군.'

할아버지와 엄마가 내일 늦지 말라는 당부를 남기고 돌아가시자 나는 슬슬 인간의 모습으로 폴리모프를 한 뒤 밖으로 나왔다. 오랫동안 움직이지 않아서 그런지 온몸이 찌뿌둥했다. 한껏 기지개를 쭉 펴면서 주위를 둘러보았다.

10년이면 강산도 변한다는데 여긴 별로 변한 게 없는지 예전의 내 기억 속에 있던 그대로였다. 나는 우선 앤드루의 집이 있던 곳으로 가보았다. 누가 부숴놨는지, 아니면 저절로 무너졌는지 앤드루의 집은 무너져 있었고, 잡초가 무성하게 자라 있어 이곳에 집이 있었다는 사실을 가려주고 있었다. 황당해진 나는 앤드루와 그 외의 사람들을 묻은 공터로 가보았지만, 거기도 공터였던 흔적은 사라져 있었고 무덤의 흔적조차 보이지 않았다.

'세월이 흐르긴 흘렀나 보구나.'

여기서 숲을 바라보니 숲은 더 울창해져 있었다.

'그동안 사람들의 발길이 없었나 보군.'

그렇게 생각하자 조금 이상했다. 여긴 앤드루의 가족이 살았던 곳인만큼 다른 사람들이 오지 말란 법은 없었다. 저쪽으로 좀더 가면 마을이 있다고 들었는데 거긴 약초를 캐는 사람이나 사냥꾼도 없단 말야?

호기심이 동해진 나는 마을로 내려가 보기로 했다.

'해츨링은 인간 마을에 가는 것이 금지되긴 했지만 난 내일이면 성룡이 되는데 뭐 봐주시겠지. 그냥 얼른 갔다 오자.'

이런 나쁜(?) 마음을 먹은 나는 곧 마법으로 공중으로 떠오른 뒤 기억을 더듬어 옛날에 앤드루가 말해 줬던 마을이 있다는 쪽으로 날아갔다. 100년이 지나서 그런지 마나가 예전보단 더 많아졌고, 더 자연스럽게 흘렀다.

나는 길을 잃어버릴까 봐 실프를 불러냈다.

"안녕, 실프. 오랜만이지?"

"오랜만이에요, 주인님. 저를 잊으신 줄 알았어요."

'헉! 실프가 말을 했다?'

순간적으로 나는 다른 누군가가 나에게 말을 건넨 줄 알았다. 그도 그럴 것이 그동안 나는 한번도 실프의 목소리를 들어본 적이 없었던 것이다. 주위를 둘러보아도 내 곁에는 아무도 없었고, 오직 실프만이 나를 바라보면서 살포시 미소를 짓고 있었다.

"지금 네가 말한 거 맞지?"

실프의 미소가 더욱더 짙어지더니 또다시 입을 열었다.

"주인님의 마력이 높아지셔서 저와 대화를 하실 수 있는 거예요. 더구나 주인님은 저를 인격적으로 대해주시니 제가 감히 말을 걸 수 있는 거예요."

예전에 할아버지가 하신 말씀이 생각났다. 드래곤은 정령들에게 말을 걸지 않는다는.

"어쨌든 잘됐네. 실프, 너와 말을 할 수 있다니. 잠에서 깨어나니 좋은 일들만 생기는걸? 그나저나 실프, 이 근처에서 인간의 마을이 어디 있지?"

"이 근처에서는 보이지 않는데요."

"뭐? 예전에는 이 근처에 있다고 하지 않았나?"

"저도 잘 모르겠어요. 이 근처의 숲의 정령들에게 물어볼까요?"

"그래줄래? 이상하다. 분명히 이 근처에 마을이 있다고 들은 것 같았는데……."

숲의 정령들에게 물어본다고 밑으로 내려갔던 실프는 잠시 후에 돌아왔다.

"백 년 전까진 저기에 마을이 하나 있었대요."

"그런데 왜 지금은 없는 거지?"

"백 년 전에 고룡으로 보이는 레드 드래곤이 와서 흔적도 없이 멸망시켰다고 하던데요? 그 뒤로 이쪽으로는 사람들이 오지 않는데요."

"고룡인 레드 드래곤?"

'이 근처에서 고룡이라면 할아버지뿐인데? 근데 할아버지가 뭐하러 마을을 없애셨지? 잠깐! 내가 동면을 하도록 마법을 거신 게 할아버지라고 하셨지? 아, 할아버지가 유스의 일을 알고 계셨구나. 그것 때문에 화가 나셔서 마을을 없애버리셨군. 참내, 할아버지의 사랑은 너무 지나치시다니까.'

사라진 마을 사람들은 안됐지만 나는 사악하게도(?) 기분이 좋았다.

"그럼 실프, 마을은 찾지 말고 우리 오랜만에 사냥이나 한번 해볼까?"

다음날 나는 할머니 레어로 갔다. 할머니께선 항상 그러셨듯이 드래곤의 모습으로 레어에 계셨다. 전과 달라진 점이라면 할아버지, 엄마를 비롯한 다른 드래곤들이 와 있다는 걸까? 마치 내가 태어나서 여기로 이름을 받으러 왔을 때처럼.

"어서 오너라, 아린아. 좀 늦었구나."

'엥? 난 일찍 온다고 온 건데? 하지만 어른들이 먼저 다 와 계셨으니 뭐라고 할 수도 없군.'

"죄송합니다. 좀 늦었어요."

나는 살짝 고개를 숙여 인사를 했다. 그랬더니 역시나.

"어머, 벌써 재가 성룡이 되는군요."

"해츨링이 태어났다고 모인 지 벌써 500년이나 지났다니……."

"아! 당신은 아린이 태어났을 때 인간 세상에 있어서 몰랐겠군요?"

"예, 돌아와서 칸 세실리스님께—아린 할머니—인사드리러 왔더니 해츨링이 태어났다고 하시지 뭐예요."

"그러고 보니 해츨링이 또 태어났다지요?"

'여전하군. 내 인사가 끝나면 수다떨기 시작하는 거. 비록 이게 두 번째 모임이긴 하지만.'

나는 겉으로 웃을 수는 없어서 속으로 피식 웃고 말았다.

"자, 이제 그만 하시고 아린이 왔으니 성룡식을 시작하겠습니다."

레드 드래곤의 대표자인 칼 제피로스 아저씨가 나섰다.

아참, 엄마가 그러시는데 이젠 나도 성룡이기 때문에 아저씨란 호칭을 쓰면 실례란다. 정중히 '칼 제피로스님'이라고 불러야 한다는군. 드래곤의 예절은 간단해서 좋긴 하지만 인간 예절에 익숙해 있던 내가 아저씨라 부르던 사람에게 갑자기 그렇게 부르려고 하니까 상당히 어색했다.

"아시리안은 앞으로 나오시오."

성룡식이 시작되었다. 그런데 성룡식이라고 해서 거창한 게 아니었다. 그냥 내가 호명이 되어 앞으로 나아가서 무릎을 꿇고 앉자 칼 제피로스께서 내 머리에 손을 얹고 조용히 말했다.

"위대한 태고의 용 칸 크라비스이시여, 이제 제 앞에 있는 아이가 성룡이 되려 합니다. 레드 드래곤의 대표로서 이 아이에게 성룡의 증표를 당신을 대신하여 내립니다."

'흠… 드래곤들은 신을 섬기지 않는 대신 자신의 조상을 섬기나 보군.'

그때 제피로스의 손을 통해 내 머리 속으로 어떤 마나가 흘러들어왔다. 그런데 그 마나는 내 마나와 성질이 다른 데도 마나끼리 서로 충돌을 하지 않고, 그렇다고 서로 섞이는 것도 아니었다. 단지 내 머리 속 한구석을 차지하고 홀로 존재하기 시작했다.

"겁먹을 것 없단다, 아린아. 그건 성룡의 표식, 각 종족의 대표들이 성룡이 되는 드래곤들에게 주는 거란다. 그게 있어야 대표들이 각각의 드래곤들의 위치를 파악하고 의사를 전달할 수 있단다."

내가 겁먹는 표정을 지었는지 옆에서 그 모습을 보고 계시던 할머니가 친절하게 설명해 주셨다.

'그렇구나. 드래곤들도 서로 가끔은 연락도 하고 그러나 보군. 하긴 그러니까 행사(?) 때마다 이렇게 모이지.'

나에게 마나를 흘려 넣어주셨던 제피로스는 내 머리에서 손을 떼고 똑바로 서서 좌중에 모인 드래곤들을 향해서 엄숙히 선포했다.

"이제 해츨링 아시리안은 레드 드래곤의 일족 칼 아시리안이 되었음을 선포합니다."

그게 끝이었다. 그걸로 난 성룡식을 다 마친 거였다. 뭐, 드래곤들은 게으른 종족들이라 거창하지 않을 거라는 건 짐작했지만 이건 간단해도 너무 간단했다.

'아니, 겨우 이걸 보려고 이렇게 여기 모인 거란 말야?'

물론 그렇지 않았다. 지금 끝난 건 1부였고, 이젠 성룡식을 막 치른 성룡에게 행복한(?) 2부 순서가 기다리고 있었던 것이다. 그 2부 순서란 같은 종족의 어른들이 이제 막 성룡이 된 드래곤을 축하하기 위하여 준비한 '선물'을 주는 시간이었던 것이다.

할머니는 나에게 약간 낡아 보이는 내 주먹만한 가죽 주머니를 건네셨다.

"아린아, 이건 마법의 주머니란다. 여기에는 마법이 걸려 있어서 어떤 물건이든, 얼마만큼이든 넣을 수가 있단다. 거기다가 경량화 마법이 걸려 있어서 아무리 많은 물건이 들어가도 무겁지 않단다. 너를 보아하니 곧 인간 세상으로 나갈 것 같으니, 이게 너한테 좋은 선물일 것 같아 준비했단다."

"우와~ 고맙습니다, 할머니."

'호호호, 이젠 짐 걱정은 안 해도 되겠군. 다 여기다 넣어서 가지고 다니면 되잖아. 이렇게 운이 좋을 수가!'

할아버지는 마법의 망토를 주셨다. 겉으로 보기엔 약간 낡은, 그렇지만 푸른색의 아주 고급스러워 보이는 망토였다. 이것을 걸치고 있으면 5클래스의 마법에 정통으로 맞아도 끄떡없고, 거기다가 추위는 물론 더위도 막아주는, 여행할 때 딱 좋은 망토였다.

엄마는 마법이 걸린 부츠를 주셨다. 이건 엄마가 처음 성룡이 되어 인간 세상에 나가서 여행을 하다가 구한 것이라고 하셨다. 역시 여행할 때 좋은 부츠였다. 더위와 추위를 막아주는 건 물론이고 웬만한 물리력에도 끄떡없다고 했다.

다른 드래곤들도 많은 선물을 주었다. 칼 제피로스는 금화 한 자루를, 칼 세실리안은 미스릴로 만든 정교한 레이피어와 단검 30자루를… 그 외에도 많은 금화와 보석들을 받아서 난 하루아침에 웬만한 인간 부자들 못지 않게 큰 보물들을 갖게 되었다.

웃음이 저절로 나와서 입이 벌어질 것 같았지만 그래도 웃음을 감추고 정중하게 감사를 표시했다.

이걸로 성룡식이 끝나나 했지만 한 가지가 더 남아 있었다. 바로 성룡식의 하이라이트, 드래곤 로드와 전 드래곤 종족의 고룡들께 성인이 되었다고 인사를 드리러 다니는 거였다.

물론 공간 이동으로 빨랑빨랑 돌아다닐 수 있겠지만, 그러면 하이라이트가 아니지.

드래곤들은 시간이 남아돌아 어쩔 줄 모르는 종족. 인사가 한 몇 년쯤 늦어도 귀엽게 봐주는 것이다. 몇 달 만에 도착하면 빨리 도착했다고 그런다나 어쩐다나.

자세히 설명하자면 이건 같은 종족의 어른과 함께 인간 세상에 나가서 여러 고룡들께 인사를 드리러 다니는 것이다. 한마디로 성룡이 된 기념으로 같은 종족의 어른들이 인간 세상을 구경시켜 주는 여행이라는 말씀. 더욱이 어린아이가 성룡이 되었다고 인사를 하러 왔는데 빈손으로 돌려보낼 쪼잔한 고룡들은 없는 법. 인간 세상도 구경하고 선물도 받는 일석이조의 여행이었다.

하지만 이 행복한 기회에는 동행할 어른이 필요한데 말씀이야… 보통 엄마 드래곤이 같이 동행을 한다곤 하지만, 우리 엄마는 성격이 난폭한 레드 드래곤 중에서도 성질 드럽기로 유명한 분. 이분이 갔다간 뭔 일이 날지도 모른다고 생각하는 건 나뿐이 아니었다. 여러 드래곤들이 공감하는 거였다.

"왜 그러는 거예요? 내가 엄마니까 당연히 내가 가야지요!"

다른 분들이 엄마와의 동행을 찬성하는 눈치가 아니자 엄마가 열 받으셨다. 하지만 할아버지의 반격도 만만치 않았다.

"네가 갔다가 뭔 일을 저지르려고? 예전에 네 성룡식을 치르고 고룡들께 인사를 드리러 갔다가 벌인 일만으로도 충분하다고 생각 안 하냐?"

"흥, 내 잘못만은 아니라고욧!"

그때 또다시 할아버지와 엄마 사이에 불꽃이 튀기 시작하자 칼 제피로스가 중재에 나섰다.

"칼 세르니안, 당신은 인간 세상에 나갔다 온 지 얼마 안 되었으니 좀 쉬시는 게 어떨지?"

"내가 금방 갔다 왔기 때문에 가려는 거라구요. 그만큼 내가 인간 세상에 대해서 잘 알지 않겠어요?"

할 말 없다.

"흠, 그럼 나도 같이 가마. 난 아린을 지금까지 돌봐줬으니까 끝까지 돌봐줘야지."

"칸 시스파슈타인, 당신이 간다면 맘이 좀 놓이겠군요."

의외로 할머니가 고개를 끄덕이며 찬성하셨다. 평소에는 엄마와 할아버지가 같이 계시는 걸 그렇게 걱정하시더니, 의외로 할아버지가 인정을 받고 계시는군. 하지만 저 두 분이 함께 계시면 내가 피곤해지는데.

"뭐, 아린이 두 분을 잘~ 아니까 문제는 없겠지요."

칼 제피로스의 말이었다.

'이거 어째 어감이 이상하다?'

하지만 그것에 대해 더 이상 생각할 시간은 없었다. 칼 제피로스가 나와 동행할 어른은 할아버지와 엄마로 선언해 버렸던 것이다.

"그럼, 이번 아시리안의 첫 여행에는 칸 시스파슈타인과 칼 세르니안이 함께 동행하는 걸로 알겠습니다."

'어라라? 그렇게 정해버리면 난 어쩌라구! 이번이 첫 여행인데… 저 두 분 사이에 끼어서 골치만 아프게 됐잖아? 이거 여행이나 제대로 할 수 있을까?'

제7화

여행 출발

여행 출발

이곳은 제법 번화한 큰 도시였다.

"어디 보자… 드래곤 로드가 어디에 있었더라?"

"아마 이쪽인 것 같은데? 아! 여기 아니에요?"

"흐음, 거긴가? 이거 오랜만에 찾으려니 잘 모르겠군."

"테아칸 왕국이 옆에 있으니까 여기가 맞을 거예요."

지금 할아버지와 엄마, 그리고 나, 이렇게 셋은 어떤 인간 마을의 한 식당에 와 있다. 내가 성룡이 되었기 때문에 모든 종족의 고룡들께 인사를 드리러 가는 여행을 시작한 참이었다. 엄마와 할아버지는 이곳에 오셔서 세계 지도를 사신 뒤 드래곤 로드가 살고 계신 곳이 어딘지 찾고 계시는 중이었다.

여기서 잠깐 드래곤 로드에 대해 설명하자면, 로드라고는 하지만 지배자는 아니다. 앞에서도 설명을 잠깐 했지만, 드래곤들은 개개인이 다 잘난 종족이기에 거의 개인 플레이로 산다. 그렇기 때문에 드래곤 로드라고 해서 지위가 높은 것은 아니다. 단지 상징

적인 존재이고, 만일 무슨 일이 생긴다면 그 일을 처리하는 존재일 뿐이다. 그렇기에 드래곤 로드를 그렇게 우대하지는 않는다. 더욱이 현 드래곤 로드는 아직 고룡이 아니기 때문에 고룡이신 할아버지는 존대도 하지 않는 것이다. 거기에 한 가지 더 덧붙이자면 드래곤 로드는 뽑는 것이 아니라, 혈통을 이어서 물려받고 있다. 귀찮은 일이라서 서로 안 하려고 드는 바람에 골드 드래곤의 한 핏줄이 타의 반 자의 반 떠맡게 되었다고 한다.

'아마 처음 드래곤 로드를 뽑을 때 제비뽑기를 했다지? 그때 제비를 잘못 뽑아서 걸린 최초의 드래곤 로드는 후손들에게 원망을 많이 받았을 거야.'

그래도 로드는 로드이므로 제일 먼저 인사를 드리러 가는 것이다.

할아버지와 엄마는 머리를 맞대고 지도를 열심히 들여다보시더니 드디어 찾으셨나 보다.

"그럼 지금 여기가 에스라 왕국이니까, 해로(海路)로 가는 것이나 육로(陸路)로 가는 것이나 비슷비슷하겠군."

"그럼 해로로 가지 말고 육로로 가도록 하지요? 돌아올 때 해로로 오면 될 테니까."

"그러지 말고 해로로 가지? 아린이 처음 여행하는 거라 육로로 가면 힘들 거야. 더욱이 로드를 만나고 다른 고룡에게도 가려면 어차피 육로로 가니까."

지금은 설명할 게 많군. 이곳 지리를 간단하게 설명하자면, 우선 지중해를 생각하고 계시라. 그게 이해하는 데 도움이 많이 될 거다. 이곳의 대륙은 지중해 연안과 비슷하게 생겼으니까. 우리 가족들(?)이 살고 있는 곳은 지중해 쪽에서 아프리카 대륙 쪽이다. 단지 그곳에는 밀림이 없고 높은 산맥들이 솟아 있다. 할아버지가 살고 계신 곳은 텐지산으로 이 세계에서 가장 높고 험한 산이다. 그 산을 중심으로 좌우로 산맥이 뻗어가는데 오른쪽으로 뻗어나간 산맥이 쇼이산맥이고, 할머니가 살고 계시는 하날산까지 이어져 있다. 앞에서 잠깐 이야기가 나왔지만 그 하날산은 화산이 폭발한 지 세월이 그다지 많이 흐르지 않았기 때문에 아직까지도 화산 활동이 활발한 산이다. 그렇기에 어떤 생물도 살지 못했고 산 정상은 무척 뜨거웠다. 다시 지리 설명으로 돌아와서 할머니가 살고 계시는 하날산맥의 반대쪽인 왼쪽으로 뻗어나간 산맥이 타이백산맥으로 이 산맥은 쇼이산맥보다 더 높고, 크고, 길다. 타이백산맥에는 엄마가 살고 계신다. 그리고 나는 타이백산맥에서 분리되어 뻗어나가는 게덴산맥 때문에 생긴 게덴골짜기에서 살고 있다.

이렇게 지중해—여기서는 아르카스해라고 한다—밑쪽은 큰 산맥들이 있는 고원 지대이고, 산맥과 바다 사이에는 기사의 왕국이라고 불리는 레스틴 왕국이 있다. 그리고 산맥 너머에는 아시드 왕국이 있으며, 그 밑으로 더 내려가면 큰 사막이 나오고 그곳에는 부족 국가들이 존재한다.

그리고 바닷가를 중심으로 존재하는 켈튼 연합국이 있다. 이곳은 10여 개의 크고 작은 국가들이 모여 있는데, 그곳의 나라들은 다른 타 국가에 비해서 작기 때문에 10여 개의 나라는 군사적으로나 경제적으로 동맹을 맺고 있었다. 그래서 그 10여 개의 국가들을 총칭하여 켈튼 연합국이라고 한다. 켈튼이라는 말은 그 연합국 중 가장 중심이 되는 연합국 중에서 가장 크고 부유한 나라의 이름이었는데, 그 이름을 따서 붙인 것이다. 여기는 바다를 끼고 있고 지리적으로도 중간 무역에 유리했기 때문에 상업이 크게 발달했다.

아르카스해를 넘어가면 또 다른 대륙이 나오는데 이곳은 대부분이 평야가 차지하고 있고 규모가 작은 산맥들이 존재하고 있다. 이곳에는 테아칸 왕국과 소르드 왕국이 존재하는데, 그 테아칸 왕국에 드래곤 로드가 살고 계신다는 거다.

우리가 지금 있는 나라는 에스라 왕국으로, 레스틴 왕국과 소르드 왕국 사이에 있는 나라다. 이 나라에는 큰 강이 두 개 흐르고 있고, 땅이 매우 기름진 나라다(지중해 지역으로 설명하자면 메소포타미아 쪽?). 그리고 할머니가 살고 계시는 산이 있는 나라이기도 하다. 그래서 한쪽으로는 기름진 땅이 있고, 또 한쪽으로는 화산 지대가 존재하고 있다.

"그럼 배를 타고 강을 따라 바다로 가야겠군요? 여기는 큰 강이 흐르고 있으니까 그걸 이용하면 편히 갈 수 있을 거예요."

"그렇게 하자꾸나."

'흐음… 왠지 인간 세상으로 나오니까 두 분이 안 싸우시는걸? 되게 싸우실 줄 알고 잔뜩 긴장하고 있었는데.'

드디어 두 분이 평소 같지 않게 말로써 의논을 끝내고 내린 결론은, 여기서 말을 타고 다도이강으로 가서 배를 타고 바다로 가서 거기서 배를 갈아타고 테아칸 왕국으로 간다는 거였다.

두 분은 의논을 끝내자 자리에서 일어서서 말을 사러나갔다.

'우씨, 처음으로 인간들의 식당을 가는 거였는데, 아무것도 못 먹고 식당을 나서야 하다니.'

식사 때도 아니고, 또 두 분은 지도를 사서 들여다보시느라고 음식을 안 시키셨다(내가 시킬 줄도 모르고… 시킬 줄 안다고 해도 나 혼자 시킬 수는 없고…). 결국 우리는 식당 주인의 따스한(?) 눈총을 받으면서 식당을 나왔다(엄마와 할아버지는 신경도 쓰지 않으셨지만).

이곳은 제법 번화한 큰 도시였다. 다도이강과 아브록강 중심에 위치한 곳이라는데 제법 사람도 많았고, 큰 건물들도 많고, 도로에는 돌이 쫙 깔려 있어서 깨끗해 보이는 데다 그렇게 도로가 잘 발달되어 있으니까 그와 더불어 교통도 발달한 것 같았다.

"흠… 할아버지, 보통 큰 도시는 강 근처에서 생기지 않나요? 그런데 여기는 강 근처도 아닌데 도시가 꽤 크네요?"

이래봬도 고3 때까지는 그럭저럭 성적이 중상위권을 다투던 나였기에 예전 학교에서 세계사 시간에 배웠던 것을 더듬어가던 나는 특이한 점을 발견할 수 있었다.

"여기가 화산으로 가는 길목이기 때문이란다. 네 할미가 사는 곳은 위험하지만 그 근처는 위험하지 않거든. 그곳에는 온천 관광지로 꽤 유명하단다. 그래서 그 덕분에 이곳까지 커진 거지."

"아, 그럼 올 때 온천을 들러서 올 걸 그랬어요."

"하지만 우리가 활화산 쪽에서 내려오면 사람들이 이상하게 보지 않겠니? 그래서 일부러 이 근처로 공간 이동을 한 거야. 정 온천에 가보고 싶으면 나중에 돌아오면서 그때 온천에 가자꾸나."

할아버지가 길 가는 사람들에게 물어물어서 마(馬)시장을 찾았다. 역시 도시가 크고 관광지로 가는 길목이다 보니까 마시장이 무척 컸다.

말도 많고, 사람도 많고, 더욱이 무지 소란스럽고 냄새도 고약했다. 하지만 여기서 내 말이 생긴다는 사실에 너무 흥분되었다. 아주 예쁘고 좋은 말로 사고 싶었다. 돈 걱정은 안 해도 되니까.

할아버지와 엄마는 말들을 살펴보고 계셨다. 나도 두 분을 졸졸 쫓아다니면서 내 딴에는 살핀다고 하고 있었지만, 그 말이 그 말 같아서 어정쩡하게 말 사이를 돌아다니기만 할 뿐이었다.

'볼 줄 알아야 고르지. 말들이야 보긴 많이 봤지만 실제로 타본 적도 없으니 그것도 문제군. 하지만 뭐 어때? 탈 줄 모르면 이제부터 배우면 되지.'

할아버지와 엄마는 어느새 말을 고르셨다. 할아버지는 갈색의 평범하지만 건강해 보이는 말을 고르셨고, 엄마는 덩치가 무척 크고 사나워 보이는 흑마를 고르셨다. 그리곤 나보고 어서 고르라는 듯한 눈빛으로 바라보고 계셨다.

'고를 줄 모르는 걸 어쩌란 말야? 차라리 골라주지.'

결국 두 분의 무언의 압력에 견디다 못한 나는 우리를 따라다니고 있던 사람한테 부탁했다.

"제가요, 말을 처음 타보는 거거든요. 그러니까 제가 쉽게 말 타는 것을 배울 수 있는 성질이 온순한 말을 골라주시겠어요?"

"저건 어떻습니까? 아직 나이가 어린 데다가 암놈이고 성격도 온순합죠. 무척 예쁘지 않습니까? 게다가 혈통도 꽤나 좋지요."

그 사람이 가리킨 말을 쳐다보았다. 연한 갈색의 말이었는데 제법 예뻐 보였다. 말을 볼 줄 모르는 나에게도 예뻐 보이는 걸 보니 꽤 예쁜 건가 보다.

할아버지를 슬쩍 쳐다보자 그 말을 사라는 듯 고개를 끄덕이고 계셨다.

"그럼 이걸로 할래요."

"말을 고르는 안목이 있으시군요. 이놈의 아비는 명마로 이름 좀 날린 놈이랍니다. 선택에 후회는 없으실 겁니다."

말 값은 할아버지가 내셨다. 말 값뿐만이 아니라 이 여행의 경비는 할아버지와 엄마가 대신다. 뭐, 애랑 같이 여행을 하는데 당연히 어른들이 내는 거겠지만.

아까 그 사람이 안장을 가져왔다.

'그러고 보니 난 안장을 얹는 것도 할 줄 모르는군.'

어떻게 하나 걱정을 했지만, 다행히 그 사람이 안장을 매주었다. 그 사람이 하는 걸 보니 쉬워 보이긴 하지만 보는 거와는 다르겠지?

말들을 끌고 우리는 여관을 찾았다. 강까지 가려면 말을 타고서도 7일 정도는 가야 하기 때문에 오늘은 이 마을에서 쉬기로 하고 내일 아침에 떠나기로 했다.

우리가 찾은 여관은 크고 깨끗한 여관이었다. 하긴 여비가 충분한데 작은 여관으로 갈 필요는 없겠지. 여관의 간판에는 '바람이 머무는 집'이라고 써 있었다.

'음, 꽤 시적인 이름이다.'

안도 꽤 깨끗하고 깔끔했다. 제법 큰 곳이라 그런지 종업원들도 여럿 보였다. 할아버지가 카운터로 가서 거기에 있는 중년 남자에게 말을 걸었다.

"방 있나?"

그 중년 남자는 나와 엄마를 쓰윽 훑어보더니 할아버지가 돈을 내는 사람인 줄 알아채고는 할아버지께로 시선을 돌렸다.

"세 명이십니까? 어떻게 드릴까요?"

"침대가 두 개인 방 하나하고, 침대가 하나인 방 한 개로 주게."

"열쇠는 여기 있습니다. 선불로 30셀입니다."

여기의 기초 화폐 단위는 '셀'이다. 100셀이 1존드인데 동전으로는 1셀과 5셀, 10셀이 있고, 은화로는 50셀짜리와 1존드짜리가 있다. 금화는 하나에 100존드이다.

"여기 있네."

"감사합니다. 이봐, 여기 손님들을 이층 5호실과 8호실로 안내해 드려."

그의 부름에 따라 한 소년이 달려왔다.

"따라오시겠습니까?"

우리는 2층으로 안내되어 갔다. 할아버지가 혼자 방을 쓰시고 엄마와 내가 같이 방을 쓰게 되었다. 할아버지 방은 우리 방 바로 맞은편이었다.

저녁이 거의 다 되었기에 우리는 씻고 내려왔다.

'드디어 여기서 인간의 음식을 먹을 수 있게 되었구나. 무얼 먹게 될까?'

잔뜩 기대에 부푼 나는 할아버지가 빨리 주문하시길 기다렸다.

"여기!"

할아버지가 한 종업원에게 손짓을 하며 부르자 그는 금방 달려왔다.

"여기선 뭐가 제일 맛있지?"

"여기선 돼지 스테이크 정식이 맛있죠. 그리고 산딸기 파이도 괜찮답니다."

"흠, 그럼 돼지 스테이크 정식 세 개와 후식으로는 산딸기 파이를, 그리고 맥주 세 개를 주게."

라고 할아버지가 주문을 하셨다. 종업원은 '예, 예'를 연달아 하고 있었지만 전혀 듣고 있는 것 같지 않았다. 시선이 딴 데로 가 있었던 것이다. 그의 시선을 쫓아 가보니 거기에는 엄마가 있었다.

'엄마를 바라보고 있잖아?'

그만이 아니었다. 여태까지 몰랐었지만 주위를 둘러보니 식당에 있던 사람들은 우리를 흘끗흘끗 쳐다보고 있었던 것이다. 우리 중 특히 엄마를 보고 있었지만.

'아하~!'

엄말 흘끗 쳐다보자 그들이 쳐다보는 이유를 알 수 있을 것 같았다. 엄마는 지금 붉은 생머리를 허리까지 늘어뜨리고 있는 아주 아리따운 20대 초반의 여성 모습을 하고 계셨던 것이다. 굉장한 미인이었기 때문에 엄마를 바라보고 있는 사람들은 감탄의 눈길로 보고 있었다. 그리고 그와 더불어 이런 굉장한 미인과 동행하고 있는 우리를 부러운 눈초리로 쳐다보았다.

아마 이 도시에 도착했을 때부터 이랬겠지만 내가 너무 흥분한 상태여서 주위 시선을 눈치 채지 못하고 있었으리라.

"이봐, 뭐 하고 있는 거야!"

할아버지가 종업원이 주문을 안 듣고 있다는 것을 깨달으셨는지 종업원을 다그쳤다.

"예? 아예, 알겠습니다. 그러니까 돼지 스테이크 정식 3인분이랑 맥주 세 잔이지요? 금방 대령하겠습니다."

'와우, 그 상황에서도 주문은 다 듣고 있었잖아? 직업 정신이 투철한 사람이로군.'

종업원이 안쪽으로 들어가자 할아버지는 끌끌 혀를 차며 주위를 둘러보았다.

"한심한 녀석들이로군."

"인간들이란 원래 이렇잖아요."

엄마는 익숙해 있는 듯 신경도 쓰지 않았다.

지금 할아버지는 붉은 머리에 희끗희끗 새치가 머리에 섞인 40대 중반으로 보이는 모습이었고, 나는 17세쯤 되어 보이는 소녀의 모습을 하고 있었다. 비록 귀찮은 옷이 싫어서 남장을 하고 있어서 남들이 볼 때에는 소년으로 보이겠지만. 그러니 이런 일행 중 20대 초반의 미인인 엄마가 눈에 뜨이는 것은 당연한 것이었다.

"맥주 나왔습니다."

아까 그 종업원이 거품이 부글부글 끓어오르며 큰 컵에 담겨져 있는 맥주를 탁자 위에 올려놓았다. 여전히 엄마를 바라보면서…….

"아린아, 마셔보거라. 맥주라는 건데 도수가 약한 음료수 같은 술이란다. 인간 세상에서는 흔히 마시는 거지."

맥주는 나도 알고 있다. 비록 마셔본 적은 한번도 없지만. 맥주가 오랜 옛날부터 있어 왔다는 것은 알고 있었지만 여기서도 보게 될 줄은 몰랐다.

컵을 들어 조심스럽게 한 모금 마시자 약간 시큼하면서도 시원한 액체가 목으로 넘어갔다. 그다지 시큼한 맛이 강하지는 않았고, 더욱이 알코올 맛이 옅어서 마실 만했다. 게다가 더운 날씨에 마시는 차가운 음료수라는 것이 무척 좋았다.

'흠… 이래서 맥주를 더운 날에 차게 해서 마시는 거구나.'

그러나 비록 몸에서 거부하지는 않는다고 하더라도 처음 먹는 거라서 천천히 마시고 있는데 할아버지와 엄마를 힐끔 보니 두 분은 즐기시는 것처럼 익숙하게 마시고 계셨다.

"흠, 꽤 오랜만에 마셔보는 맥주인데? 그래도 여기 맥주 맛은 괜찮은 편이군."

할아버지가 잔에 담긴 맥주를 원샷하시더니 맥주 잔을 테이블에 탁, 내려놓으시면서 기분 좋게 입맛을 다셨다.

"나쁘진 않군요."

엄마도 맥주를 다 마시고는 할아버지 말에 동조하며 고개를 끄덕이셨다.

"식사도 이 정도로 괜찮았으면 좋겠는데……."

하지만 그런 할아버지의 걱정은 식사가 나오자 깨끗이 사라졌다. 음식이 꽤 맛있었던 것이다. 따뜻하고 부드러운 버섯 크림 스프에 달짝지근하고 약간 매콤한 소스가 들어간 스테이크… 게다가 싱싱한 야채와 과일로 예쁘게 치장한 샐러드에다가 아까 종업원이 자랑한, 기대가 컸던 산딸기 파이까지도.

"역시 큰 여관이어서 그런지 음식도 꽤 맛있네요."

엄마도 먹음직스러운 산딸기 파이를 한 조각 입에 넣어서 맛을 음미하더니 고개를 끄덕였다.

"하긴 이렇게 큰 도시에서 이만큼 성장하려면 뭔가 잘하는 것이 있어야겠지."

할아버지도 엄마 말에 동조하시면서 만족스럽다는 표정이셨다.

"여기로 오길 잘했어요. 정말 맛있는데요?"

산딸기 파이는 정말 맛있었다. 느끼하지도 않으면서 너무 달지도 않았고, 방금 갓 구운 빵이 따스한 온기를 머금고 있으면서도 촉촉했다. 나는 너무 맛있어서 한 개 더 추가했고, 그 모습을 보신 할아버지와 엄마도 같이 한 개씩 더 추가하셨다.

식사를 다 끝내고 배가 든든한 포만감에 차 있어서 나는 기분이 너무 좋았다. 이제 한잠 푹 자고 내일을 맞았으면… 했는데.

"아린아 뒷마당으로 나가자꾸나."

할아버지가 식탁에서 일어서면서 나를 바라보시며 말했다. 영문을 모르는 나는 어안이 벙벙한 얼굴로 할아버지만 쳐다보았다.

"예? 왜요?"

"왜라니? 넌 아직 말을 탈 줄 모르지 않니? 내일이면 말을 타고 떠날 텐데 오늘 안에 조금이라도 익혀야지."

"아……."

그랬다. 난 아직 말을 탈 줄 모르는 것이다. 내일부터 일주일 동안 말을 타고 달려야 하는데 말을 전혀 탈 줄 모른다면 나말고도 나 때문에 할아버지나 엄마도 고생 꽤나 할 것이다.

할아버지랑 나는 여관 뒷마당으로 나갔고, 엄마는 잘 해보라고 한마디하시고는 주무신다면서 방으로 올라가 버렸다.

뒷마당으로 내 말을 끌고 나오신 할아버지는 사람을 시켜 안장을 갖고 오게 하셨다. 그리곤 나에게 안장을 얹고 묶는 법부터 가르쳐 주셨다.

"여길 이렇게 하고, 이렇게 해서, 이렇게 하면, 이렇게 되는 거란다. 어렵지 않지? 네가 풀어서 다시 한 번 메어보렴."

나는 할아버지가 했던 것을 쭉 지켜보다가 할아버지가 물러서시자 안장을 풀고 다시 묶어봤다. 원래 남이 하면 쉬운 법이고 묶는 것보단 푸는 게 쉬운 법이라서 안장을 푼 건 쉽게 잘했는데 다시 묶으려니 어떻게 했는지 생각이 잘 안 났다.

"이건 이렇게 했던가? 아니야, 이게 아닌 것 같은데…… 아! 이렇게다. 음, 그러면 이건 이렇게인가?"

꽤 낑낑거리면서 묶고 있었지만 할아버지는 지그시 쳐다보고만 계실 뿐 전혀 가르쳐 주지 않았고, 내가 쩔쩔 맬 때마다 할아버지께 도움을 바라는 눈초리를 보냈지만, 매정하게 무시해 버리셨다.

한참을 낑낑거리면서—이게 꽤 어려운 거다—대충 비슷하게 묶자 그제야 할아버지가 오셔서 다시 풀어가면서 설명을 해주셨다.

"이건 이렇게 하는 게 아니라, 이렇게 해야지. 음, 이건 잘했다. 그 다음에는 이렇게……."

할아버지가 다 풀고 나자 또 나에게 묶어보라고 하셨다. 이번에는 좀 서툴긴 하지만 그럭저럭 묶을 수 있었다.

"흠, 잘했다. 이제 말을 타볼까? 먼저 안장을 손으로 붙잡고, 이쪽 발을 여기에 올려놓고, 그 다음 몸을 들어서……."

할아버지는 세세히 동작 하나하나를 지적해 주시면서 도와주셔서 말 위에는 잘 올라갔다. 말 위에 앉자 제법 자리가 높았지만, 워낙 공중에 떠 있는 것에 익숙해 있다 보니 이 정도 높이는 문제가 되지 않았다. 하지만 앉아 있는 자리가 살아 있는 것이다 보니 자꾸 움직여져서 균형 잡는 게 어려웠다.

"그렇게 힘을 주지 말고 어깨에 긴장을 풀어. 자연스럽게 몸을 펴. 다리에는 힘을 주고."

어느 정도 안장 위에서 균형을 잡은 다음에 할아버지가 말을 천천히 끌자 말은 앞으로 걸어갔다. 말이 걸어가자 위에 앉아 있던 나는 자꾸 뒤로 넘어질 것 같았다. 그래서 내가 일부러 그러지 않아도 저절로 몸이 앞으로 웅크려지고 손에 힘을 주게 되었다.

"그렇게 긴장하지 말라니까. 처음에 말을 탈 때는 몇 번 떨어져 보기도 하는 거야. 떨어진다고 안 죽으니까 너무 힘주지 말고 리듬을 타. 말을 걷는 것을 느끼면 리듬이 느껴질 거야. 하나둘, 하나둘… 그래, 그렇게."

우씨! 되게 떨리네. 잘못하면 아차 하는 순간에 진짜 말에서 떨어질 것 같았다. 내가 위에서 잡을 수 있는 것은 고삐뿐이고 그것도 꽉 잡아서 몸을 지탱할 수도 없는 거다. 그저 내가 균형을 잡아서 몸을 세워야 하는데 그게 쉽지가 않았다. 조금만 힘을 안 주면 꼭 떨어질 것만 같아서 불안했다.

한참을 그렇게 앉아 있자 온몸이 뻐근하고 쑤셔왔고 긴장된 어깨가 아파 왔다.

"자, 잠깐 쉬었다 할까? 이제 어느 정도 된 것 같으니까 조금만 더 하면 될 거다."

'우씨, 분명히 내일 아침에는 몸살이 날 거야.'

온몸이 쑤셔서 말에서 내리는 것도 힘들었다. 겨우겨우 내려왔지만, 일어서기도 힘들어서 땅에 털썩 주저앉았다.

"에고고~ 힘들어."

"그래가지고 어디 여행이나 다니겠냐?"

"이렇게 힘들 줄 몰랐어요."

"처음에 하려면 뭐든지 힘든 거란다. 하지만 차차 익숙해지면 괜찮아지는 거야."

그만 하고 싶었는데 조금 쉬자 할아버지가 이번엔 안 잡아줄 테니 혼자 한번 해보라고 하셨다.

우씨, 움직이기도 힘든데.

어찌어찌 말에 또 올랐다. 이번엔 두 번째라 그런지 좀 괜찮았지만, 그래도 떨어질까 봐 무서운 건 여전했다.

"발을 살짝 차보렴. 그럼 말이 앞으로 나갈 거다."

할아버지가 시키는 대로 살짝 발로 말의 배를 찼지만 꿈쩍도 안 했다.

"너무 살짝 찼잖아. 적당히 살짝 차야지."

그 적당히가 어느 정도냐구.

나는 좀더 세게 찼다. 그러자 말이 앞으로 걸어가기 시작했다.

"어깨에 힘 빼라니까. 힘을 너무 주면 너도 피곤하지만 말도 네가 뻣뻣해서 힘들어."

옆에서 할아버지가 계속 지시를 하셨지만 그게 그렇게 말처럼 쉬운 게 아니었다.

얼마나 탔을까? 할아버지가 그만 하면 됐다고 하셨을 땐 다리에 감각이 없고 허리는 너무 힘을 주면서 곧게 세우고 있어서 뻣뻣했고 구부리지도 못할 것 같았다.

겨우겨우 내 방으로 올라가서 옷도 벗지 못하고 침대에 그냥 쓰러져서 자버렸다.

내일 분명히 온몸에 알이 박혔을 거라고 중얼중얼거리면서.

하지만 아침에 일어났는데 온몸이 멀쩡했다.

'어? 이상하다. 어제는 온몸이 쑤시고 아팠는데 오늘은 멀쩡하잖아? 내 몸이 그렇게 회복이 빨랐나? 움직이지도 못할 줄 알았는데.'

고개를 갸웃거리면서 아래층으로 내려왔다. 할아버지와 엄마는 먼저 내려와 계셨다.

"좋은 아침이구나. 잘 잤니?"

"예, 할아버지. 온몸이 아파서 못 일어날 줄 알았는데 의외로 멀쩡하네요?"

그러자 할아버지가 나를 한심스럽다는 듯이 쳐다보면서 말하셨다.

"멀쩡한 게 당연하지 않니? 네 엄마가 어제 분명히 너한테 회복 마법을 걸어줬는데."

'아~! 맞다. 엄마는 내가 다치거나 그러면 마법을 걸어주셨지? 아이고, 그러고 보니 나도 바보네. 내가 걸어도 됐었잖아? 잠깐만,

그러고 보니 어제 방에 올라갔을 때 엄마는 안 주무시고 계셨었나? 너무 피곤해서 엄마가 주무시고 계시는지도 몰랐네.'

분명히 먼저 주무신다고 올라가신 엄마였는데, 딸내미가 힘들게 올라오니까 금방 일어나셨나 보다. 아니면 그때까지 안 주무시고 기다리고 계셨는지도.

"엄마, 싸랑해요~"

새삼스레 엄마에 대한 애정이 뭉클뭉클 솟아올라서 엄마를 뒤에서 꼭 껴안았다. 그러자 갑자기 뒤통수가 따가워졌다.

주위를 둘러보니 우리와 같이 아침을 먹기 위해 있던 사람들이 부러움과 질투가 섞인 눈초리로 나를 노려보고 있었다.

'이봐들, 이분은 우리 엄마란 말야. 질투할 사람을 질투해야지. 그리고 난 여자라고.'

라고 말하고 싶었지만, 17살의 소년이 20대 초반의 여인보고 엄마라고 소개하면 아무도 안 믿을 거라는 데까지 생각이 미쳤다. 그래서 얌전히 엄마한테서 손을 떼고 내 자리에 앉았다.

"자, 어서 먹고 슬슬 떠나기로 하자."

어느새 종업원이 방금 구워서 따끈따끈한 빵과 스프, 그리고 우유를 가지고 왔다.

우리는 간단히 아침 식사를 마치고 여관을 떠났다. 아직까지 승마에 서툰 날 위하여 우리 일행들의 전진 속도는 매우 느렸다.

하지만 날씨도 좋고, 더욱이 경치도 괜찮았기에 할아버지와 엄마는 그다지 지루하지 않은 눈치였다.

나? 나는 말에서 안 떨어지도록 균형 잡는 데 바빠서 주위를 둘러볼 여유도, 느린지 빠른지 느낄 여유도 없었다. 오직 앞만 바라보면서 어제 할아버지가 일러주신 대로 자세를 잡는 데 여념이 없었다.

해가 중천에 뜨자 할아버지가 주위를 둘러보셨다.

"어디 보자. 음, 저기가 좋겠군. 우리 저기서 점심이나 먹고 가자꾸나."

할아버지가 가리키신 곳은 몇 그루의 큰 나무들이 있어서 그늘이 만들어져 있는 데다 그 밑에는 평평한 땅에 작은 풀들이 잔디처럼 깔려 있어서 앉아서 쉬기에는 제일 좋은 장소였다.

오랫동안 말을 타서 다시 온몸이 아파 오기 시작하는 나에게는 그만큼 반가운 말이 없었다. 얼른 말을 그쪽으로 몰고 가서 말에서 내렸다. 그리고는 그 자리에 벌렁 누워버렸다.

"말이 싸면 입으로 곧장 떨어질 위치에 누워 있지 말고 이쪽으로 와!"

어느새 자리를 잡고 앉으신 엄마가 나를 부르셨다. 나는 엉금엉금 기다시피 해서 엄마한테 갔다. 그러자 엄마가 나에게 회복 마법을 걸어주셨다. 할아버지는 말들을 모아서 나무에 묶고는 안장에 달아놓은 주머니에서 뭔가를 꺼내 오셨다.

가져오신 걸 보니 샌드위치랑 우유가 담긴 물통이었다. 우리는 그것을 나누어 먹고 잠시 휴식을 취하고는 다시 길을 떠났다.

제8화

레드 드래곤 소동

레드 드래곤 소동

"드래곤이요?"

"예, 드래곤이랍니다. 아주 커다란 레드 드래곤이라고 하더군요."

그렇게 3일을 갔다. 내가 너무 느린 바람에 다음 마을에 도착했을 땐 해가 져서 늦은 저녁이 되어 있었다. 그나마 마을이 가깝게 붙어 있는 바람에 하루 안에 도착할 수 있었던 거였지 안 그랬으면 우리는 며칠을 밖에서 노숙을 했을 거다.

그리고 3일 내내 말을 타고 온 나였기에 이제는 말을 타도 반나절은 거뜬했고, 말을 타고 달릴 수도 있게 되었다.

"다음 마을은 좀 멀단다. 그래서 오늘은 빨리 가야 할 거야. 안 그러면 노숙을 하게 되니까."

하루 묵은 여관을 나오면서 할아버지가 말씀을 하셨다.

마을을 떠나서 한적한 숲으로 말을 몰고 있는데 우리 앞으로 한 떼의 사람들이 가고 있었다. 그들은 전진 속도가 우리보다 느렸기에 우리는 곧 그들과의 거리를 없앨 수 있었다.

"흠, 상인 일행인가 보군."

엄마가 중얼거리셨다. 그러고 보니 그 일행 속에 짐을 실은 수레가 몇 개나 보였다.

"여보시오, 잠깐 기다려 보시오."

상인 일행 중 한 사람이 우리를 불렀다. 그는 진한 갈색 머리를 가지고 멋진 콧수염을 가졌지만, 키가 좀 작고 뚱뚱한 인상 좋게 생긴 중년 남자였다. 아마 이 일행의 대장인 듯.

"우릴 불렀습니까?"

할아버지가 대표로 나서서 말했다.

"예, 여행자들이신가요?"

"그렇습니다만, 무슨 일이신지?"

"이 길은 초행이신가 보군요. 여기는 사람들이 떼를 지어 지나가야 무사히 지나갈까말까 하는 길이랍니다. 5년 전부터 이상하게 이 숲에 몬스터들이 많이 생겼거든요."

"몬스터요?"

"예, 갑자기 수가 많이 늘어났어요. 그래서 그런진 몰라도 여길 지나가는 사람들을 떼를 지어서 습격하곤 한답니다."

"그래서 이렇게 용병들을 많이 데리고 가시는 거군요."

옆에 가만히 있던 엄마가 한마디했다. 엄마의 말을 듣고 일행들을 살펴보니 저마다 무기를 들고 아무렇게나 옷을 걸친 우락부락한 근육을 가진 사람들이 여기저기 많이 보였다.

'저 사람들이 용병들이구나. 처음 봤어.'

내가 그들 일행을 살펴보고 있을 때 할아버지의 말소리가 들렸다.

"그런데 왜 이렇게 위험을 무릅쓰고 넘어가려고 하십니까?"

"수익이 꽤 높거든요. 이 길이 막히는 바람에 저쪽 도시에는 물품이 많이 끊겼어요. 그러니까 이렇게 위험을 무릅쓰고 가는 거지요. 아, 그건 그렇고 이렇게 단 세 명이서 가시면 위험합니다. 당신께선 마법사이신 것 같으니 우리와 동행하시지 않으시겠습니까? 그편이 당신들 쪽은 훨씬 안전할 거고, 우리도 일행 중에 마법사가 한 명 더 는다면 더 든든할 테니까요."

"몬스터쯤이야 우리도 물리칠 수 있는 수준이라고 생각합니다만."

드래곤이 몬스터를 무서워하겠냐? 그러니 이들과 불편하게 동행하느니 편하게 우리끼리 가겠다는 할아버지의 대답이었지만.

"물론 마법사님의 실력이 낮다는 것이 아닙니다. 하지만 저 몬스터들은 얕보면 안 됩니다. 더구나 여길 겨우겨우 통과해서 살아남은 여행자들이 말하길 여기서 드래곤을 봤답니다."

"드래곤이요?"

할아버지가 눈살을 찌푸리며 되물었다. 그 상인은 할아버지가 무척 놀라는 표정을 짓자 신이 나서 대답을 했다.

"예, 드래곤이랍니다. 아주 커다란 레드 드래곤이라고 하더군요."

"레드 드래곤이라구요?"

"예, 그렇다니까요. 그 드래곤이 몬스터들을 지휘하고 있었답니다."

엄마와 할아버지는 심각한 표정을 지으셨다.

'여기 레드 드래곤이 산단 말이지? 누가 여기에 사는 걸까? 그럼 인사를 하고 가야 하지 않을까?'

나도 이런저런 생각을 하고 있는 사이 할아버지가 말씀하셨다.

"좋습니다. 동행하도록 하지요."

"잘 생각하셨습니다. 그러는 게 서로 좋을 겁니다, 마법사님."

'그러나저러나 왜 자꾸 할아버지보고 마법사라고 하는 거지? 물론 할아버지가 마법을 쓰시긴 하지만 처음 본 사람이 할아버지가 마법을 쓸 수 있는지 어떻게 안 거야?'

그때 할아버지와 비슷하게 생긴 가운을 입은 사람이 일행 중에서 앞으로 나왔다.

"반갑습니다. 같은 마법사의 길을 걷고 있는 베르토 레벤다드라고 합니다."

그제야 나는 왜 그 상인이 할아버지를 마법사라고 부르는지 알 수 있었다. 할아버지가 입고 계신 옷이 바로 마법사의 로브였던 것이다.

'그래서 할아버지한테만 마법사라고 했구나. 어쩐지 엄마한테는 안 그러더라니.'

상인도 자신을 소개했다.

"저는 애늘튼 싱클레어라고 합니다. 그냥 보잘것없는 상인이지요."

"보잘것없는 상인이라니요. 이만한 일행들을 이끌고 계시는 걸 보면 대단하신 분 같은데요. 전 슈타인 시피르라고 합니다. 이쪽은 제 딸인 세라와 아들인 아힌이라고 합니다."

'얼라리오? 언제 할아버지가 내 가명을 알고 계셨지? 정말 모르는 게 없는 분이라니까. 가만, 엄마는 할아버지 딸이고 나는 아들이니까 난 엄마를 이제 누나라고 불러야 하는 건가?'

"정말 아름다우신 따님이군요. 아! 여보게, 디코. 이쪽으로 와보게."

그러자 일행 중 덩치가 큰 남자가 하나 나왔다.

"이쪽은 우리 경호를 책임지고 있는 디코입니다."

그 사람은 상체가 다 드러나는 가죽 옷을 입고 있어서 몸의 근육과 흉터들을 볼 수 있었다. 이마에도 자잘한 흉터가 있기는 했지만 그렇게 보기 싫지는 않았다. 나이는 한 30대 중반 정도?

그가 우리에게 고개를 살짝 숙여 인사를 하고 고개를 드는 순간 엄마랑 시선이 마주쳤는데, 엄마를 보더니만 순간 멍해져 버렸다. 하지만 곧 정신을 차리고 자기 자리로 돌아갔다.

"좀 과묵하긴 하지만 실력이 뛰어나고, 또 믿음이 가는 친구입니다."

디코에 대해 이야기하면서 애들튼은 말을 걷게 했다. 우리는 자연스럽게 애들튼 옆에서 갔고, 그가 앞으로 나아감에 따라 잠시 자리에 멈춰 서 있던 일행들도 움직이기 시작했다.

애들튼은 이야길 참 잘했다. 자신이 왕래를 하면서 겪었던 일이나 여행한 도시에 대해서 재미있게 이야기를 했다. 할아버지도 옆에서 적당히 고개를 끄덕여주며 듣고 있었고, 엄마와 나는 아무런 말도 안 했지만 그래도 귀를 기울여 듣고 있었다.

그때였다. 엄마가 갑자기 흠칫하시더니 나를 옆으로 잡아당기셨다. 할아버지도 신중한 표정으로 주위를 둘러보고 계셨다. 그런 모습을 본 일행들도 무슨 일이 생긴 줄 알고 재빨리 자기 무기를 들고 주위를 경계하기 시작했다.

잠시 후 숲 속에서 부스럭부스럭하는 소리가 들리더니 뭔가가 튀어나왔다.

"트롤이다!"

누군가가 소리쳤다.

'저게 바로 트롤이라는 거군. 재생 능력이 무척 뛰어나서 죽이

기 힘들다는 몬스터.'

키가 무척 컸다. 2미터도 넘어 보였다. 거기다가 사람으로 말하자면 엄청난 근육으로 뒤덮인 몸이었다. 그것도 돌처럼 단단해 보이는 근육으로.

애들튼이 재빨리 뒤로 물러섰고, 할아버지도 나와 엄마를 이끌고 재빨리 뒤로 물러섰다. 그리고 디코를 포함한 몇 명의 용병들이 나서서 트롤을 상대하기 시작했다.

할아버지와 엄마는 느긋하게 그들이 트롤과 상대하는 모습을 관전하기 시작했다. 주위를 둘러보니 애들튼도 느긋하게 보이긴 했다. 베르토는 입 속으로 중얼중얼대는 것이 마법 주문을 외워두고 있는 것 같았다.

하지만 그의 마법 실력을 볼 기회는 없었다. 용병들이 어렵지 않게 트롤을 처리했던 것이다.

"저놈들 실력이 꽤 대단한걸? 트롤을 저렇게 간단히 때려눕히다니."

그러자 옆에서 같이 관전하고 있던 애들튼이 대답했다.

"그렇지요. 하지만 실력이 대단한 만큼 몸값이 높답니다. 저 디코만 해도 혼자서 트롤을 상대할 수 있는걸요."

"그렇게 실력이 대단한가요?"

옆에서 내가 물었다.

"그래, 저 디코는 용병계에서도 실력이 꽤 높기로 알려진 인물이지."

트롤을 상대했던 용병들이 트롤 시체를 숲 속으로 던져 버리자 트롤의 등장으로 멈춰진 일행들을 다시 출발했다.

하지만 얼마 안 가자 이번에는 트롤 비슷하게 생긴 녀석들이 앞을 가로막고 있었다.

"스톰 골렘이군. 그것도 열 마리씩이나 길을 막고 있는 걸 보니 우릴 기다렸다는 건가? 이거 뭔가 더 있을 것 같은걸?"

엄마가 중얼거렸다.

'골렘이라……. 오늘은 전에 못 보던 몬스터들만 보는군. 하긴 엄마 레어에서 살 때는 오크나 가고일, 아니면 어쩌다가 와이번이나 봤었는데.'

이번에는 숫자가 너무 많았는지 용병들이 나서기 전에 베르토가 먼저 나서서 골렘들에게 한 방 먹였다.

"라이트닝 볼트!"

골렘들이 서 있는 지점을 큰 번개가 한번 긋고 지나갔다.

"오, 제법인데?"

할아버지가 고개를 끄덕끄덕하며 말했다. 그러고 보니 번개에 의해 일어났던 흙먼지가 가라앉자 네 마리의 골렘들이 날아갔고, 나머지 골렘들도 그다지 성해 보이지는 않았다. 하지만 그들은 자신들이나 동료들이 다쳐서 쓰러졌는데도 그런 데는 관심이 없는지, 아니면 그 정도로는 죽지 않는다는 것을 아는지 무표정한 얼굴로 우리 쪽으로 다가오기 시작했다.

그러자 이젠 자신들의 차례라는 듯 용병들이 나섰다. 그리고 베르토는 다시 주문을 외우기 시작했다.

용병들은 골렘들에게 맞서나갔기는 했지만 왠지 아까보다는 힘겨워 보였다. 그도 그럴 것이 무기가 골렘들에게 먹히지 않는 것이었다.

"강도가 강한 놈들이군."

애들튼이 중얼거렸다. 이번에는 용병들이 쉽게 처리 못 하자 그도 긴장하고 있는 것 같았다. 그 순간 갑자기 우리 일행의 양쪽 옆 숲 속에서 오크들이 튀어나왔다.

"이런."

잽싸게 베르토가 파이어 볼을 쏘았다. 파이어 볼에 열 명이 넘는 오크가 쓰러졌지만 숫자가 너무 많아서 표도 안 났다. 주위를 살피고 있던 나머지 용병들이 재빨리 맞섰지만 그래도 오크들을 전부 막지는 못했다.

"매직 미사일!"

엄마가 우리에게 다가오는 몇몇의 오크들을 향해 미사일을 날렸다. 그러나 그놈들도 골렘과 마찬가지로 자신의 동료가 쓰러졌는데도 아랑곳하지 않고 계속 우리에게 덤볐다.

"카사, 실프, 노움!"

나도 재빨리 정령들을 소환해 내고 검을 빼어 들고 오크들한테 덤볐다.

"덤벼라, 이놈들. 내 검술 실력을 보여주마."

나도 제법 검술이 늘었는지 오크들한테 전혀 밀리지 않았다. 오크들이 숫자가 너무 많았지만 그런 건 정령들이 알아서 커버해 주었다. 그리고 간간이 옆에서 튀어나오는 놈들은 엄마가 한 방씩 먹여줬다.

한참을 싸우고 있는데도 오크가 전혀 줄어들지 않았다. 재빨리 정령들을 더 불러내어 한숨 돌리고 주위를 둘러보니 오크들은 내 쪽으로만 달려들고 있었다. 그래서 용병들은 자신들을 거들떠보지도 않고 지나치는 오크들을 쫓아와서 싸우고 있었다.

'이상하다. 이놈들이 왜 이쪽으로만 오는 거지? 내가 너무 만만해 보이나?'

하지만 그것도 아니었다. 몇몇 놈이 나를 완전히 막아서자 나머지 놈들이 이번에는 엄마한테 달려들었던 것이다.

그런데 엄마한테는 무기를 들이대지 않는 걸 보니 덤비려는 게 아니라 엄마를 끌고 가려는 것 같았다.

'어라? 이놈들이 엄마를 노리고 있나 본데? 흠, 이놈들도 엄마의 미모에 반했나?'

오크들이 엄마를 노리고 있다는 걸 알게 되자 나는 느긋해졌다. 아무렴 우리 엄마가 누군데 오크들에게 끌려가겠는가.

하지만 좀더 싸움이 진행되자 더 이상 느긋해질 수가 없었다. 체력이 점점 떨어져 가고 있는데 오크들의 수가 줄어드나 했더니만 이제는 오거에다가 트롤까지 합세해서 쳐들어오고 있었던 것이다.

안 되겠는지 그동안 싸움에 끼어들지 않고 구경만 하고 있던 할아버지가 강력한 마법을 날렸다.

"파이어 스톰!"

불로 이루어진 거대한 회오리가 몬스터들을 한번 휩쓸었다. 역시 할아버지. 대부분의 몬스터들이 거대한 불의 회오리가 내뿜는 강력하고 뜨거운 기류에 날아가거나 타버렸던 것이다.

하지만 안심은 금물. 잠시 후에 또 다른 트롤과 이번에는 골렘까지 쳐들어왔다.

"이거 뭐이리 끝도 없냐? 언제까지 나오려는 거지?"

점점 지쳐 가고 있어서 나는 재빨리 엄마 뒤로 숨었다. 그러자 엄마가 덤벼오는 놈들을 향해 한 방 먹이셨다.

"버스트 프레아!"

수많은 파이어 볼들이 몬스터들을 향해 날아갔다. 그러자 몬스터들이 잠시 주춤했다. 뒤에서는 용병들이 열심히 싸워주고 있었고, 베르토도 지금까지 배운 마법 실력을 남김없이 발휘하고 있었다.

그때였다. 갑자기 남은 오크들이 주춤주춤하더니 한 오크가 소리쳤다.

크르르, 크륵크그륵!

무슨 말인진 못 알아들었지만 어쨌든 그 말을 들은 오크들은 숲 속으로 사라져 갔다. 그리고 오크들을 도우러 온 트롤들과 골렘들까지 물러났다.

"어떻게 된 걸까요?"

숲 속으로 사라져 가는 몬스터들을 노려보면서 엄마가 할아버지께 물었다.

"글쎄다, 아무래도 우릴 쉽게 이기지 못할 것 같으니 물러난 거겠지. 하지만 몬스터치고 녀석들은 참 체계적으로 싸우는군. 누군가가 뒤에서 지휘하고 있는 것 같아."

"그런데 왠지 그 녀석들 엄마를 노리는 것 같았어요."

나도 두 분 사이에 끼어들어 내 의견을 말했다.

"그래, 확실히 그랬어. 이유가 뭘까?"

그때 일행들을 살피고 정리하던 애들튼이 다가왔다.

"괜찮으십니까?"

"아, 우린 괜찮습니다."

"대단한 실력을 갖고 계시는군요. 따님도 마법을 쓰시고 아드님은 정령술사라니. 여러분과 동행하게 되다니 정말 행운입니다."

"과찬의 말씀을… 그나저나 그놈들, 왠지 내 딸을 노리는 것 같던데……."

"아, 예, 그런 것 같더군요. 정말 이상하지요?"

"몬스터들이 혹시 여자들을 노리는 것은 아니요?"

"글쎄요, 그런 말은 못 들었는데요."

"그것 참……."

이때 우리 곁으로 다가온 베르토가 애들튼에게 말을 건넸다.

"그놈들은 다시 공격해 올 것 같습니다. 빨리 적당한 장소를 찾아서 대비하는 것이 좋을 것입니다."

베르토의 말에 따라 일행은 적당한 장소를 찾아 야영 준비를 했다. 짐과 말을 가운데 두고 그 주위에다가 모닥불을 빙 둘러서 태우기 시작했다.

곧 누군가가 저녁을 준비했고—저녁이라고 해봐야 모닥불에 데운 차와 빵, 마른 고기뿐이었지만—침묵 속에서 저녁을 먹었다. 모두 긴장하고 있어서 그런지 대화는 없었고, 오직 음식 씹는 소리만 들렸다.

"정말 기분 나쁜 숲이군요."

우리 옆에서 같이 식사를 하고 있던 애들튼이 낮게 말했다. 그런 그의 말을 듣고 애들튼을 한번 힐끔 쳐다본 할아버지가 찻잔을 손으로 감싸면서 말을 걸었다.

"당신도 이 길이 초행이신가요?"

"예, 제 사정이 나쁘지만 않았어도 여기로 오진 않았을 겁니다. 여기에 대해 듣고 충분히 대비를 했다고 생각했는데, 이건 상상을 초월하는군요."

"정말 조용한 숲이에요. 이제 밤이어서 그렇다지만, 새소리 하나 들리지 않는군요."

애들튼 옆에서 가만히 앉아 있던 베르토도 한마디 건넸다.

"몬스터들이 이 근처에 있기 때문이겠지요. 어쨌든 오늘밤을 무사히 넘기면 내일은 좀더 빨리 가야겠어요. 그렇게 가면 내일 저녁쯤에는 이 숲을 빠져 나갈 수 있겠지요."

주위를 한번 둘러보던 애들튼이 몸이 살짝 떨리자 더욱더 몸을 웅크리면서 말했다.

"몬스터들이 또 습격하지 않는다면 말이지."

할아버지가 그의 말에 덧붙이셨다.

밤이 깊어서 보초를 서는 사람들을 제외하고는 모두 잠자리에 들었다. 나도 엄마 품에 들어가서 잠을 청했다.

"헤헤헤, 엄마 품에 오랜만에 안겨보는걸? 음~ 따스한 엄마의 향기."

내가 엄마 품에 파고들면서 말하자 엄마가 나를 꼭 껴안고 머리를 쓰다듬어 주셨다.

"아린아, 이젠 너도 성룡이야. 이번 여행만 끝난다면 이럴 일도 없을 게다."

엄마의 목소리에 왠지 쓸쓸함이 담겨 있다고 느낀 건 내 착각이었을까?

낮에 열심히 오크들과 싸운 덕분에 지쳐 있던 나는 금방 곯아떨어졌다. 엄마의 따뜻한 온기를 느끼면서.

한참을 달콤하게 자고 있었는데 누가 나를 흔들었다.

"으응~ 엄마?"

하면서 깨어나는데 엄마가 조용히 말했다.

"정신 차려. 놈들이 쳐들어온다!"

그 말에 번쩍 정신이 났다. 일어나 보니 용병들은 이미 깨어나서 무기를 들고 경계를 하고 있었다. 할아버지도 벌써 일어나 계셨다.

"얼마나 되는 것 같소?"

베르토가 낮게 물었다.

"꽤 되는 것 같군요. 오크만 해도 30이 넘는 것 같아요. 게다가 낮의 그 녀석들이라면 다른 녀석들도 섞여 있겠지요."

디코가 조용히 대답했다.

'오! 저 사람이 말하는 것 첨 들어본다. 역시 저 사람도 말할 줄 아는구나.'

이런 상황에 쓸데없는 생각을 하면서 나도 경계한다고 숲 속을 노려보았다. 어둑어둑한 숲 속에 눈이 익숙해지자 뭔가가 보였다.

"꽤 많은 것 같은데요?"

"그건 아까 디코가 말한 거야."

옆에서 베르토가 농담조로 말했다.

"아! 그렇군."

누군가가 피식~ 하면서 웃는 소리가 났다.

'그래, 내가 조금 늦는다!'

하지만 그런 베르토의 말 덕분에 분위기가 조금은 부드럽게 바뀌었다. 그러나 그 순간.

"온다!"

디코가 낮은 소리로 말했고, 놈들이 이쪽을 향해 오는 것이 보였다.

"파이어 월!"

역시 첫 타석은 베르토였다. 할아버지야 구경하시다가 내가 위험해지면 나서실 분이었으므로 지금도 느긋한 표정으로 베르토의 실력을 구경하고 계셨다. 그리고 베르토가 외친 시동어와 함께 우리들 앞으로 거대한 불의 장벽이 땅에서 솟아나와 몬스터들과 우리들 사이를 가로막았다. 그러자 놈들의 움직임이 느껴지지 않고 그들이 다가오는 소리도 들리지 않는 것이 그들도 주춤하는 듯했다.

'하긴 저놈들이 불을 뚫고 들어오지는 못하겠지.'

"쯧쯧쯧, 그러면 우리도 나가지 못하잖아. 차라리 저놈들 중앙에다 공격을 할 것이지."

옆에서 할아버지가 거대한 불의 장벽을 바라보시며 혀를 차셨다.

'아, 그렇기도 하겠구나.'

그러고 보니 우리 일행을 불의 벽이 둘러싸고 있어서 몬스터들도 다가오지 못했고, 우리들도 놈들에게 공격을 하지 못하고 있었다. 더구나 불 때문에 몬스터들이 잘 보이지도 않았다.

그때였다. 갑자기 불을 뚫고 뭔가가 뛰어 들어왔다.

"늑대다!"

누군가가 알아보고 소리쳤다. 그 늑대는 불에 타서 새카맣게 되어 있었다. 하지만 그럼에도 불구하고 잘 가누지도 못하는 몸으로 우리에게 덤벼들었다.

"위험!"

디코가 재빨리 나서서 그 늑대의 허리를 두 동강냈다. 그러자 치지직~ 하고 잘린 부분이 타 들어갔다.

"웃~! 이런, 언데드잖아?"

그 모습을 본 어떤 용병이 외쳤다.

'언데드? 그거 죽은 걸 다시 움직이게 만드는 마법이잖아? 흑마법으로 알고 있는데?'

"마법사가 있는 것 같군."

엄마는 그 늑대의 모습을 바라보시더니 낮게 중얼거리셨다.

'저도 그렇게 생각하고 있었어요.'

"또 온다!"
누군가의 외침에 불의 장벽을 바라보니 불을 뚫고 또 몇 마리의 늑대들이 뛰어 들어왔다. 모두 털이 불에 그슬려 검게 된 데다가 비틀거렸지만 그런 건 문제가 아닌 듯 우리를 향해 공격하기 시작했다. 그와 함께 디코의 목소리가 들려왔다.
"은으로 된 무기를 사용해! 저건 언데드야."
"할아버지 난 어쩌죠? 이 검은 은으로 된 게 아니잖아요?"
그러자 할아버지는 피식 웃으셨다.
"아린아, 그건 미스릴로 만든 검이란다. 미스릴은 언데드들에게 은과 같은 효과를 낼 수 있어."
'흠, 미스릴로도 언데드를 죽일 수 있단 말이지? 오늘은 여러 가질 보고 배우는 날이군.'
한번 들어오기 시작한 늑대들은 계속 들어오기 시작했고, 용병들은 잽싸게 거기에 대응해 갔다. 다들 자기 무기로 싸우는 걸 보니 모두 은으로 도금을 한 것 같았다. 하긴, 용병들이니 언데드에 대한 대비를 하고 있었겠지. 아님, 여기 오는 걸 대비해서 준비했거나.
나도 잽싸게 나서서 내 쪽으로 뛰어오는 놈들을 상대했다. 하지만 늑대는 처음 상대하는 거라 자칫 위험할 뻔하기도 했다. 딴 몬스터를 상대할 때처럼 찔러 들어갔다가 늑대가 펄쩍 뛰어오르는 바람에 깜짝 놀라 균형을 잃었던 것이다. 마침 엄마가 매직 미사일로 처리를 해줘서 다행이었지 하마터면 큰일 날 뻔했다.
"조심해야지! 늑대를 찌르면 어쩌냐? 베기를 해야지."
엄마가 내 뒤에서 소리쳤다.
'음, 오늘은 정말 배우는 날인 것 같다니까.'
한번 위험할 뻔한 상황을 경험하자 좀더 신중하게 늑대를 공격했다. 하지만 금방 익숙해질 수는 없는지 열심히 검을 휘두르는 거에 비해 쓰러지는 늑대 수는 적었다.

"레이피어는 늑대들을 상대하기엔 무리야. 앞으로 바스타드 소드를 사용하는 게 어때?"

옆에서 같이 싸우고 있던 용병 하나가 말했다.

'하지만 바스타드 소드는 나한테 너무 무겁단 말야.'

라고 대꾸를 해주고 싶었지만, 충고는 고맙게 받아들이자는 나의 신조에 의해 아무 말도 못 하고 싸움에 집중했다.

뒤에서 할아버지와 엄마의 대화 소리가 들려왔다.

"불길이 작아지고 있어. 점점 힘이 드는가 보군."

"게다가 늑대들도 불을 끄는 데 한몫했을걸요?"

"흠, 이젠 총공격이 시작되겠군."

할아버지 말대로 불길은 점점 작아지고 있었다. 이제는 불 밖에서 있는 몬스터들이 잘 보였다.

"엄청나군."

누가 신음 소리 비슷하게 말했다.

그의 말대로 밖에서 우릴 기다리고 있는 몬스터들은 엄청나게 많았다. 오크들은 물론 트롤과 골렘들, 거기다가 보너스로 언데드 늑대 떼까지 대기하고 있었다.

"저놈이 마법사군."

할아버지의 시선을 따라 가자 몬스터들 뒤쪽에 누군가가 서 있었다. 어두운 데다가 후드로 얼굴을 가리고 있었지만 크기나 실루엣이 사람 같았다.

"매직 미사일!"

엄마가 그 마법사에게 한 방 날렸다. 하지만 화살은 그놈 근처에 가자 팍! 하고 꺼지고 말았다.

"실드로군."

할아버지가 그 마법사가 엄마의 마법을 막아내자 흥미를 보이시며 말했다. 하지만 그것 때문에 엄마는 화가 나신 것 같았다.

"흥, 얼마나 대단한 놈인지 한번 보지."

'힉! 저놈은 인제 죽었다. 엄마의 성질을 건드리다니.'

"헬 파이어!"

커다란 불덩이가 마법사를 향해 날아갔다. 이번에도 마법사의 실드에 의해 막히기는 했지만 불은 완전히 꺼지지 않고 튕겨나와 근처에 있던 몬스터들에게 떨어졌다.

"제법인데? 비록 마력을 낮게 하긴 했지만 나의 헬 파이어를 막아내다니."

엄마는 그를 얕보아서 마력을 낮게 한 게 아니었다. 지금 이곳은 숲이라서 아무리 엄마라도 불의 마법을 함부로 쓸 수 없었던 것이다. 엄마의 얼굴에 힘줄이 하나 불끈 솟았다.

"그래, 화염 마법은 제대로 쓸 수 없다고 해도 딴 게 있지. 이건 어떠냐? 아이스 미사일!"

그러자 엄청난 수의 얼음 화살이 만들어져 마법사를 향해 쏘아져 갔다. 엄마가 단단히 화가 나셨나 보다.

몬스터들은 자신들을 향해 날아오는 얼음 화살들을 피하느라 바빴지만 너무 많은 몬스터들이 모여 있어서 거의 대부분의 몬스터들이 제대로 피하지 못하고 자신을 향해 날아오는 화살을 맞고 말았다. 상당수의 얼음 화살이 마법사가 아닌 그 근처에 있던 몬스터들한테 꽂혔지만, 그래도 많은 수의 얼음 화살이 마법사를 향해 날아갔고 이번에도 마법사는 실드를 쳐서 막았다.

대부분은 부서져 나갔지만 엄마가 이번에는 마력을 많이 높였는지 몇 개의 화살이 실드를 뚫고 들어갔고, 그러자 그 마법사는 재빨리 몸을 피했다.

"흥, 이놈아, 네 녀석이 언제까지 그렇게 서서 막을 수 있을 줄 알았더냐?"

엄마는 재빨리 딴 마법을 날리려고 했지만 그보다 먼저 마법사가 손을 들었고, 그와 동시에 그때까지 엄마와 마법사의 싸움을 구경하던 몬스터들이 덤비기 시작했다.

"이런, 파이어 필드!"

할아버지가 재빨리 몬스터들이 다가오는 지역을 불바다로 만들어 버렸고, 그것을 신호로 용병들도 전투 태세를 취했다.

지금은 낮과는 비교가 안 될 정도로 많은 몬스터들이 몰려왔고 거기다가 마법사도 있었기에 할아버지도 같이 싸우셨다.

마법들이 난무하고, 검이 부딪치는 소리가 요란스러운 싸움이 한창 진행되었다. 비록 몬스터들이 수는 많았지만 이쪽의 용병들은 실력이 뛰어났고 더욱이 뛰어난 마법사가 세 명이나 있었기에 우리 쪽이 점점 우세해져 갔다. 그래서 우리 쪽의 용병들이 용기백배해서 신나게 싸울 때였다.

"어리석은 녀석들."

거대하고 위엄이 서린 목소리가 들려왔다. 그 목소리가 들리자 몬스터들은 그 자리에서 엎드려 벌벌 떨기 시작했다.

우리도 목소리가 들려오는 쪽으로 고개를 돌렸다. 그곳에는 붉은 비늘로 뒤덮인 거대한 몸을 가진 생물이 있었다.

"드, 드, 드래곤이다!"

베르토가 부들부들 떨면서 소리쳤다.

'너무 무서워하는걸? 아니다. 무서워하지 않는 게 비정상인가? 하지만 그래도 너무 무서워하는 것 같아. 아! 그러고 보니 마법사는 드래곤을 아주 두려워한다고 들은 것 같기도 해.'

내가 이렇게 쓸데없는 생각을 하고 있을 때 다른 사람들은 베르토까지는 아니더라도 절망에 빠져 가고 있었다.

"제기랄, 우린 이제 끝났군."

"정말 드래곤이 있을 줄이야."

이렇게 중얼거리는 편은 양호한 편이었다. 어떤 사람들은 털썩 주저앉아서 아무 말도 못 하고 멍한 눈길로 드래곤을 바라보고 있었다.

"저건 짜가야."

할아버지가 한마디하셨다.

"예?"

"저건 가짜 드래곤이라구. 환영이야."

"어떻게 그걸?"

"드래곤의 마나가 안 느껴져. 드래곤은 엄청난 마나를 가진 생물이야. 한데 저 드래곤은 인간 초보 마법사가 가지고 있는 정도의 마나밖에 안 느껴져. 그러니까 짜가라는 거지."

그제야 베르토가 정신을 차리고 집중하기 시작했다.

"그렇군요. 저건 가짜예요. 누군가가 드래곤의 환영을 만든 거예요."

"누가 이런 짓을……."

얼이 빠져 있다가 겨우 정신을 차린 애들튼이 신음 같은 목소리로 말했다.

"저놈 같은데요?"

엄마는 그렇게 말하며 드래곤에게 커다란 얼음 화살을 날렸다. 그 얼음 화살은 드래곤을 뚫고 지나가 어떤 벽에 부딪쳤다. 그러자 드래곤의 형상은 사라지고 거기에 누군가가 서 있었다. 아까 그 마법사였다. 그는 자신의 환영 마법이 깨지자 재빨리 숲 속으로 모습을 감추었다.

"저놈이었군."

애들튼이 신음 비슷한 목소리로 말했다.

그때 땅에 엎드려서 덜덜 떨고만 있던 몬스터들이 드래곤이 어이없이 사라지자 혼란스러워했다. 그리곤 우왕좌왕하면서 자기네끼리 어쩔 줄 모르다가 결굴 하나둘 도망치기 시작하더니, 결국에는 모두 다 숲 속으로 사라졌다.

"몬스터들도 저 마법사가 드래곤 환영을 이용해 조종하고 있었나 보군."

저놈도 참 불쌍했다. 최후의 히든카드를 내놓았는데 그게 드래곤 앞에서 드래곤 환영을 보여준 거라니… 지지리도 복없는 놈.

"어떡할까요? 저놈을 잡을까요?"

디코가 애들튼에게 물었다.

"잡는 게 좋겠군. 왜 이런 일을 벌였는지 궁금하기도 하고 말야."

그 말이 떨어지자 디코를 위시한 몇 명의 용병들이 뛰쳐 나갔다. 아마 저 마법사에게 쌓인 게 많았으리라. 그리고 할아버지도 엄마에게 간단한 눈짓을 하곤 딴 사람들에게 눈치 채이지 않게 숲 속으로 들어가셨다. 그러나 그 모습을 본 내가 의문을 담은 눈빛으로 엄마를 바라보자 엄마가 작게 말씀하셨다.

"저놈은 드래곤의 분노를 받게 될 거야. 감히 인간 주제에 드래곤의 흉내를 내려 했으니까."

한마디로 할아버지는 그 마법사를 처리하러 가신 거였다.

"피 튀기는 싸움이 허무하게 끝나버리니까 왠지 맥이 풀렸지만 레드 드래곤이 이곳에 없다는 것을 알게 되어서 참 다행이군요. 그리고 이제 몬스터들도 이곳에서 사라지겠지요?"

베르토가 조용히 말했고, 애들튼도 그 말에 동조한다는 듯 고개를 끄덕였다.

남은 일행은 꺼져 버린 모닥불을 다시 피우고 잠자리를 정돈하며 휴식을 취했다. 잠시 후에 할아버지가 살짝 돌아오셨고 할아버지가 돌아오신 뒤 한~ 참 후에 마법사를 쫓아갔던 용병들이 돌아왔다.

"죄송합니다. 놓쳤습니다. 마법사의 거처 비슷한 것을 발견하긴 했지만 완전히 부서져 있더군요. 더욱이 어두워서 자세히 조사는 하지 못했습니다."

"아마 도망쳤거나 자살했거나 둘 중 하나겠지. 어쨌거나 이곳에 나타나진 않을 테니 그걸로 충분해. 자네들도 피곤할 테니 이제 좀 쉬게나."

디코의 보고에 애들튼은 별 관심 없이 손을 휘휘 저으며 그들을 보내버리고는 자신도 잠자리에 들었다. 그러는 폼을 보니 오늘 무척이나 피곤했었나 보다. 하긴 그도 그럴 것이 낮에 일전을 치른 뒤 밤중에 자던 중에 또 일어나서 일전을 치렀으니.

다음날 아침, 우리는 느긋하게 늦게 일어나 식사를 하고 길을 떠났고, 속도를 좀더 빨리 해서 그런지 오후 늦게, 밤이 다 되어서야 목적지인 도시에 도착했다. 도시 입구에서 우리는 애들튼 일행과 헤어졌다. 애들튼은 이 도시에 자신이 운영하는 가게가 있으니 거기에서 하루 정도는 묵고 가라고 했지만 할아버지는 정중히 거절했다.

“정말 아쉽군요, 이렇게 헤어지게 되다니.”

“그렇군요. 덕분에 여기까지 무사히 왔습니다.”

“뭘요, 저희도 마찬가지인걸요. 이건 얼마 안 되지만 여비에 보태 쓰시라고 좀 넣었습니다.”

“아이구, 뭘 이런 걸 다. 하여간 고맙게 쓰겠습니다.”

“그럼, 안녕히 가십시요. 나중에 다시 만나길 바라겠습니다.”

“그럼, 안녕히…….”

할아버지는 그가 내미는 작은 주머니를 사양하지 않고 받아서 품에 넣은 뒤 그가 가는 쪽과는 반대쪽으로 말머리를 돌렸다. 우리는 그렇게 애들튼 일행과 헤어져 도시의 여관을 찾아 들어왔다.

“얼마예요?”

“흠, 어디 보자… 1존드짜리 은화로구나. 대충 30개 정도는 될 것 같은걸?”

“많은 건가요?”

“보통 평민 한 달 생활비가 10존드란다. 그렇게 치면 괜찮게 받은 거지. 흠, 그놈 참 괜찮은 놈이군.”

“그 마법사는 어떻게 하셨어요?”

“그놈 집이랑 같이 재워줬지. 흥, 감히 드래곤을 사칭해? 내가 시간만 넉넉했으면 지옥의 맛을 보여줬을 텐데.”

‘불쌍한 놈. 하필이면 드래곤한테 걸려가지고… 에휴, 그것도 네놈 팔자려니 생각해라.’

제9화

엄마의 기사

엄마의 기사

나는 기사 후보생 테일러 브라운 커틀러스다.

너 같은 악당이 레이디께 불손한 행동을 하다니, 참을 수 없다!

애들튼 일행과 헤어진 우리는 며칠 더 말을 달려 강에 도착했다. 그 강은 엄청 넓어서 강 너머가 잘 보이지도 않았다.

여관을 잡은 뒤 우리는 말도 팔 겸 배를 알아보러 나갔다. 배터에는 많은 배가 있었지만 크다고 감탄사가 나올 정도의 큰 배는 안 보였다.

"큰 배는 없나 봐요."

나는 앞만 보고 걸어가시는 엄마의 소매를 살짝 잡아끌면서 말했다. 그런 나를 엄마가 슬쩍 쳐다보더니 설명해 줬다.

"여기는 강이라서 그래. 큰 배를 찾으려면 바다로 나가야지. 거기 가면 큰 배를 볼 수 있을 거야."

"그렇구나."

우리는 배 터 관리소를 찾아가서 바다로 가는 여객선을 찾았다.

"어디 보자… 음, 내일 아침에 바다로 가는 배가 있군요. '프린세스호'라구 오늘 아침에 정박한 배입니다. 물자를 운반하는 배인데 사람들을 태워주기도 한답니다."

"그거 말고 딴 배는 없나?"

"내일 오후에 출항하는 배가 있습니다만 그것도 화물선이에요."

"여객선은 없나?"

"여객선이요? 요즘은 사람만 태우는 배는 없어요. 짐도 같이 나르려고 하지요. 사람만 태우면 수입이 일정하지 않아서 거의 화물선으로 바뀌었어요. 그나마 사람도 같이 태워주는 배가 있긴 하지만요."

"그런가? 그렇담 하는 수 없지. 그래, 그 배는 어디에 있나?"

"저쪽으로 올라가다 보면 찾으실 수 있을 겁니다. 그 배에 가셔서 거기 있는 사람에게 이야기하시면 될 거예요."

"알겠네."

할아버지는 관리소 직원에게 50셀짜리 은화 하나를 건네주고는 나왔다.

"어디 보자. 프린세스호라고 했지? 이건 프핀세스라고 써 있군. 흠, 저건 아니고 이건 펫시라고 써 있군. 참내, 이름이 이상한 배로군."

관리소를 나와서 그곳 직원이 가르쳐 준 길로 쭉 올라가면서 우리는 프린세스호라는 배를 찾았다. 내 딴에는 정말 열심히 찾느라고 두리번거리고 있었는데 결국 프린세스호를 제일 먼저 찾은 건 엄마였다.

"아, 저기 있네요, 프린세스호. 저거 맞지요?"

"흐음, 그래 맞는 것 같구나."

프린세스호에는 사람들이 물자를 싣느라고 바쁘게 움직이고 있었다.

"이봐, 빨리빨리 움직여. 아직 물건이 많이 남았단 말야. 거기, 식량은 다 챙긴 거야? 빨리빨리 세보라구. 맞으면 빨리 싣고. 물도 넉넉히 채웠지?"

어떤 사람이 배 난간에서 종이 뭉치를 들고 소리치고 있었다. 아마 어떤 지위에 있는 사람인 듯했다. 할아버지는 그에게 다가가서 소리쳤다.

"이보시오! 여기 이 배가 사람도 태워준다는데, 맞소?"

그는 할아버지의 말을 듣고 이쪽을 쳐다보며 말했다.

"맞소. 이 배에 타시려우?"

"세 사람이 바다까지 가려고 하는데……."

"한 사람당 30셀씩이요. 괜찮으면 내일 아침에 오슈."

그걸로 끝이었다. 그는 이렇게 말하고 다시 종이 뭉치로 시선을 돌렸고, 할아버지도 더 이상 아무 말씀도 안 하시고 배로부터 등을 돌리셨다. 참 단순하기도 하고 스피디한 거래였다.

일단 배를 구했기 때문에 우리는 여관으로 돌아왔다.

"여기 맥주 세 잔하고 정식 3인분!"

우리가 자리를 잡자 쪼르르 달려온 종업원에게 할아버지가 말했다.

역시 어딜 가나 눈길을 끄는 우리 엄마. 여기서도 예외는 아니어서 우리가 자리를 잡고 앉자마자 여기저기서 눈길들이 쏟아졌다. 맥주는 금방 나왔고 한참 돌아다니다 들어온 우리에게는 차가운 맥주가 신의 선물과도 같았다.

"드디어 배를 타게 되었군. 배를 타면 좀 편하게 가겠지?"

맥주를 한 모금 길게 들이키신 할아버지가 한시름 놨다는 표정으로 말했다.

"하지만 식사는 형편없을 거예요. 더욱이 여객선도 아니고 화물선이라니……."

엄마는 그 배가 마음에 안 드신 듯 별로 표정이 좋질 않으셨다.

"하지만 배는 그렇게 나빠 보이지 않던데요?"

"더욱이 강을 따라 내려가니까 별일 없을 거고 식사도 그렇게 나쁘진 않을 게다."

"그냥 공간 이동이나 해버릴 걸 그랬나?"

"쯧쯧쯧, 아린의 첫 여행에 따라 왔으면서 그렇게 말하다니."

"누가 따라와요! 아린의 동행자는 원래 나였다구요."

"그걸 누가 정했냐? 너가 빠득빠득 우겨서 동행한 거였잖아."

"아니, 자식이 첫 여행을 하는데 엄마가 동행하는 건 당연하잖아요."

"이 여행의 목적이 뭔데? 인사 다니는 거라고. 너가 따라다니면 인사는커녕 싸우지 않는 게 다행한 일일 거다."

두 분은 투닥투닥 다투시기 시작했다.

'정말 오랜만에 두 분이 다투시는 걸 보는군.'

하지만 두 분은 용언(龍言)으로 마음속으로 대화를 하기 때문에 겉으로는 앞에 놓인 맥주를 즐기는 다정하고 우아한(?) 부녀로 보였을 뿐이었고 그들의 대화를 들을 수 있는 건 오로지 나뿐이었다.

'대단한 능력이야.'

나는 속으로 고개를 설레설레 저으며 맥주를 마셨다. 저렇게 정신력으로 대화를 하시는 걸 보니 사람들의 시선은 신경 쓰고 계시는 것 같고, 그렇다면 두 분이 뭔 일을 벌이시지는 않을 거란 느긋한 생각에 편안한 마음으로 맥주를 즐겼다. 이제는 나도 맥주를 잘 마실 뿐만 아니라 즐길 수도 있었다. 역시 술은 마시면 마실수록 느나 보다.

하지만 두 분의 싸움은 그다지 길게 이어지지 않았다.

"식사 나왔습니다."

이 말과 함께 두 분의 말싸움은 거짓말처럼, 마치 아무 일도 없었다는 듯 딱 멈추어지고는 그와 함께 두 분의 손에는 포크와 나이프가 들려졌다(참으로 대단한 빠르기의 변신이었다).

이 식당에서 가장 비싼 값을 하는지 우리 식탁에 날라져 온 음식들은 참으로 화려했다. 부드러운 닭고기 크림 스프를 비롯하여 땅콩 버터가 발린 따끈따끈한 빵과 함께 소금으로 간을 한 담백한 베이컨, 그리고 마지막 후식으로 달콤한 딸기 소스를 뿌린 팬케익과 여러 가지 과일까지 나왔다.

종류를 보고 놀라고, 양을 보고 감격하고, 맛을 보고 감탄하며 우리가 식사를 즐기고 있을 무렵… 어떤 인상 드러운 덩치 큰 놈이 다가오더니 큰 소리로 말했다.

"이거 어디는 화려하고 어디는 초라하니 정말 열 받는군."

그러자 그 소리를 들은 주인이 무표정한 얼굴로 대꾸했다.

"그럼 너도 돈을 내. 그럼 그만큼 차려줄 테니."

"참내, 돈없는 사람 어디 서러워서 살겠나! 안 그래, 예쁜 아가씨?"

그 인상 드러운 놈은 자신에게 대꾸를 해주는 주인은 쳐다보지도 않고 옆 테이블에 앉아 있던 엄마를 바라보면서 능글맞게 웃었다. 그 얼굴에 그렇게 웃으니 더욱 못 봐줄 인상이 되었다.

'이놈 분명히 시비를 거는 것이렷다? 헐헐헐, 네놈은 죽었다고 삼창하는 게 나을 거다. 감히 누굴 건드려?'

자신이 어떤 상대한테 시비 거는지도 모르는 그 불쌍한 놈은 주위에서 사람들이 와아~ 하고 웃자 힘을 얻었는지 엄마한테 본격적으로 치근덕대기 시작했다.

"합석해도 될까, 예쁜 아가씨? 저런 늙은이나 아기보단 내가 나을 거야. 이래봬도 난 꽤 괜찮은 놈이라구. 특히 잠자리에선 끝내주지."

그놈이 히죽히죽 웃으며 말하자 엄마의 이마에 힘줄이 하나 솟아났다.

'쯧쯧쯧, 저놈 이젠 죽었다.'

속으로 명복을 빌어주면서 나는 다음에 일어날 사태에 대비하여 음식을 들고 튈 준비를 했다. 그런데.

"이 무례한 놈, 레이디께 무슨 짓이냐?"

누군가가 씩씩하게 외치면서 나타났다.

"정의의 기사 등장이로군."

재미있다는 듯이 구경하고 계시던 할아버지가 한마디하셨다. 그와 동시에 아직 20대 초반밖에 안 되어 보이는 젊은 남자 하나가 저쪽 구석에 있던 테이블에서 분연히 자리를 박차고 일어났다.

"어랍쇼? 이건 또 뭐야?"

판타지 소설에서 흔히 나오는 장면, 악당이 나타나 어여쁜 숙녀한테 치근덕거리면 캡빵 잘생기고 실력이 뛰어난 기사가 짠 하고 나타나서 악당을 물리치고 숙녀와 사랑에 빠진다는 흔한 장면이 전개되고 있었다.

단지 문제라면 그 어여쁜 숙녀가 드래곤 중에서도 최강이라고 일컬어지는 성질 드럽고 급한 레드 드래곤 중에서도 성깔 나쁘기로 유명한 우리 엄마라는 사실이고, 정의의 기사랍시고 나선 놈도 아직은 소년 티도 못 벗은 주제에 겨우 기사 흉내나 내는 듯한 녀석이라는 거였지만.

"이봐, 애송이. 넌 뭐야?"

"나는 기사 후보생 테일러 브라운 커틀러스다. 너 같은 악당이 레이디께 불손한 행동을 하다니, 참을 수 없다!"

"얼씨구, 이젠 개나 소나 다 정의의 기사 흉내를 내고 다니는군. 이봐, 애송이. 다치기 전에 꺼지시지! 이 몸은 지금 예쁜 아가씨와의 데이트가 기다리고 있기 때문에 너 같은 놈이랑 놀아줄 시간 따윈 없다고."

"닥쳐라! 누가 애송이라는 거냐! 너야말로 정중히 레이디께 사과하고 얌전히 물러나라! 그렇지 않으면 내가 용서치 않으리라!"

"어이구~ 무서워라. 참내, 지나가는 개가 웃겠네."

악당은 살살 기사를 약올렸고 그 때문에 더욱더 화가 난 어수룩한 기사는 악당에게 정의의 펀치를 날렸다. 하지만 악당이 살짝 피하는 바람에 힘을 주체 못 하고 몸이 앞으로 기우뚱하며 악당이 내민 발에 걸려 꽈당 넘어져 버렸다.

"어이구, 정의의 기사님, 괜찮으십니까? 악당은 멀쩡한데 기사님이 다치시면 어쩝니까?"

주위 사람들이 크게 웃어젖히자 얼굴이 빨개진 불쌍한 기사는 벌떡 일어나 다시 덤볐다.

"웃차!"

하지만 악당은 손쉽게 기사의 주먹을 한 손으로 막아냈고 다른 한 손으로는 기사의 복부에 펀치를 먹였다.

이번에는 크게 먹었는지 어수룩한 기사는 쉽게 일어나지 못했고 악당은 손을 탁탁 털면서 싱글싱글 웃으며 엄마한테 다가왔다.

하지만 기다리고 있는 건 엄마의 분노였다.

"윈디!"

갑자기 강력한 바람이 일어나 악당을 식당 밖으로 날려버렸다.

"마법사다."

누군가가 소리쳤고 주위에서는 눈을 뚱그렇게 뜨고 엄마를 쳐다보았다. 엄마는 악당을 식당 밖으로 내팽개치고도 화가 안 풀렸는지 쫓아나가서 작살을 낼 것처럼 일어섰다. 하지만 할아버지가 조용히 말리셨다.

"밥 안 먹어?"

엄마는 할아버지를 한번 째려본 뒤 앉아서 마저 식사를 했다. 주위는 아까와는 정반대로 너무나 조용했기에 우리도 덩달아 조용히 식사를 마치고 방으로 올라갔다.

다음날 아침 일찍 식당으로 내려오자 주인이 재빨리 달려와서 정중히 인사했다.

"편안히 주무셨습니까? 아침 식사하셔야지요?"

"아, 간단한 식사로 3인분."

"옙, 알겠습니다. 곧 대령하지요."

그리곤 후다닥 뛰어 들어갔다. 그 모습을 본 엄마가 한마디하셨다.

"역시 인간은 한 방 맞아야 정신을 차린다니까."

간단한 아침 식사라고 했지만 음식들은 화려했다(물론 정식만은 못했지만).

"엄마가 그놈을 한 방 먹이길 잘했네요."

나는 화려한 식탁에 기분이 좋아서 헤헤 웃으며 말했다.

아침 식사를 마치고 여관을 나와 프린세스호로 갔다. 거기서 우리는 부선장에게 안내되어 돈을 내고 선실을 배정받았다. 나와 엄마가 하나, 할아버지가 하나였다.

"손님이 한 분 더 계시니까 이쪽 분은 그분과 같이 선실을 쓰시기 바랍니다."

"하는 수 없지."

할아버지는 칫칫거리셨지만 순순히 대답하셨다. 그리고 우리는 선실에다 우리의 짐을 갖다 놓고 갑판에 나와서 선원들이 일하는 것을 구경했다. 그때 부선장이 다가왔다.

"여기들 계셨군요. 나머지 한 분이 도착하셨습니다. 같이 지내실 거니 인사나 하시지요."

부선장 뒤로 오고 있는 얼굴을 확인한 할아버지는 킬킬 웃으셨다.

왜 그러시나 하고 봤더니 어제 여관 식당에서 정의의 기사를 흉내내다가 악당에게 맞아서 뻗어버린 그 남자였다.

그는 우리보다 엄마를 보더니 활짝 웃으며 다가왔다.

"안녕하십니까, 아름다우신 레이디. 여기서 다시 레이디를 뵐 줄은 몰랐습니다. 레이디와 한 배를 탈 수 있다니 정말 영광입니다. 어제는 정말 안 좋은 일을 당하셔서 저도 심히 유감입니다. 그때 무슨 일을 당하신 건 아니신지."

엄마는 뭐 씹는 표정으로 그를 쳐다보았다. 하지만 그는 고개를 숙이며 갑자기 엄마 손을 가져가서 자신의 입술에 대느라고 엄마의 표정을 보지는 못했다.

"다시 만나서 반갑군. 난 애들의 아비일세. 이쪽은 내 딸이고, 이쪽은 내 아들이지."

할아버지가 나서서 대신 인사를 하셨다.

"그러십니까? 만나서 반갑습니다. 전 기사 후보생 테일러 브라운 커틀러스라고 합니다."

할아버지와 테일러는 정답게 이야기를 나누기 시작했다. 그 모습을 본 엄마는 나를 끌고 선실로 돌아왔다.

"운도 없군. 저런 멍청이와 한 배에 타다니."

"너무 그러지 마요, 엄마. 엄마에게 홀딱 반한 것 같은데."

"흥, 그런 멍청이가 졸졸 쫓아다닐 걸 생각하니 벌써부터 머리가 아프다."

'설마, 엄마에게 호감이 간다고 쫓아다닐까.'

단순하게 생각했지만 곧 나는 내 생각을 바꿔야 했다.

'역시, 엄마의 예감이 맞았구나.'

엄마와 내가 선실을 나서자 그 문 앞에는 테일론이 서서 우리, 정확히 말해 엄마를 기다리고 있다가 엄마가 보이자 싱긋 웃어 보였다.

드디어 배가 출항하여 강을 따라 내려가기 시작했다. 그런 우리 일행에게 할 일이라곤 고작 얌전히 주는 밥 먹고 선원들 일하는 거 방해 안 되게 얌전히 있는 게 다였다. 이런 지루함 속에 유일하게 재밌는 일은 테일론이 엄마의 무시를 얼마나 꿋꿋이 버티는지를 구경하는 거였다.

테일론은 배 위에서 엄마를 본 이후로 자신이 엄마의 수호 기사인 양 엄마가 선실에 있을 때를 제외한 나머지 시간 동안 항상 졸졸 쫓아다녔다.

첫날 엄마는 짜증을 내시면서 선실에 틀어박히시곤 밖으로 나가려 하지 않으셨다(그때 애꿎은 나까지 엄마한테 끌려서 선실에 갇혀 있어야 했다). 하지만 그것도 몇 시간. 결국 답답함을 참지 못하신 엄마는 곧 선실 문을 박차고 밖으로 나가셨다.

황당했던 건 엄마가 선실에서 방콕하고 계실 때 테일론은 엄마 선실 문밖에서 한시도 떠나지 않고 꿋꿋이 지키고 있었다는 거였다(이건 나중에 할아버지가 나에게 슬쩍 말씀해 주신 거다).

테일러는 엄마한테 정말 지극 정성을 다했다. 엄마가 식탁에 앉으려 하면 잽싸게 먼저 가서 의자를 당겨줬고, 엄마가 지나다니는 문을 열어주는 것은 물론이고 갑판 위에 올라갈 때면 선원들이 다가오지도 못하게 눈을 부라리면서 호위했다.

물론 그가 눈을 부라리며 서 있는다고 눈 하나 깜짝할 선원들이 아니었지만—웃지 않는 게 다행이었다—그의 지극 정성에 감동하였는지 누구도 엄마에게 무례하게 굴지 않았고, 말을 걸 때는 정중히 '레이디'라는 호칭을 붙였다. 그리고 테일러도 어느새 선원들 사이에서 '풋내기 기사'로 불려지게 되었다.

그쯤이면 감동을 받을 만하건만, 엄마는 그에게 말 한마디 건네지 않았고 눈길 한번 주지도 않았다.

"그냥 인사는 하고 지내지 그래요?"

내가 슬쩍 떠봤지만 꿈쩍도 안 하셨다.

"귀찮아하는 사람 곁에 붙어 있으려면 그런 건 감당해야지."

"그래도……."

"쫓지 않는 것만도 다행인 줄 알아."

"쯧쯧쯧, 니 엄마가 어지간히 고집이 세야지."

그렇게 며칠이 지났다.

첨에는 불쌍하게만 보이던 테일론도 하도 무시를 당하자 이제는 그러려니 했다. 그리고 테일론에게는 쬐께 미안하지만 할아버지랑 언제까지 테일론이 버틸지 내기를 하기도 했다. 우리만 그러는 게 아니라 선원들 사이에서도 공공연히 돈내기가 있는 모양이었다.

하지만 테일론은 사람들이 그러든지 말든지, 엄마가 무시하든지 말든지 언제나 아침 일찍 일어나서 용모를 단정히 하고 자신의 역할을 수행했다.

"저놈도 꽤 끈질기군."

어느새 배에 탄 지도 일주일이 지났을 때 할아버지가 말씀하셨다.

"지치지도 않나 봐요."

날씨가 무척 흐려졌다. 강을 따라 가는 거기 때문에 날씨에 대해 별로 걱정은 안 했지만 그래도 잔뜩 흐린 날씨가 좋을 리 없었다.

오후가 되자 빗방울이 하나둘씩 떨어지기 시작했다. 빗방울이 갑판 위를 때리는 소리가 들리자 나는 중얼거렸다.

"비가 오네요."

"꽤 쏟아질 것 같구나."

할아버지의 말이 끝나자마자 갑자기 쏴아— 하는 소리가 들리더니 갑판 위쪽이 소란스러워졌다.

"많이 쏟아지는군."

어느 정도 시간이 지났어도 소리가 전혀 줄어들 기미가 안 보이자 엄마가 한마디하셨다.

지금 우리는 선실에 와 있었다. 비가 쏟아지는 강을 구경하고 싶었지만 선원들이 내려가라고 윽박지르는 바람에 쫓겨온 것이다.

비가 오고 강물이 불어나서 그런지 배가 심하게 요동쳤다.

그러고 보니 여기서 처음 배를 타는 것임에도 불구하고 우리는 물론 테일론조차도 배 멀미를 하지 않았다. 엄마와 할아버지야 예전에 타보셨고, 나야 내가 예전에 살았던 곳에서 온갖 교통편을 두루 섭렵했으니—자동차, 버스, 기차, 배, 비행기, 자전거 등등—이런 것쯤엔 멀미를 안 했다. 하지만 테일론조차 배 멀미를 하지 않아서 좀 의아했다. 보통 이럴 땐 배 멀미하는 사람이 한 사람 정도 나오지 않나?

"그도 예전에 배를 타봤나 보지. 아니면 강을 운행하는 거라서 그렇게 심하게 요동치지 않아서 일 수도 있고."

내가 의문을 표하자 할아버지도 대수롭지 않다는 듯 말씀하셨다.

그때 갑자기 엄마가 이상한 표정으로 말씀하셨다.

"밖에서 이상한 소리가 들리는데?"

밖에는 테일론이 방문을 지키고 서 있었다. 아무리 들어오라고 해도 레이디의 선실에 함부로 들어갈 수가 없다고 빡빡 우기면서 안 들어오고 있었던 것이다.

내가 밖으로 나가자 테일론은 저만치 구석에서 통에다 머리를 처박고 토하고 있었다.

"괜찮아요?"

나는 재빨리 그에게 달려가 등을 두드려주면서 물었다. 하지만 그는 대답도 못 하고 계속 토해대기만 했다. 한참을 토하던 그는 일어날 기력도 없는지 그 자리에서 뻗어버렸다.

'참내, 할아버지를 부를 수도 없고…….'

나는 투덜투덜거리면서 테일러를 질질 끌고 그의 선실로 옮겼다(무거워서 들 수는 없었다).

'배에 익숙한 줄 알았더니 그것도 아니었나 보네.'

회복 마법을 써주려고 했지만 회복하면 또 토해댈 것 같아서 그만뒀다.

"테일론이 배 멀미를 무지 심하게 하네요."

라고 선실로 돌아오면서 보고했지만 엄마와 할아버지는 시큰둥했다.

"그래? 그럼 그 녀석 내일은 못 일어나겠군."

하고 할아버지가 한마디하셨을 뿐이었다.

할아버지의 말대로 테일론은 완전히 뻗어서 다음날 날씨가 맑게 개었는데도 일어나지 못했다. 덕분에 엄마는 혼자 활개를 치며 배 안을 돌아다닐 수 있었다.

"혼자 있으니까 좋아요?"

"시원하다."

"불쌍한 테일론……."

"흥!"

엄마의 그런 모습을 보고 나와 할아버지는 마주 보고 고개를 설레설레 젓고 있는데 배의 부선장이 다가왔다.

"안녕하십니까, 여러분."

돌아보자 그는 친절한 웃음을 띠고는 말했다.

"이 배는 내일쯤 휴스턴 항구에 하루 머물 예정입니다. 원하신다면 배에서 내려 휴스턴 시내를 구경하셔도 됩니다."

"휴스턴이요?"

"예, 우리의 종착지인 패링던 항구에 가기 전에 한번 들르는 항구지요. 여기도 제법 큰 도시라서 구경할 건 많을 겁니다."

"구경할 거예요?"

나는 기대에 부푼 맘으로 엄마와 할아버지를 돌아보며 물었지만 두 분의 반응은 신통치 않았다.

"글쎄다."

"만약 하선하시려거든 말씀해 주십시오. 그럼."

그러자 부선장은 우리에게 간단하게 인사를 하고는 뒤를 돌아 저쪽으로 가버렸다.

"내려가 보지."

"인간 도시가 그저 그렇지 뭐. 이 나라는 강이 큰 게 두 개나 있기에 항구 도시가 많이 있긴 하지만, 그게 그거야. 구경하려면 너나 갔다 오너라."

"엄마는?"

"귀찮아. 너 혼자 갔다 와."

"윽, 이럴 수가! 나 길 잃어버리면 어쩌라구?"

"성룡이면서 뭘 그래? 정 길을 못 찾으면 공간 이동해 버리면 되잖아."

"그래도 그렇지, 딸내미 혼자 보내다니……."

"시끄러! 귀찮은 건 귀찮은 거야. 가려면 혼자 갔다 와."

"흠, 테일론은 안 갈려나? 만약 간다면 같이 가야지."

"아마 갈걸? 어제 그렇게 배에서 혼이 났는데 땅을 밟고 싶겠지."

'헤, 엄마가 테일론에 대해서 말해 주다니 의외인걸? 하지만 그 사람이 온전해야 말이지.'

"하지만 완전히 뻗었던데 일어날까?"

그 대답은 할아버지가 해주셨다.

"젊은 놈이니 오늘 오후쯤에는 정신을 차릴 게다."

"그럼 나중에 물어봐야지."

하지만 점심때쯤 일어날 줄 알았던 테일론은 저녁이 되어도 못 일어났다. 이러다가 진짜 나 혼자 가게 되는 건 아닌지 걱정이 되었다. 하지만 뭐, 아직은 시간이 있으니까.

테일론은 그날은 못 일어나고 다음날에야 겨우 일어났다. 그런 사람을 붙잡고 하선하자고 말하는 건 양심에 쬐끔 찔렸지만, 그래도 혼자 가는 것보단 나을 것 같아서 말했다.

"테일론, 조금 있다가 이 배가 항구에 정착한다는 거 알죠?"

"아, 그래. 아까 들었어."

"하선할 거예요?"

"글쎄, 지금 몸이 좀 안 좋아서……."

"배 멀미 때문에 그러는 거라면 잠시 배에서 내리는 게 좋지 않겠어요?"

"뭐, 그렇기도 하겠다."

"나 조금 있다가 내릴 건데 같이 가지 않을래요?"

"너가? 뭐 하러?"

"휴스턴이라는 곳은 첨 와보는 거거든요. 그래서 구경할려구요."

"그래? 그럼 같이 갈까? 나도 무기점에 한번 들러봐야 하니까."

"그래요? 그럼 같이 가는 거죠?"

"그래, 내려갈 때 같이 가자. 참, 레이디 시피르께서도 가시니?"

왜 안 물어보나 했다.

"어, 누나는 그냥 배에 있겠다는데요? 아버지랑 같이."

"그래?"

'이봐요, 너무 그렇게 쳐지지 말라고요. 괜히 내가 미안해지잖아.'

"그럼 잠시 후에 봐요. 지금 계속 선실에 계실 거죠?"
"그래, 레이디께는 안부 전해드려라."
"예, 그럴게요."
'으이구… 그래도 끝까지 엄마는 챙기는군.'
나는 속으로 고개를 설레설레 저었지만 겉으로는 사람 좋게 웃으며 그의 선실을 나섰다.
오후가 되자 배는 항구에 도착했고, 나와 테일론은 배에서 내렸다.
"어디 먼저 가볼까요?"
"우선 점심부터 먹자. 너 흥분해서 배에서 점심도 안 먹었잖아."
"테일론도 안 먹었잖아요."
"나야 속이 안 좋아서 안 먹은 거지."
"어? 그럼 아직도 안 좋아요?"
"아냐, 지금은 좀 괜찮아. 간단한 건 먹을 수 있어."
"흠, 그럼 어디 식당으로 가지요? 아무 데나 갈까?"
"도시 사정은 그 도시 사람이 제일 잘 알지 않겠어?"
테일론은 그렇게 말하며 마침 지나가던 남자를 붙잡았다.
"실례합니다. 저희가 이 도시를 처음 와서 그러는데 괜찮은 식당을 좀 가르쳐 주시겠어요?"
"식당? 그럼 저쪽 골목에 있는 '드래곤 식당'으로 가면 될 거요. 그곳이 괜찮지."
"아, 그렇습니까? 감사합니다."
테일론은 그 남자에게 인사하고는 그가 가르쳐 준 쪽으로 나를 데리고 걸었다.
"드래곤 식당? 식당 이름이 독특하네."

"그렇지? 하지만 이 도시 근처에 드래곤이 산다고 하더구나. 그래서 식당 이름을 그렇게 지은 걸 거야."

"드래곤이요? 어디에요?"

"이 도시 저쪽으로 산이 하나 있는데 거기에 드래곤이 살고 있다고 하더구나."

"어? 테일론이 그걸 어찌 알아요? 여기 와봤어요?"

"아니, 그건 아니지만 그래도 기사 후보생인데 드래곤이 있다는 지명은 알고 있어야지."

"진짜 드래곤이 있대요?"

"그래, 50년 전까진 드래곤을 봤다는 사람도 가끔 나오긴 했지."

"그럼 지금은요?"

"요즘은 드래곤을 봤다는 사람은 없어. 하지만 뭐, 계속 거기 있겠지. 뭘 하고 있는진 몰라도."

"흐음……."

"아! 저기 있구나, 드래곤 식당."

드래곤에 대해 더 물어보고 싶었지만 테일론이 식당을 찾았다는 소리에 질문을 다 잊어먹었다.

"에게? 별로 크지도 않고 되게 오래 돼보이는데요?"

"식당은 겉만 보고 판단할 순 없지. 뭐니 뭐니 해도 음식의 맛과 양 아니겠어?"

"그런가요?"

"그래, 게다가 건물이 낡았다는 건 그만큼 오래된 식당이라는 뜻이지."

"뭐, 그럴지도……."

"어서 오세요."

우리가 식당으로 들어가자 내 또래로 보이는 소녀가 활기차게 인사했다.

"두 분이세요? 이쪽으로 오세요. 무엇을 드시겠습니까?"

연달아 질문들이 쏟아져서 나는 어안이 벙벙했지만 그 소녀는 생글생글 웃으며 그런 나를 잡아끌면서 친절하게 식당 안쪽으로 안내했다.

식당 안은 사람들로 바글바글했지만 그 소녀가 우리에게 안내한 자리는 구석에 있어서 잘 보이지 않아서 그런지 용케 많은 사람들의 눈을 피해 비어 있었다.

"간단한 식사를 하고 싶은데 뭐가 좋을까?"

테일론이 의자에 앉으면서 말했다.

"간단하게 요기하시려면 팬 케익이 좋을 것 같아요. 거기에다 생과일 쥬스를 곁들이시면 괜찮으실 거예요. 맥주도 있고요."

"그럼 난 그렇게 주고, 참, 생과일 쥬스보다는 맥주로 줘요. 아힌은 뭘 먹을래?"

"난 푸짐하게 먹고 싶어요. 정식 같은 거 없을까요?"

"그렇게 정식으로 딱 차려서는 없고, 음… 고기 좋아하세요?"

"뭐든 다 잘 먹어요."

"송아지 찜 요리에 버섯 파이, 그리고 입가심으로 야채 샐러드와 맥주 한잔 어때요?"

"좋아요, 난 그렇게 주세요. 아, 그리고 난 생과일 쥬스도 줘요."

"그럼, 음식은 그렇게 주고 먼저 맥주부터 줄래요?"

우리가 주문을 다 하자 소녀는 쪼르르 주방 쪽으로 달려갔다.

"점심을 먹고 우선은 시장 쪽으로 가보자. 난 무기상에 들러야 하니까. 그리고 시장에는 구경할 것도 많을 거야."

"그러죠 뭐. 그러고 보니 우리 이렇게 대화하는 건 첨이네요."

그동안 테일론과 한 배에 같이 타고 있으면서 우리는 서로 별 말을 안 하고 있었다. 테일론은 엄마를 호위하는 임무를 수행(?)하느라 다른 누구와 대화를 별로 안 했고, 나도 뭐 특별히 테일론에게 말을 걸 필요가 없었던 것이다.

그걸 알고 있었는지 테일론은 얼굴이 붉어지면서 머리를 긁적거렸다.

"테일론은 누나의 어디가 그렇게 좋아요?"

"아니, 뭐, 좋다기보다 기사로서 레이디를 보호하는 건 당연하니까……."

"그게 아닌 것 같은데요? 아무리 기사라도 테일론처럼 누나를 철저히 보호하지는 못할 거예요."

"하하하, 그런가?"

"우리 누나 미모를 보고 반했지요? 보통 사람들은 누나의 미모를 무시 못 하니까."

"그것도 있지. 레이디 시피르께선 무척 아름다우시니까. 하지만 그것보다는 뭐랄까… 알 수 없는 기품이 느껴져. 당당하기도 하고 그 누구도 범접 못 할… 여왕 같은 느낌이랄까? 하여튼 그래. 그래서 그런지 몰라도 레이디 곁에 있으면 내가 여왕을 호위하는 기사 같은 느낌이 들어."

"흐음… 그래요? 난 잘 모르겠는데……."

"너야 항상 곁에 있었으니 모를 수도 있겠지."

"그런가?"

"그럴 거야."

'뭐, 그렇다니 그렇다고 해두지 뭐. 하지만 엄마가 여왕 같은 위

엄과 기품이라… 뭐, 기품은 모르겠고, 드래곤이라서 위엄은 있지 않을려나?'

우리는 식사를 다 끝내고 시장의 위치를 물어본 뒤 그곳에서 가르쳐 준 방향으로 가기 시작했다.

"사람들이 많긴 많네요. 너무 복잡한걸?"

"당연하지. 이곳도 꽤 큰 항구 도시거든. 비록 패링던 항구보단 못하지만."

"패링던 항구가 그렇게 커요?"

"그래, 이 나라는 물론이고 세계에서도 알아주는 항구 도시지. 그곳은 여기 이 강과 바다가 이어지는 길목에 있는 항구이니까. 강을 운행하는 배의 종착지이기도 하고, 또 바다에서 운행하는 배들의 항구이기도 하니까 엄청 크지."

"그래요? 무지 잘 아네요?"

"모르는 네가 더 이상한 거야. 패링던 항구를 모르는 사람이 어디 있니."

우리가 그렇게 이야기를 하며 시장에 들어설 때였다. 갑자기 누군가가 급하게 뒤에서 뛰어오다가 테일론과 부딪쳤다.

"에구구구……."

부딪친 테일론은 멀쩡히 서 있었는데 정작 부딪쳐 온 사람은 넘어져 버렸다.

"괜찮으십니까?"

역시 기사 후보생 테일론은 먼저 손을 내밀며 말했다.

"아예, 죄송합니다. 좀 급해서……."

넘어진 사람은 테일론이 내민 손을 잡고 일어서며 말했다. 그런데… 그 사람이 일어선 키가 내 허리까지밖에 안 왔다.

'난쟁이? 드워프인가? 하지만 드워프는 수염이 나 있다고 하던데……'

"죄송합니다. 어디 다치신 데는 없는지?"

"아, 전 괜찮습니다."

"다행이군요. 그럼 전 이만, 바빠서……"

그 사람은 그렇게 말하더니 다시 후닥닥 뛰어서 사람들 사이로 사라져 버렸다.

"드워프인가요?"

"호비트야. 드워프 같은 난쟁이이긴 하지만 좀 다르게 생겼지. 드워프는 좀더 덩치가 좋고 수염이 많이 나 있거든."

"흐음, 처음 봤어요."

"아, 저기 무기상이 있다."

무기상 안에 들어가자 하얀 수염을 덥수룩하게 기른 노인이 앉아 있다가 들어오는 우리를 바라보면서 일어났다.

"어서 오십시오."

"와~ 많다."

종류도 가지가지, 모양도 가지가지인 무기들이 벽과 진열장에 진열되어 있었다.

'흠, 나도 이왕 온 김에 대거나 하나 사볼까?'

하고 단검을 진열해 놓은 진열대로 가서 열심히 들여다봤지만 다 비까번쩍해서 뭐가 좋은 건지 구분이 안 되었다.

만져 보기도 하고, 들어보기도 하고 무늬를 살피기도 해봤지만 그거하고 좋은 대거를 고르는 거하곤 전혀 상관이 없어 보였다. 결국 나는 내가 단검 고르는 것은 포기하고 주인한테 부탁했다.

"대거를 사려고 하는데요?"

"뭘 하시게?"

"호신용으로 하나 장만하려구요. 단단하고, 가볍고, 작은 걸로 골라주세요."

"가격은 얼마쯤으로?"

"얼마 정도가 좋은 거지요?"

"아주 좋은 대거는 값을 따질 수가 없지. 하지만 호신용으로 하나 장만하려는 거라면 뭐 30셀 이상은 생각해야 할걸?"

"흐음… 한번 몇 개 골라 줘보세요. 그럼 그중에서 제가 고를게요."

"어디 보자… 그래, 이거하고, 음… 이것도 괜찮지. 아! 이것도 있었군."

그렇게 주인은 대여섯 개를 골라줬다.

"음… 이건 누군가 사용한 것 같은데요?"

"초보는 새 검보다는 중고를 쓰는 게 좋아. 중고는 누군가가 쓴 거기 때문에 길이 들어 있어서 쓰기 편하거든. 나중에 꽤 실력이는 뒤에 자신에게 맞는 검을 하나 사서 자신의 것으로 길들이는 게 좋지."

"그런가요? 흠… 그럼 이게 좋겠군요. 이거 얼마예요?"

난 주인이 골라준 것 중에서 가장 작고 가벼운 것을 골랐다.

"그건 좀 비싼데… 45셀이야."

"그거 이것과 같이 계산해 줘요."

어느새 테일론이 검 한 자루와 검 집을 가져와서 말했다.

"어? 테일론이 사주시게요?"

"그래, 대거 하나쯤은 사줄 여유가 있으니까 내가 아힌을 만난 기념으로 하나 사줄게."

"고마워요, 테일러."

왠지 선물을 받은 게 엄마의 영향이 컸다는 생각이 들긴 했지만 주겠다는데 고맙게 받아야지.

"흠… 이 검은 70셀이고, 검 집은 40셀입니다. 그리고 대거는 이 소년이 잘생겼으니 좀 깎아드리지요. 40셀에 드리겠습니다. 다 합해서 1존드 50셀입니다."

테일론은 그 말을 듣고 돈을 꺼내려는 듯 품속에 손을 넣어 뒤적거렸다. 하지만 갑자기 멈칫하더니 당황하면서 온몸을 뒤지기 시작했다.

"어? 이게 어떻게 된 거지? 돈이 없어졌어!"

"에? 잘 찾아봐요. 어디 딴 데다 둔 거 아니에요? 아님 아까 그 식당에다 놓고왔거나."

"아니야, 아까 그 식당에서는 분명히 돈을 내고 주머니를 챙겨 넣었어. 근데 이게 어딜 간 거지? 헉? 아까 그 호비트!"

테일론은 비명처럼 외쳤다.

"쯧쯧, 당신들도 그 호비트 소매치기에게 당했구려?"

테일론은 자신의 온몸 구석구석을 다시 뒤져 보느라 정신이 없어서 노인의 말을 듣지 못한 것 같았다. 그래서 내가 대신 물어봤다.

"소매치기요?"

"그래, 혹시 급하게 달려오는 호비트하고 부딪치지 않았어?"

"아, 아까 오다가 부딪쳤었는데……."

"그 녀석 이 근방에서는 꽤 유명한 녀석이야. 호비트인 주제에 어찌나 솜씨가 좋은지. 더욱이 여기서 사는 사람들은 안 건드리고 타지 사람들만 건드리지. 그래서 그놈을 잡으려는 사람이 없지. 이곳 사람들이야 자신들을 안 건드리니까 안 잡는거구, 타지 사람들이야 재수없었다고 생각해 버리니까."

"이놈, 잡고야 말겠어!"

그 말을 들었는지 테일론은 이를 뿌드득 갈며 주먹을 쥐어 보였다.

"그만 포기하는 게 좋을 거유. 그놈이 그래도 도둑 길드에 소속된 놈이라 패거리들도 많다우. 괜히 그놈 잡겠다고 들쑤시다간 되려 당신이 당하고 말 거유."

'흠… 호비트가 소매치기에다가 도둑 길드 소속이라고? 참, 거 웃기는 호비트도 다 있군.'

"그건 그렇고 이건 어쩔 거요? 보아하니 돈도 다 털린 것 같은데."

"아, 제가 낼게요. 마침 돈을 가지고 왔거든요."

"너라도 안 털린 게 다행이네. 갈 때도 조심하는 게 좋을 거다."

주인은 내가 건 낸 은화를 받아 잔돈을 거슬러주면서 말했다.

'헤헤, 조심은 소매치기가 하는 게 좋을걸? 이 주머니에는 마법이 걸려 있어서 내가 아닌 딴 사람이 만지면 강한 전기 쇼크를 받게 된다구.'

그래도 들은 풍월이 있어서 이 주머니를 받자마자 도난 방지 마법을 걸어놨던 것이다.

테일론은 축 늘어져서 내가 건네주는 검과 검 집을 질질 끌다시피 하면서 가게를 나왔다.

"이렇게 된 거 구경은 할 수 없을 것 같으니까 그냥 배로 돌아가요."

"미안하구나. 에휴휴휴휴~ 내가 소매치기를 당할 줄이야… 아!

아힌, 배에 돌아가면 내가 돈을 줄게."

"아니에요. 내가 테일론을 만난 기념으로 선물드린 거예요."

테일론 피식 웃고는 다시 축 늘어지면서 걸었다.

"어? 테일론, 저놈 아까 그 호비트 아니에요? 맞죠? 저쪽이요, 저쪽."

내가 길을 찾느라고 주위를 두리번거릴 때 아까 그 호비트 비슷한 놈이 막 골목으로 사라지는 것을 발견하고는 테일론을 잡아당기며 그쪽을 가리켰다.

"맞아. 넌 여기서 잠깐 기다리고 있어."

테일론은 아까 축 늘어져 있었다는 것이 거짓인 것처럼 잽싸게 뛰어 호비트가 사라진 골목을 향해 뛰어갔다. 내가 말릴 틈조차 없이 순식간에 일어난 일이었다.

'에휴, 저번에 보니까 실력도 별로 없더구만. 뭐, 하는 수 없지. 이 몸이 쫓아가 줘야지.'

달려가는 그의 뒷모습을 바라보면서 한숨을 한번 내쉰 뒤 나도 곧 테일론을 쫓아 달렸다.

얼마나 달려갔을까? 열심히 뛴다고 뛰었건만 앞서 뛰어간 테일론 놓치고 말았다.

"실프!"

'정말 오랜만에 정령을 불러내어 보는군.'

"오랜만이네요, 주인님."

"아, 그래, 오랜만이지? 있지 미안하지만 테일론 좀 찾아줄래?"

"전 테일론이 누군지 모르는데요?"

"그럼 호비트 좀 찾아봐 줄래? 쫓아오다가 놓쳐 버렸거든. 아직 이 근처에 있을 거야."

"잠시만 기다려보세요."

실프는 하늘 높이 올라 사라져 버렸다. 실프가 그렇게 사라져 버리자 나는 갑자기 할 일이 없어졌다.

'음… 나 혼자 있기 심심하니까 오랜만에 정령들을 다 불러볼까?'

"노움, 운디네, 카사! 야, 정말 오랜만이네. 그동안 잘 지냈어?"

"흠… 우리야 뭐 잘 지낼 게 있나? 그나저나 주인, 정말 오래간만이군."

'아쭈구리 이놈 봐라? 주인한테 반말을 해?'

"이봐, 노움. 나한테 반말해도 되는겨?"

"뭐, 듣기 싫으시다면……."

"됐어됐어. 맘대로 해."

왠지 존대를 쓰라고 하면 아예 말을 안 할 것 같다. 더욱이 땅딸막한 할아버지 모습을 하고 있는 노움이라 존대를 쓰는 게 더욱 어색할 것 같아서 봐줬다.

"안녕, 카사, 운디네. 정말 오랜만이지?"

"저는 주인님의 몸속에서 있었는데요?"

"카사는 주인님 소유이기 때문에 정령계로 돌아가지 않아요. 언제나 주인님 곁에 있어요."

"아, 그랬어?"

'몰랐는데… 아, 그러고 보니 까맣게 잊고 있었잖아? 나도 참.'

"실프가 돌아오고 있어요."

운디네의 말에 하늘을 쳐다보자 실프가 내려오고 있었다.

"주인님이 말씀하신 호비트인지는 몰라도 여기서 좀 떨어진 곳에 어떤 무리의 사람들이 있는데 그곳에 호비트가 있더군요."

"그래? 그럼 혹시 그 사람들 싸우고 있지 않았어?"

"예, 한 사람을 둘러싸고 싸우고 있던걸요?"

'아마 테일론인가 보다. 호비트를 쫓아갔다가 패거리들한테 걸린 거겠지?'

"실프, 안내해!"

"주인, 우린 어쩔까?"

노움이 뛰어가려는 나를 향해 말을 걸었다.

"어쩌긴 날 도와줘야지. 우선은 정령계로 돌아갔다가 부르면 와줘."

정령들은 알았다고 대답한 뒤 사라졌고, 나는 실프 뒤를 따라 뛰어갔다.

실프는 이 골목, 저 골목 요리조리 꼬불꼬불한 골목길을 따라 계속 들어갔다.

"헥헥헥, 실프! 어디까지 가야 하는 거야?"

"다 왔어요. 골목 하나만 더 돌아가면 도착해요."

실프가 가리킨 골목을 돌아가는데 어디선가 복날 개 패는 듯한 소리가 들려왔다(비록 본 적도 없고 들어본 적도 없지만 개 패는 소리가 그럴 것 같았다). 소리가 들리는 쪽으로 가보니 웬 사람들이 누군가를 둘러싸고 패고 있었다.

맞는 사람은 얼굴이 보이지 않았지만 저만큼 테일론의 돈을 소매치기해 갔던 호비트가 서서 웃고 있는 걸 보니 분명히 테일론인 것 같았다.

나는 살짝 정령들을 불러서 카사와 실프는 저놈들 뒤쪽으로, 그리고 운디네와 노움은 내 쪽에 세웠다.

"노움, 저 호비트를 잡아. 그리고 실프는 저놈들 좀 한 방 먹여."

노움이 재빨리 호비트의 발 밑에 땅을 파서 호비트를 무릎까지 땅에 묻어버렸다. 그리고 실프는 강한 바람을 날려서 놈들을 쓰러뜨렸다.

놈들이 물러나자 가운데서 맞고 있는 사람의 얼굴이 보였는데 얼마나 맞았는지 온통 멍 투성이에 퉁퉁 부어 있어서 도저히 누군지 구분이 안 갔다. 단지 너덜너덜해진 옷이나 검을 보니 테일러가 맞긴 맞는 것 같았다.

"넌 뭐야?"

실프에 의해 쓰러졌던 놈들이 하나둘 일어서다가 나를 봤는지 그중 한 사람이 거칠게 물었다.

'나? 뭐라고 대답하지? 정의의 용사라고 할 수는 없고… 그렇다고 테일러 동료라고 하기는 싫은데(치사한 나).'

"그냥 지나가는 사람인데……."

"그럼 그냥 지나가. 쓸데없는 데 끼지 말고."

"앗! 저놈. 저놈은 이놈과 한패야."

그때 호비트가 날 알아봤는지 소리쳤다.

"뭐야? 이 애송이랑 한패란 말이지?"

"얼라? 저놈 상판 좀 보게. 꽤 잘났는데? 저거 팔아넘기면 수입이 꽤 짭짤하겠어."

"잡아, 얼굴은 다치지 않게!"

놈들은 재빨리 나에게 달려들었다.

'얼씨구, 역시 악당들은 맞아야 정신을 차린다니까?'

"카사, 알아서 해치워!"

그러자 뒤에 있던 카사가 놈들 앞을 가로막았다. 아마 놈들은 나만 바라보느라 자신들의 주위에 있던 정령들을 보지 못했나 보다.

"뭐야? 이 불덩어리는?"

카사가 그들 앞을 가로막자 놈들은 주춤주춤거렸다.

"저놈 마법사 아냐?"

"겁먹을 것 없어. 마법사는 짧은 거리에서는 쉽게 이길 수 있어. 그냥 무시하고 덤벼!"

이 말을 하고 몸을 날린 놈은 카사한테 정통으로 맞아서 가슴을 심하게 그을리며 뒤로 나자빠졌다.

'고놈 참 고소하다.'

"잘했어, 카사."

"뭐야? 저놈… 이봐, 이것도 마법이야?"

"몰라. 내가 어떻게 알아?"

"이거 어떡해야 하는 거야?"

놈들은 겁을 먹었는지 주춤주춤 뒤로 물러났다. 하지만.

'내가 그렇게 쉽게 놔줄 것 같아?'

"운디네와 실프는 이놈들 도망 못 가게 막아."

나는 재빨리 정령들을 부르고는 검을 빼려고 했지만… 왠지 사람들을 향해서 검을 휘두르는 게 좀 찜찜해서 다시 검을 집어넣고 주먹을 쥐고 달려들었다.

"뭐여? 이놈. 마법사 아니야?"

"아닌가 본데?"

"그럼 저건 뭐야?"

"이봐, 마검사라는 것도 있잖아."

"뭘 그리 겁먹어? 상대는 애송이 한 명이라고. 모두 덤벼!"

놈들은 한꺼번에 덤벼들었다. 나는 제일 먼저 주먹을 쥐고 달려드는 놈 팔을 잡고 업어 치기를 해버렸다. 그리고 그 뒤로 달려오는 놈의 턱을 차버렸다.

옆에서 달려드는 놈들은 카사와 박치기를 하거나 노움이 파놓은 구멍에 발이 걸려 넘어졌다.

"이놈!"

한 녀석이 단검을 던졌다. 하지만 난 신경도 쓰지 않았다. 그런 나를 위해 실프가 재빨리 바람을 일으켜 단검의 방향을 살짝 바꿔놨고, 그렇게 방향이 바뀐 단검은 내 옆에 있던 놈의 동료를 향해 날아갔다.

"으악, 야! 잘 보고 던져!"

그 동료는 황급히 몸을 숙여서 아슬아슬하게 단검을 피했다.

"아, 미안미안. 거참 이……."

그놈은 더 이상 말을 잇지 못했다. 내가 그놈에게 달려가서 면상을 한대 후려쳤기 때문이었다.

"이, 이 녀석이!!"

'얼라? 너무 약했나?'

이놈은 한대를 맞았음에도 불구하고 넘어지지도 않았다. 오히려 더 화가 난 듯 얼굴이 시뻘개지며 나에게 달려들었다.

'에구에구… 잘못 건들었구만.'

나는 재빨리 뒤로 물러났고 나에게 달려들던 놈은 노움에 의해 발이 걸려 넘어져 버렸다.

'어쩌지? 어쩌지? 이거 괜히 덤빈 거 아냐? 난 주먹 쥐고 싸운 적은 없단 말야. 윽, 저놈들 다 일어서네?'

나한테 한 대씩 맞고 쓰러졌던 놈들도 다 일어서고 있었다. 이놈들 맷집이 좋은지, 아님 내 주먹이 약한 건지 헷갈렸다.

'에구에구, 어쩌지? 그냥 마법으로 다 날려버릴까? 잘난 체하려다가 내가 당하게 생겼네.'

"이봐, 주인, 어쩔까?"

내가 막 고민하고 있을 때 노움이 물어왔다. 고개를 들어보니 저놈들은 덤빌 자세를 취하고 있었고—그렇게 맞았는데 그냥 가겠냐?—정령들은 나에게로 모여 있었다.

"이왕 이렇게 된 거 끝까지 밀고 나가자. 정령들 한 명씩 더 나오고 모두 덤벼!"

나는 이제 만용을 안 부리기로 결심하고 한 놈 한 놈 맞서서 싸우기 시작했다. 내가 한 놈을 막고 있을 때 딴 놈들이 덤비는 건 정령들이 알아서 막아주었기 때문에 신경 안 쓰고 한 놈만 상대할 수 있었다.

"한 놈은 보냈고, 이제 다음……."

첨에는 무지 긴장하고 덤볐는데 그래도 내가 실력은 있었는지 놈들이 내지르는 팔이나 다리가 보였고, 그 덕분에 맞는 건 잘 피할 수 있었다. 하지만 그쪽도 이 일에는 경험이 풍부한 놈들이라 쉽게 쓰러뜨릴 수는 없었다.

'흥, 비록 내가 사람을 상대한 경험은 없어도 이제껏 몬스터들을 상대해 온 몸이었기에 네놈들도 나를 쉽게 이길 수는 없을 것이다.'

한 놈 한 놈 쓰러뜨려 갈 때마다 자신감이 붙었고, 나는 더욱더 빨라지고 세진 공격으로 놈들을 좀더 빨리 쓰러뜨릴 수 있었다.

"푸하하하! 역시 나는 대단해!"

마지막 한 놈을 쓰러뜨린 나는 너무나 기분이 좋아서 쓰러진 놈들을 내려다보며 잘난 체를 했다. 그러자.

"흥, 우리가 도운 건 생각 안 하고 자기만 잘났다는군."

한 노움이 삐죽거렸다. 그리고 그에 동조하는 듯 다른 노움도 안 좋은 얼굴로 고개를 끄덕였다.

"아, 미안. 너희들이 도와서 이길 수 있었다는 것 알고 있어. 아, 이제 잃어버린 돈을 찾아야지."

나는 여지껏 도망치지 못하고 땅에 반쯤 묻혀 있는 호비트에게 다가갔다.

"어? 아까는 무릎까지밖에 안 묻었었잖아?"

"도망가려 하길래 허리까지 묻었어."

"흐음… 이봐, 그러길래 나쁜 짓하면 벌받는 거야. 어쨌든 돈 돌려줘."

나는 기껏 상냥하게 대한다고 호비트 앞에 쭈구리고 앉아서 좋게 말했건만, 호비트는 그런 나를 바라보며 기분 나쁘게 웃었다.

"미안해서 어쩌나. 그건 벌써 위에다 상납하고 나머지는 다 써버렸는데."

"그래? 그럼 하는 수 없지. 몸으로 때워!"

호비트가 기분 나쁘게 웃는 바람에 기분이 나빠진 나는 호비트의 얼굴에다 내 발자국을 남겨주었다(나도 참 험해졌어).

"그럼, 지금 가진 거라도 내놔."

"보시다시피 팔이 묻혀 있어서……."

"흥, 그렇다고 내가 너를 풀어줄 것 같아?"

나는 호비트의 몸을 뒤적뒤적거렸지만 그의 몸에는 동전 한 닢 없었다.

"어라? 아무것도 없잖아?"

그러자 호비트가 히죽히죽 웃으면서 말했다.

"거봐, 난 가진 게 아무것도 없다니까."

"너, 기분 나쁘게 웃는데 어디 계속 웃을 수 있나 한번 보겠어."

나는 노움에게 호비트를 파내라고 한 뒤 가벼운 헬 파이어를 써서 옷을 다 태워버렸다. 물론 몸은 좀 뜨거워서 화상을 입었겠지만 뭐, 죽지는 않았으니 된 거지(허걱?! 나도 점점 잔인해지고 있다).

옷이 다 타버리자 옷 속에 있던 물건들이 후드득 떨어졌다.

"어디 보자… 단검에… 오라, 여기 돈이 좀 있군. 손수건… 어라? 이건 또 뭐야? 딱지? 웬 잡동사니가 이렇게 많지? 쬐그만 몸 속에 들어간 것도 많군."

난 쓸데없는 건 다 버리고 돈만 챙겼다. 50셀 은화 대여섯 개와 동전 몇 개가 있었다.

"어라라, 이게 뭐야? 겨우 3존드와 70셀밖에 안 되잖아? 뭐, 하는 수 없지. 이것밖에 없는 것 같으니 딴 놈들한테 보충해야지."

"이봐이봐! 그러지 말고 그걸로 봐줘. 딴 놈들까지 털면 난 죽는다구… 제발, 그냥 좀 봐줘."

내가 쓰러져 있는 사람들에게 걸어가자 호비트는 울상이 되어 말했다.

"흥, 나랑 무슨 상관이야?"

나는 호비트의 애원을 무시해 버리고 딴 놈들도 옷을 홀랑 태워 돈을 모아본 결과 그래도 10존드 넘게 찾아낼 수 있었다.

"뭐, 이 정도면 괜찮군. 강도들이 돈은 많이 가지고 있네?"

그들에게서 돈을 다 챙긴 나는 아직까지 기절해 있는 테일론에게 다가갔다.

"에구, 그러고 보니 테일론을 옮겨야 한다는 생각은 못 했잖아? 하는 수 없지. 음… 상처가 너무 심한 것 같으니까 치유 마법을 조금 써주고……."

내가 치유 마법을 쓰자 호비트는 놀라 뚱그래진 눈으로 쳐다보았다.

"마, 마법사셨습니까?"

나는 호비트에게는 대꾸도 안 해주고 테일론을 데리고 배로 공간 이동해 버렸다.

그 뒤로 테일론은 배로 돌아와서도 계속 꿋꿋이 엄마의 수호기사 역할을 수행했다. 하지만 나에게 도움을 받아서 그런지는 모르겠지만 조금 시무룩해 보이기는 했다.

며칠 더 항해를 한 후 우리는 최종 목적지에 도착했다. 엄마와 나와 할아버지는 그동안 안면을 익혔던 선장을 비롯한 선원들에게 인사를 하고 배에서 내리려고 했다. 그때 테일론이 다가왔다.

"이제 헤어지게 되었군. 그동안 같이 지내서 즐거웠네."

할아버지가 인사를 하셨다. 테일론은 굳은 얼굴로 고개를 한번 끄덕이더니 엄마에게 다가가서 한쪽 무릎을 꿇고 엄마 손을 잡았다.

"레이디 시피르, 전 당신을 영원히 제 레이디로 섬길 것을 맹세합니다. 원래는 당신의 허락을 받아야 하지만 전 아직 많이 부족하고, 또 기사도 아니기에 당신의 허락을 구할 자격은 없다고 생각하지만 그래도 당신을 제 레이디로 섬기고 싶습니다. 나중에 제가 뛰어난 기사가 된다면 당신을 제 레이디로 사람들께 말하겠지만, 만약 그렇지 않다면 당신이 제 레이디라는 것을 영원히 저 혼자 간직하겠습니다. 나중에 다시 만날 수 있기를 바라며 건강하시길……."

하며 엄마의 손등에 살짝 입을 맞추었다. 그리곤 벌떡 일어서며 나에게.

"아힌, 나중에 만나면 너에게 진 빚은 꼭 갚으마. 그럼 건강해라."

하고는 빠른 걸음으로 사라져 갔다.

"저런저런, 그렇게 화난 표정은 짓지 말거라."

"맞아요. 훌륭한 기사가 되기 전에는 엄마 이름을 안 밝히겠다잖아요."

"그걸 어떻게 믿어? 첨부터 따라다니지도 못하게 했어야 했어."

"자자, 그만 해라. 빨리 바다를 건널 배를 찾아야지."

제10화

드래곤 로드

드래곤 로드

칼 아시리안이여, 나 드래곤을 대표하는 자 칼엘리아스의 이름으로
그대는 우리 드래곤족의 성룡임을 엄숙히 선언하노라.

참 오랫동안 여행을 한 것 같다. 강을 따라 내려와서 배를 타고 바다를 건너는 데 거의 한 달이나 걸렸다. 그리고 말을 타고 또 보름 동안 달려야 했다.

"인사 한번 드리러 가는데 시간이 꽤 오래 걸리는 것 같아요."

며칠 동안 구경 한번 제대로 못 하고 말만 달린 나는 슬슬 지쳐 가기 시작했다.

"아무래도 그렇지. 드래곤들이 세계 곳곳에 퍼져 있는 데다가 공간 이동으로 가는 게 아니니까."

그런 나를 이해한다는 듯이 안쓰럽게 바라보면서 엄마가 위로조로 말했다.

"하지만 뭐, 드래곤은 시간이 남아도니까 이 정도야 견뎌야지."

"그러고 보니 드래곤 로드를 만나러 가는 것도 꽤 오랜만이로군… 4,000년 만이던가?"

"칼 세실리아가 성룡이 되어 동행하셨을 때 잠깐 만나신 게 마지막이었던가요?"

"그거야 전대 드래곤 로드였지. 현 드래곤 로드는 성룡이 되었다고 나한테 인사하러 왔을 때 잠깐 만났었어. 어디 보자, 네가 드래곤 로드보다 나이가 더 많았던가?"

"아니요. 제가 200살 어려요."

"흠… 그런가? 그럼 네가 성룡이 되어서 인사한 드래곤 로드가 전대 드래곤 로드였니?"

"그랬죠."

"그럼, 너도 현 드래곤 로드는 로드 승계식 때 외엔 만난 적이 없겠군?"

"아뇨. 그것 말고도 현 드래곤 로드와는 아버지와 어머니께 성룡이 되었다고 인사를 드리러 왔을 때랑 내가 성룡이 되어서 드래곤 로드께 인사드리러 갔을 때 잠깐 만났던 적이 있었어요."

"흠… 그랬었던가?"

"꽤 별난 드래곤이었던 걸로 기억해요. 푼수기도 했지만."

"그런 점이 없지 않아 있지."

두 분이 대화를 해나가셨기 때문에 외톨이가 되어 있던 나는 기회를 잡아 두 분 사이에 끼어들었다.

"어디에 사시는데요?"

"흠, 이쪽 어딘가에서 산다더군."

"어? 그럼 할아버지도 드래곤 로드가 어디 사는지 모르세요?"

"몰라. 관심도 없구."

나는 순간적으로 무척 당황했다.

"그럼 지금 어떻게 찾아가는 거예요?"

"껄껄껄, 아린아, 그렇게 걱정할 필요는 없단다. 내가 드래곤 로드를 느낄 수 있으니까 그 느낌을 따라 가는 거야. 성룡 드래곤이라면 드래곤 로드가 어디쯤 있는지는 느낄 수 있지. 그래서 드래곤 로드를 만나러 갈 때는 그 느낌을 따라가는 거야."

내가 놀란 기색을 겉으로 내비쳤는지 할아버지가 껄껄 웃으시면서 친절하게 설명해 주셨다. 덕분에 놀란 가슴을 진정시킬 수 있었던 나는 다시 침착하게 말할 수 있었다.

"이제 얼마나 더 가야 하는데요?"

"글쎄다… 이제 거의 다 온 것 같아. 이 근처에서 느껴지는 걸 보니."

"저긴 것 같은데요?"

그때 앞만 바라보고 있던 엄마가 말을 멈추면서 손가락으로 앞쪽을 가리키셨다.

우리가 지금 현재 있는 곳은 내가 태어난 남 대륙으로부터 바다 건너 위쪽에 있는 북 대륙에서 테아칸 국가에 있는 소사믹산맥 끝에 위치한 얀스크산 속이었다. 그리고 엄마가 가리킨 곳은 산속을 어느 정도 헤맨 끝에—나는 그렇게 생각했지만 할아버지는 느낌을 따라온 것뿐이라구 빡빡 우겨대셨다—찾아낸 어느 공터였다.

그리고 엄마가 가리킨 쪽에는 넓은 공터가 보였는데 그 공터 가운데는 그리 작지도, 크지도 않은 집이 한 채 있었다. 집 근처 둘레에는 울타리도 쳐져 있었고, 집 앞 울타리 안쪽에 있는 아담한 텃밭에는 채소들이 가꾸어져 있었다. 게다가 마당에는 암탉들이 병아리를 데리고 노닐고 있었다.

"여기에 개 한 마리만 있으면 전형적인 농가구만."

할아버지가 거기까지 말씀하셨을 때 집 뒤쪽에서 웬 닭 한 마리가 비명을 지르며 뛰쳐 나왔고, 그 뒤를 강아지 네다섯 마리가 쫓아나왔다. 그리고 그 뒤를 구경하듯이 느긋하게 걸어나오는 부부로 보이는 개 두 마리가 보였다.

"완전 전형적인 농가네요."

그 모습에 할 말을 잃어버린 할아버지를 대신해 내가 말했고 엄마가 동조하셨다.

"그러게 말이다."

"근데 여기가 확실해요?"

하지만 이런 농가에 드래곤 로드가 살 거라곤 도저히 믿어지지 않는 내가 엄마에게 묻자 엄마는 틀림없다는 듯 확고하게 대답하셨다.

"확실해."

그리고는 가장 먼저 말에서 내려 집으로 다가갔다.

"이떻게 오셨습니까?"

엄마를 따라 할아버지와 나도 말에서 내려 각자의 말을 끌고 울타리를 지나 집 안으로 들어갈 수 있는 통로인 문으로 다가갔을 때 누군가가 정중하게 물어왔다. 목소리가 들려온 곳으로 시선을 돌리자 거기에는 나무로 만든 현관문이 있었고, 그곳에 있는 둥그런 두 눈과 커다란 입이 씨익 웃고 있었다.

"이게 뭐야?"

너무 놀란 나는 뒤로 펄쩍뛰면서 물러났고 내 말도 덕분에 놀라서 앞다리를 번쩍 쳐들고 히히힝~ 울어댔다.

"껄껄껄, 현 로드가 별나다고 들었긴 했지만 이런 것을 가지고 있을 줄이야… 정말 별나군."

하지만 할아버지와 엄마는 별로 놀라지도 않은 듯했고 할아버지는 그와 함께 웃기까지 하셨다.

"너, 뭐야?"

엄마가 그 '문'을 째려보며 묻자 그 문이 대답했다.

"보시다시피 전 '문'입니다. 손님들께선 어떻게 오셨습니까?"

자칭 '문'은 싱글싱글 웃으며 재차 물었다. 그리고 이번엔 할아버지가 대답하셨다.

"우린 드래곤 로드를 만나러 왔네. 안에 있는가?"

"아, 주인님을 만나러 오셨군요. 주인님께선 지금 마법 연구를 하고 계십니다. 들어와서 기다리시겠습니까?"

"그러지."

할아버지가 대답을 하자 문은 자동으로 열렸다. 그리고 우리를 맞이한 것은…….

"어서 오십시오."

세 개의 초를 꽂아 주변을 밝히고 있는 놋쇠인 듯한 촛대였다.

"참 별난 걸 다 만들었군."

황당에 당황을 더한 나에게 다시 들려오는 목소리가 있었다.

"이쪽으로 앉으시겠습니까?"

하면서 자리를 내주는 건 의자 세 개와 식탁이었다.

"의자랑 식탁까지……."

하지만 나중에 주전자와 찻잔이 차를 대접한다며 나올 때는 놀라지 않고 오히려 담담히 주전자가 내 앞으로 밀어준 찻잔을 잡을 수 있었다.

할아버지도 찻잔 하나를 집어 들고 차를 한 모금 음미하신 뒤 촛대를 향해 물으셨다.

"로드는 언제쯤 만날 수 있지?"

"글쎄요… 주인님 실험이 언제 끝날지는 아무도 모르거든요."

"지금 우리가 왔다고 알리면 안 되겠는가?"

"죄송합니다. 주인님께선 실험 중에 방해받는 걸 싫어하시거든요. 너무 걱정 마십시오. 주인님 실험은 대개 금방 끝나니까……."

하고 촛대가 말을 할 때 꽈과광! 하는 엄청난 폭발음과 함께 집안이 흔들리며 창문을 통해 보이는 밖에서는 검은 연기가 모락모락 피어오르고 있었다.

"이렇게요."

라고 촛대는 씨익 웃으면서 말을 마쳤다. 그리곤 그와 동시에 안쪽으로 연결되어 있는 듯한 문이 벌컥 열리면서 온몸이 시커멓게 그을린 여자가 뛰어 들어왔다.

"우왓! 콜록콜록, 에구구, 또 실패했다."

그 여자가 나타나자 알아서 의자가 하나 더 대령되었고, 그녀가 의자에 털썩 주저앉자마자 주전자가 차를 대령했다.

"주인님, 이것으로 50번째 실패군요."

라고 말한 뒤 한숨을 폭폭 내쉬며 여자가 나온 문으로 사라지는 빗자루와 먼지 털이개와 마대는 분명히 여자가 어질러놓은 실험실을 치우러 가는 것이리라.

"흠흠, 주인님. 아까부터 손님이 오셔서 기다리고 계십니다."

촛대가 가볍게 헛기침을 하며 말했다.

"응? 누가 날 찾아와?"

하며 우리를 쳐다보는 여자였다.

"웬만하면 좀 씻고 오지 그러세요?"

엄마가 한심하다는 듯 말했다.

"아! 이런 실례. 오랫동안 혼자 살다 보니… 잠시만 기다리세요."

하고 다시 안쪽으로 통하는 문으로 사라지는 여자였다.

그 여자의 뒷모습을 물끄러미 바라보던 나는 속에서부터 슬며지 웃음이 나왔다.

"킥킥킥, 이곳은 참 재밌는 곳이네요."

하지만 엄마는 내 의견에 동의할 맘이 없는 것 같았다. 엄마는 그녀가 사라진 문을 한심하다는 듯 쳐다보다가 다시 식탁으로 시선을 돌려서 차를 한 모금 마셨다.

"뭐가 재밌어? 정말 한심하군."

"뭐 어떠냐? 이런저런 드래곤들도 있는 거지. 너 같은 드래곤도 있지 않냐?"

"무슨 의미예요?"

"좋은 의미다."

"그런 게 아니라는 것쯤은 누구나 알 수 있다구요."

"좋은 의미라니까 뭘 그리 의심하는 거냐?"

"아버지가 평소에 좋은 의미로 그 말을 쓰지 않았으니까 그러지요."

"아~ 차 맛 좋타~"

"아.버.지~"

"나 아직 귀 안 먹었다."

"정말 내가 말을 말아야지. 이봐, 여기 얼음물 한 컵!"

엄마는 웬 쟁반이 안쪽에서부터 날아와서 즉시 대령한 얼음물 한 컵을 거칠게 잡아채며 벌컥벌컥 마셔댔다. 그 모습을 피식 웃으며 바라본 나는 다시 싸울 것 같은 엄마와 할아버지 사이를 말리고자 엄마가 컵을 식탁에 탁, 내려놓자마자 슬쩍 화제를 돌렸다.

"그나저나 정말 신기하네요."

내 시도가 효과가 있었는지 엄마는 할아버지 쪽으로 시선을 돌리는 대신 나에게로 시선을 돌렸다.

"뭐가?"

"드래곤 로드 말이에요. 전 드래곤 레어로 갈 줄 알았거든요."

"아까도 말했지만 로드가 별나서 그래. 정말 괴짜라니까."

그리고 할아버지도 나에게 시선을 돌리시고는 대화에 끼어드셨다.

"맞아. 그러고 보니 로드는 성룡이 되어서 인간 세상에 나갔을 때 어느 마법사의 제자로 있었다더군."

"웃기네요. 드래곤이 인간 마법사의 제자라니."

"그러니까 괴짜라고 하지 않았냐. 흠, 아마 이렇게 사는 것도 그때 받은 영향일지도 모르지."

'뭐, 어쨌든 이걸로 또 한 고비는 넘겼군.'

속으로 두 분 몰래 안도의 한숨을 내쉰 나는 두 분이 또 싸울까봐 같이 대화에 끼어들었다.

"꽤 괜찮은데요 뭐. 꼭 동화 나라 같아요."

"동화는 무슨… 귀찮게스리 뭐 하러 이렇게 산담?"

"그러길래 아까도 말했듯이 이런 드래곤도 있고 저런 드래곤도 있는 거야. 괴짜로 치면 아린도 괴짠데 뭐."

"하긴, 태어나자마자 엄마보고 비명을 질러댄 녀석은 아마 저 녀석밖에 없을걸요?"

"윽, 그 얘기가 지금 여기서 왜 나와요?"

"1년도 안 된 녀석이 날겠다고 하질 않나, 100살도 안 된 주제에 마법을 배우겠다질 않나."

"마법을 못 배우게 하니까 해츨링인 주제에 검술을 배우겠다고 검을 휘두르고 다니다가 들키기도 하고."

할아버지와 엄마는 옛 생각이 난 듯 키득키득 웃었다.

"우씨~ 옛날 일은 뭐 하러 말해요?"

"정말 그렇게 황당하던 꼬마가 벌써 성룡이라니……."

"세월 참 빠르지요?"

"그래, 정말 그렇구나."

"기다리게 해서 죄송합니다. 정말 오래간만에 뵙는군요. 레드 드래곤의 고룡이신 칸 시스파슈타인님, 그리고 칼 세르니안님도."

엄마와 할아버지의 대화를 끊으며 아까 사라졌던 여자인 듯한 여자가 나타났다. 허리까지 내려오는 긴 금발 머리에 금빛으로 빛나는 두 눈동자, 크고 날씬한 몸매, 하얗고 티없는 피부… 정말 전형적인 블론드 미인이었다.

"그래, 정말 오래간만이군, 로드."

무난한 인사말과 함께 고개를 끄덕이시며 답례하시는 할아버지와…….

"씻으니까 좀 낫네요. 골드 드래곤이자 드래곤 로드인 칼 엘리아스님."

살짝 비꼬는 엄마의 인사였다. 덕분에 드래곤 로드는 얼굴을 살짝 붉히면서 대꾸했다.

"너무 그러지 말아요. 실험하다가 조금 실수해서 그런 거예요."

실험이란 말에 할아버지가 호기심이 어린 말투로 물어보셨다.

"뭘 만들고 있었는데?"

"진실의 거울이요. 물어보면 뭐든 진실을 대답하는 거울!"

하지만 그 뒤를 이어 엄마의 비꼬는 말이 이어졌다.

"거울을 왕창 깨먹었겠군."

"그렇게 많이는 안 깨먹었어요. 오늘 깬 것까지 합하면……."

"합하면?"

"아마 약 300장 정도 되려나?"

아까 빗자루가 50번째 실험을 실패했다고 말한 걸 기억하는 나는 황당해졌다.

"오늘이 50번째 실패라면서요?"

그러자 드래곤 로드가 배시시 웃으면서 코를 비볐다.

"아, 난 한번에 여섯 개씩 만들거든."

"앞으로 얼마나 더 깰지… 에휴~"

"촛대, 너! 확 녹여서 요강으로 만들어 버린다!"

"허걱?! 주인님 제발 그것만은……."

"오호호호, 요강은 놋요강이 최고지 아마?"

우리와의 대화가 로드와 촛대와의 대화로 바뀌어 버리자 할아버지가 헛기침을 하셨다.

"에헴, 놋요강을 만들든 육강을 만들든 그건 자네 일이고……."

그제야 우리가 와 있었다는 걸 다시 깨달은 로드가 시선을 돌려 할아버지를 바라보았다.

"아, 그렇지. 여기까지 어쩐 일이세요?"

"우리 아린이가 올해로 성룡이 되었거든. 그래서 인사를 드리러 왔다오."

"아, 그래요. 이 아이가 정말 오랜만에 태어났다는 그 아이군요?"

엄마가 사랑스럽다는 듯이 나를 바라보면서 대답했다.

"그래요. 레드 드래곤족에서는 2,000년 만에 태어난 아이지요."

'에구, 엄마. 그렇게 바라보시면 제가 쑥스럽잖아요.'

"그리고 전 드래곤 종족 중에선 1,500년 만에 태어난 아이구요. 어쨌든 제가 로드 계승식을 받은 뒤로 처음으로 성룡으로서 인사를 하러 온 아이군요."

"그렇게 되는군. 어쨌든 로드께서도 이제 해츨링이 태어나지 않아서 걱정하지 않아도 되겠구려. 아린이 태어난 뒤로 두 아이가 더 태어났다고 하니."

"어머, 전 전혀 걱정 안 했는데요?"

"……."

순간 할아버지와 엄마는 할 말을 잃어버렸고, 나는 비틀거리다가 의자에서 떨어질 뻔했다.

"아하하하, 죄송해요. 제가 실험을 하느라고 좀 정신이 없었어요."

"어험험, 으흠."

할아버지는 괜히 시선을 창 밖으로 돌리시면서 헛기침을 해대셨다.

"어쨌든 성룡이 된 걸 축하해야지요. 자, 이리 와봐."

난 주춤주춤 일어서서 그녀 앞으로 다가갔다. 그런 나를 부드러운 눈으로 바라보던 로드가 입을 열었다.

"이제 성룡이 된 그대는 누구인가?"

'얼라리오? 사람이 이렇게 달라질 수가 있나? 아참, 사람이 아니라 드래곤이지?'

로드의 아까 그 푼수 끼 있던 표정과 목소리는 온데간데없이 사라지고 180도 바뀌어 눈빛조차 엄숙하게 바뀌었다. 거기다가 더욱더 저음으로 깔린 목소리. 로드가 그렇게 바뀌자 나도 진지한 목소리로 대답했다.

"전 칼 세르니안의 딸 아시리안입니다."

"칼 아시리안이여, 나 드래곤을 대표하는 자 칼 엘리아스의 이름으로 그대는 우리 드래곤 족의 성룡임을 엄숙히 선언하노라."

껌벅껌벅…….

"아린아, 끝났어."

내가 움직이지 않고 계속 가만히 서 있자 뒤에서 엄마가 나를 부르셨다.

"아, 그래요? 난 또 더 있는 줄 알았어요."

"자, 성룡 선포식도 끝났고, 또 처음으로 나에게 인사를 온 성룡이니 식사를 대접해야지."

로드는 갑자기 안쪽을 향해 소리쳤다.

"얘들아, 저녁 식사 준비해. 오늘은 4인분이야."

잠시 후 나는 신기한 장면을 구경하게 되었다. 세 분이 이런 이야기 저런 이야기를 하시는 동안 우연히 창 밖을 바라보다가 너무나 황당한 나머지 입을 벌렸다. 창 밖에는 웬 부엌칼이 허공을 날아다니고 있었는데, 왠지 닭들의 비명 소리가 들리는 것 같기도 했다.

내가 잘못 봤나 싶어 창으로 다가가 밖을 내다보니 부엌칼이 허공을 날아서 닭 한 마리를 노리며 달려들고 있었고, 그 쫓기는 닭은 죽어라고 비명을 지르며 도망가고 있었다.

그런데 더 황당한 건 그렇게 신기한 장면이 펼쳐지는데도 개 한 마리는 원래 그랬다는 듯 늘어지게 하품을 한 후 누워버리고 나머지 한 놈은 그걸 보고 입맛을 다시고 있었다(잔인한 놈).

텃밭에서는 손이 달린 바구니가 돌아다니면서 야채를 뽑아서 자기 몸속—그러니까 바구니 속—에다 넣고 있었다.

"하.하.하."

너무나 어이없는 풍경에 황당함을 금치 못하고 있을 때 어느새 로드가 내 옆으로 다가왔다.

"재밌지?"

순간 나는 비틀거리면서 넘어질 뻔했지만 얼른 창틀을 부여잡고 몸을 진정시켰다.

'완전 엽기야……'

"그렇네요. 정말 재밌어요."

"그치그치? 내가 심혈을 기울여서 만든 거야. 아마도 오늘 저녁 요리는 닭 요리일 것 같군."

로드는 창 밖의 자신 작품(?)을 자랑스레 바라보고 있었다.

"혹시 부엌에서 요리하는 건 국자나 프라이팬이나 뭐 그런 거 아니에요?"

"맞아, 잘 아네? 집안일 하기 귀찮아서 집안일 하는 도구들에게 다 마법을 걸어놨거든. 편리해 보이지?"

"예, 편리하기는 하겠네요."

나는 등뒤로 식은땀이 줄줄 흐르는 것을 느꼈다. 그때 갑자기 로드가 생각났다는 듯 손뼉을 짝 쳤다.

"참, 선물은 뭘로 줄까? 음… 너, 성룡식이 끝나면 뭘 할 거니?"

"인간 세상을 여행할 참이에요."

"그래? 그럼 내가 발명한 물건들 좀 줄까? 꽤 도움이 될 거야."

"아니, 뭐, 그렇게까지 생각 안 해주셔도……"

나는 극구 사양하고 싶었지만 로드는 막무가내였다.

"아냐아냐. 처음으로 나에게 인사하러 온 드래곤인데 내가 줄 수 있는 건 다 줄게."

"아니에요. 그렇게 안 하셔도 돼요."

"괜찮아. 그렇게 겸손해할 것 없어."

'겸손이 아닌데.'

로드는 나를 이끌고 다락으로 올라갔다.

"이곳에는 내 발명품들을 모아둔 곳이야."

"하하, 꽤 많네요."

"그렇지? 어디 보자… 뭐가 좋을까? 아, 이거 어때?"

"손거울이네요?"

"이건 보통 손거울이 아니야. 내가 최근에 '진실의 거울'을 만든다고 했지?"

"예, 그랬죠."

"이건 그때 만들다가 실패한 건데 폭발이 일어났음에도 불구하고 멀쩡하게 버틴 거거든."

"강도가 굉장히 센 거울이네요."

"그렇지? 근데 그것 말고도 딴 기능이 있어."

"뭔데요?"

"잘 봐, 거울아 거울아, 진실의 거울아, 테아칸 왕궁을 보여다오."

그러자 손거울에서 빛이 나더니 거울 속에 어떤 중세 시대에나 있을 법한 커다란 성의 모습이 보였다.

"봐봐, 신기하지? 어때?"

"어라? 이게 테아칸 왕궁이에요?"

"그래, 비록 거울이 좀 작아서 다 보이지는 않지만 테아칸 왕궁이야."

"대단한걸요?"

"그런데 이 거울은 자기가 스스로 알아서 대답하지는 못해."

"그럼요?"

"단지 내가 입력시켜 놓은 자료들을 대답해 주는 정도야."

'마치 컴퓨터 같군. 신기한데? 쓸모가 있겠어.'

"뭘 입력시켜 놓으셨는데요?"

"음… 세계 지도랑 각 나라나 지역의 특징 정도?"

"그래요? 그럼 이것만 있으면 길 잃어버릴 염려는 없겠군요."

"그렇지. 어때, 좋지?"

그 순간 나는 과연 로드가 몇 년 전의 정보를 입력시켜 놨는지 궁금해졌다.

"근데요, 그게 몇 년 전 거예요?"

"글쎄, 내가 세상에 나갔다 온 지 한 1,000년쯤 되었나? 아마 그때쯤일 것… 어? 얼굴이 왜 그래?"

로드는 내 얼굴을 보더니 의아한 표정으로 물었다. 그녀가 내 어깨를 툭툭 치는 바람에 나는 간신히 정신을 차리고 대답할 수 있었다.

"그때 거면 지금은 쓸모가 없잖아요."

"걱정 마. 네가 원하면 자료도 입력시킬 수 있어."

"얼마나요?"

"글쎄, 그건 모르겠는데? 하지만 꽤 많이 들어갈 거야. 아마 책 1,000권 정도는 더 들어갈 수 있을걸? 아니면 이 안에 벌써 입력시킨 자료를 지울 수도 있고."

"그래요? 그럼, 자료는 어떻게 입력시켜요?"

"그냥 책을 얘한테 던져 주면 돼. 그럼 얘가 책을 먹고 책 속에 있는 내용을 다 입력시켜."

"그럼 책은 사라지고요?"

"그렇지."

"뭐, 여행에 편하기는 하겠네요. 거울로도 쓸 수 있고."

내가 그렇게 말하자 로드는 무척 기뻐했다. 아마도 그동안 자신의 발명품이 남에게 인정받은 일이 없었던 것 같았다.

"그치그치? 그럼 이거 줄게. 그리고 또 뭘 주지? 아, 이것도."

"그건 또 뭔데요?"

"이거? 잘 봐. 이렇게 접으면 손가방만 하지? 이렇게 펼치면… 짠~! 멋진 침낭이 되었습니다!"

로드는 손가방을 펼쳐서 침낭으로 만들어 보이며 너무 좋아했다.

"정말 별걸 다 만드셨네요."

"호호호, 뭐 이 정도야……."

이렇게 해서 나는 컴퓨터 거울(이건 내가 이름 붙인 것이다), 손가방 침낭, 재료만 넣으면 저절로 요리해 주는 프라이팬, 주문을 외우면 밧줄로 변하는 지팡이 등등을 얻었다.

"로드, 우물우물, 꿀꺽… 지금 레어에 있는 고룡들은 몇 명이지?"

"얌얌, 쩝쩝, 꾸우울~ 꺽, 아마 3명일 거예요."

"와그작와그작, 꿀꺽, 고룡이 다 몇 분인데요?"

"응, 이봐, 세라야. 거기 소금 좀 줘. 열 명."

"흠, 그럼 다섯 명은 지금 동면 중이거나 놀러나갔다는 말이군요. 후루룩~"

"뭐, 요즘 고룡들께서도 나이에 안 맞게 원기가 왕성하시니까… 앙~"

"꿀꺽~ 그래, 누구누구가 있지?"

"아르카스해의 블루 드래곤 칸 아이비스크님, 그리고 남 대륙에 있는 마틸산에 실버 드래곤 칸 크제나님, 나머지는 드래곤 숲에 계시는 그린 드래곤 칸 그라하리님. 이 세 분이 계시는군요. 와작와작~"

드디어 식사를 제일 먼저 끝내신 할아버지가 냅킨으로 입가를 닦으시며 말씀하셨다.

"그런가? 그럼, 오늘은 여기서 자고 내일 출발하도록 하지."

그러자 엄마도 막 식사를 끝내시고는 포크와 나이프를 접시 위에 올려놓으시며 할아버지를 바라보셨다.

"누구에게 먼저 가죠?"

"글쎄? 드래곤 숲으로 먼저 갈까?"

"그러지 말고 아르카스해를 통해서 드래곤 숲으로 가는 게 어때요? 그 다음에 남 대륙으로 돌아가도록 하지요?"

"올 때는 바다로 왔잖아? 그러니까 갈 때는 육지로 가자구."

"그게 좋을 것 같아요. 배는 너무 지루하다구요."

"그런가? 좋아, 그럼 뭐 육지로 가지."

"그럼 내일 일찍 출발하죠."

'이럴 수가… 이건 내 여행 아닌가? 그런데 여행의 주인공인 내 의견은 듣지도 않으시고 두 분만이 결정하시다니 너무해. 하지만 어쩔 수 없지. 내가 아는 것이 없으니까… 에고, 이것이 힘없는 자의 비애로구나. 어쨌든 드디어 드래곤 로드는 만났고, 이제 고룡 세 분만 남았군.'

제11화

드래곤 숲을 향하여

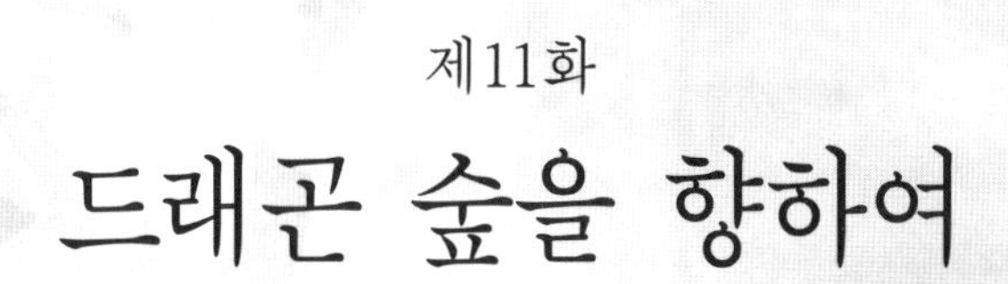

드래곤 숲을 향하여

"왜 숲 이름이 드래곤 숲인가요?"

"드래곤이 살고 있으니까 드래곤 숲이지"

"어디 보자… 드래곤 숲으로 가려면 어디로 가야 하나?"

"드래곤 숲이 남 대륙과 북 대륙 사이에 있으니까 이쪽으로 쭉 돌아서 가야 하겠네요."

"그런가? 그럼 테아칸국 수도하고 소르드국 수도를 거쳐서 가야 하겠군."

"흠… 빨라야 두 달이겠네요. 너무 오래 걸리는 거 아닌가?"

"뭐, 여기 오는 데도 두 달이나 걸렸는데……."

우리는 아침 일찍 일어나서 식사를 마치고 각자 자신의 짐을 챙겨 거실에 모여 있었다. 그리고 할아버지와 엄마가 거실에서 탁자 위에 세계 지도를 펼쳐 놓으시고는 열심히 머리를 맞대며 우리가 가야 할 길의 최단거리를 찾고 계셨다. 나는 옆에서 그 두 분의 말씀을 듣고 있다가 사이사이에 끼어들어서 궁금한 것을 물어보았다.

"왜 숲 이름이 드래곤 숲인가요?"

"드래곤이 살고 있으니까 드래곤 숲이지."

그러자 할아버지가 계속 지도만 쳐다보시면서 대답하셨다.

"원래 이름은 다른 거였는데 거기에 칸 그라하리님이 살면서부터 사람들이 드래곤 숲이라고 불렀지."

그리고 엄마가 할아버지 뒤를 이어 덧붙여 설명해 주셨다.

"요즘도 아무도 못 들어가나?"

"아마 그럴 거예요. 칸 그라하리님의 성격 아시잖아요."

"그 녀석도 참 웃긴 녀석이지. 원, 동족보다도 숲을 더 좋아하니……."

"숲이요?"

"그래, 그곳에서는 나무 한 그루 못 베. 그라하리 녀석이 가만 안 있거든."

"숲에 조금이라도 해를 가하면 칸 그라하리님의 노여움을 사지."

"그럼, 그 숲에는 엘프들도 살겠네요?"

"그렇지도 않아. 앨프들이 뭐가 부족해서 드래곤이랑 한 숲에서 살려구 하겠어?"

"그런가? 그럼 그분은 식사를 어떻게 해결하세요?"

"그놈? 웃기게도 채식주의자야. 나참, 채식주의자인 드래곤이라니."

이제 할아버지는 지도에서 눈을 떼시고는 뒤로 의자에 등을 기대시며 나를 바라보셨다.

"근데 할아버지는 그분을 별로 안 좋아하시는 것 같아요."

이번에는 엄마가 피식 웃으며 할아버지 대신 대답해 주셨다.

"사이가 좋을 리 없지. 예전에 대판 싸운 적이 있거든."

"에? 왜요?"

그러자 엄마는 계속 웃기만 할 뿐 대답을 안 해주셨다. 마침 그때 차를 가지고 온 로드를 바라보며 나는 의문의 눈길을 보냈다. 그러자 로드는 할아버지를 슬쩍 쳐다보았고, 할아버지가 가만히 계시자 말해 주기 시작했다.

"몇 년 전이지? 한 2,000년쯤 됐나? 하여튼 그때 할아버지가 잠시 레어를 비웠는데, 어떤 간 큰 놈 하나가 할아버지 보물을 훔친 적이 있었거든. 나중에 알게 되신 할아버지가 그놈을 쫓아갔었는데 그놈이 하필 드래곤 숲으로 도망을 친 거야. 알고 그랬는지 모르고 그랬는지는 모르겠지만, 그래서 드래곤 숲에서 그놈을 혼내주시려다가 숲을 좀 태워먹었거든? 그랬더니 그라하리님이 막 화를 내신 거지. 남의 집 마당을 태운다고."

"흥, 그놈이 나쁜 거야. 숲 좀 태웠다고 그렇게 덤벼드는 놈이라니. 나보다 나이도 어린 게."

"그때 너희 할아버지랑 그라하리님이랑 대판 싸웠지. 덕분에 드래곤 숲은 반 이상이나 날아갔었고. 아마 네 할아버지가 열 받아서 일부러 숲을 더 망가뜨렸을걸?"

"당연하지. 원래는 숲 전체를 날려버리려 했다고. 그런데 그놈이 일찍 눈치를 채는 바람에 다 못 날렸지."

"그래서 그렇게 사이가 안 좋으신 거군요. 근데 그 뒤로도 화해 안 하신 거예요?"

"화해는 무슨 놈의 화해? 그 녀석이 먼저 와서 잘못했다고 사과를 해야지."

"시스파슈타인님도 숲을 날리셨으니, 뭐 피장파장 아닌가요?"

"그건 그놈이 먼저 도발해서 그랬던 거야. 그러길래 누가 나한테 덤비래?"

"어? 그럼 지금 드래곤 숲에 가시면 혹시 다시 싸우시는 건?"

"설마, 그라하리님이 숲을 다시 날리고 싶으시지 않는 이상 다시는 드래곤 숲에서 싸우지는 않으실걸?"

"그 말은 딴 데서는 싸울 수도 있다는 소리로 들리는데요?"

"당연하지. 물론 그라하리님이 드래곤 숲을 떠나셔야 하겠지만. 그러나 그분은 드래곤 숲을 떠나지 않으실걸?"

"그럼 싸울 확률은 없는 거네요?"

"그렇다고 할 수 있지."

"그래도 분위기는 안 좋겠어요."

"괜찮아. 그놈도 나도 다 고룡인 데다가 이번 방문은 너를 위한 방문이니까 그놈이 그렇게 눈치없게 그러지는 않을 게다."

"더구나 칼 세르니안님이 같이 가시니까 더 큰 화를 당하시지 않으려면 환영해 주셔야 할걸?"

"어머나? 그게 무슨 뜻인가요?"

"하하하, 세르니안님이 딸을 무척 사랑하신다는 뜻이지요. 아무리 고룡이라고 해도 첫 따님을 박대하는 데 가만히 계실 분이 아니잖아요."

"당연하지요. 감히 누가 내 딸을 박대해요?!"

"하.하.하."

"뭐, 어쨌든 그럼 우선 테아칸의 수도로 가야겠군."

"그럼 수도에 도착하면 며칠 구경하다 갈 거예요?"

"글쎄, 뭐 나나 네 엄마는 구경할 것도 없지만. 더군다나 네 엄마는 그곳에 갔다 온 지 얼마 안 되었을걸?"

"그렇군요. 아린이 독립했을 때 잠시 놀러간 곳이 그곳이었으니 나로써는 구경할 것도 없지요."

"에? 그럼 나중에 기회가 있으면 가도록 하죠 뭐."

"그럴래? 그럼 그래라. 그럼 이제 슬슬 출발할까?"

할아버지가 탁자 위에 펼쳐 놓았던 지도를 접어서 가방 속에 넣으시자 로드가 중간에 끼어들었다.

"잠깐만요. 구경하지 않고 그냥 지나가실 거면 굳이 말을 타고 갈 필요는 없잖아요?"

"그럼 바다로 가라구?"

"아뇨, 그게 아니라요. 제가 예전에 인간 세상에서 있을 때 소르드국에 있었거든요. 그때 그 나라에 있는 와이드산맥에 워프 결계를 만들었어요. 워낙 튼튼하게 만들어서 어제 확인해 보니까 아직 있더라구요. 그곳을 통해 가시는 게 어떨까요? 그럼 기간도 훨씬 단축될 거구, 또 편하게 가실 텐데요."

"흠, 그럴까?"

할아버지도 로드의 제안에 솔깃하신 모양이었다.

"뭐, 구경하면서 가는 것도 아닌데 그렇게 하도록 하지요?"

"저도 찬성이에요."

엄마도 찬성하고 나도 찬성하자 할아버지가 좋다는 얼굴로 고개를 끄덕이셨다.

"그럼 잠시 기다려주세요. 제가 여기다가 결계만 그리면 당장이라도 워프할 수 있으니까. 결계도 금방 그릴 수 있어요."

로드는 잠시 어디론가 사라지더니 한참 후에 어떤 아기 머리만한 주머니를 가지고 왔다. 그리곤 거실 중앙을 깨끗이 치우곤 주머니 속에 있던 가루를 뿌리면서 중얼중얼 주문을 외우기 시작했다.

그러자 그 가루에서 빛이 나면서 공중으로 흩어지더니 땅에 가라앉으면서 어떤 형태를 띠었다. 꼭 만화에서 보던 마법 결계 같았다. 뭐, 결계를 만든다고 했으니 당연히 결계겠지만 만화에서 보던 거랑 비슷한 게 참 신기했다.

"자, 다 됐어요."

공중에 흩어진 가루가 완전히 땅에 가라앉자 로드는 뒤로 물러서면서 거실 바닥에 그려진 형태를 잘 보이게 해주었다.

"이거 뭐 이상한 공간으로 떨어지거나 하는 건 아니겠지?"

할아버지는 의심스런 눈초리로 거실에 그려진 결계를 살펴보셨다.

"걱정 마세요. 그때 제가 하도 길을 잘 잃어버려서 만든 거거든요. 많이 써봤으니 걱정 안 하셔도 될 거예요. 그럼, 이쪽으로 들어오세요."

그때 나는 문득 생각나는 게 한 가지 있었다.

"말들은 어떻게 하지요?"

"데리고 가야지. 이봐, 빗자루. 우리 말들 좀 끌고 와."

할아버지가 당연하다는 듯 말씀하시며 빗자루에게 시키자 옆에서 대기하고 있던 빗자루가 재빨리 밖으로 나갔고, 잠시 후에는 어벙벙한 표정들을 한 말들이 집 안으로 몰려 들어왔다(빗자루한테 쫓겨 들어왔을 테니 당연하겠지).

"자, 그럼 짐하고 말들을 데리고 이쪽으로 들어오세요."

우리는 로드의 말에 따라 말들을 이끌고 결계 중심에 섰고, 로드는 결계 밖에서 우리가 결계 중심에 선 것을 확인하자 간단히 외쳤다.

"이동!"

그리고 우리는 공간 이동을 할 때처럼 빛에 휩싸였고, 잠시 후에는 어떤 숲 속 가운데 있는 공터의 폐허 더미 위에 서 있는 우리를 발견할 수 있었다. 이동하자마자 말들이 놀라서 날뛰는 바람에 각자의 말을 진정시키느라 진땀을 빼야 했던 우리들은 말들이 겨우 진정하자 주위를 살펴볼 수 있는 여유를 갖게 되었다.

"흠, 여기가 예전에 로드가 있던 집이었나 보군."

"헤~ 그럼 여기가 와이드산맥이란 말인가요?"

"제대로 왔다면 그렇겠지. 어쨌든 산을 내려가 보자구. 마을에 도착하면 알게 될 테니."

주위를 둘러보던 엄마는 걱정스런 눈빛으로 말했다.

"근데 어느 쪽으로 내려가야 하나요?"

"잠시만요. 제가 실프에게 물어볼게요."

드디어 내가 뭔가 할 수 있는 일이 생기자 나는 신이 나서 실프를 소환해 산을 내려가는 길을 찾아달라고 부탁했다.

"실프? 아아, 그래. 아린이는 하급 정령들을 소환할 수 있었지?"

"하급 정령을? 뭐 하러?"

"얘 할미가 사냥에 도움이 될 거라며 가르쳐 줬다더군. 뭐, 어쨌든 아린에게 쓸모있으니 된 거지."

"이쪽으로 쭉 내려가면 산을 내려갈 수 있대요. 그리고 마을도 쉽게 찾을 수 있다는데요."

"그래? 그럼 그쪽으로 가자꾸나."

우리 일행은 말을 끌고 실프가 가르쳐 준 방향으로 천천히 걸어갔다. 길이 따로 나 있지 않은 산속이어서 말은 탈 수가 없었다.

"도대체 언제까지 더 가야 하는 거야?"

반나절을 걸어왔어도 마을은커녕 사람의 흔적조차 보이지 않자 엄마가 투덜거렸다.

"더 가야 한데요."

"더 가야 한다고 말한 게 벌써 몇 번째야?"

"너가 물은 수 만큼이지."

옆에서 할아버지가 엄마를 힐책하자 엄마가 할아버지를 노려보았다.

"마을을 쉽게 찾을 수 있다고 했잖아요."

"쉽게 찾을 수 있다고 했지, 가까이 있다고 하지는 않았다."

"흥, 그 말이 그 말이지."

두 분이 다시 싸울 분위기로 돌입하자 나는 두 분 사이에 끼어들었다.

"저쪽에 냇가가 하나 있대요. 우리 거기서 좀 쉬어 가요."

"그래, 반나절을 걸어왔으니 좀 쉬자. 섬심도 먹고."

할아버지도 내 생각에 찬성하시고 엄마도 굳이 반대하는 눈치는 아니어서 나는 실프의 안내를 받아 두 분을 냇가로 인도했다.

실프의 안내로 냇가를 찾은 우리는 냇가 옆 공터에서 도시락을 펼쳤다.

"로드께서 도시락을 싸주신 게 다행이네요."

자리를 잡고 앉아 내 도시락을 집어 들면서 나는 명랑하게 말했다. 그러자 할아버지가 의심 어린 눈빛으로 도시락을 바라보며 중얼거리셨다.

"혹시 로드가 마을이 이렇게 멀리 떨어진 줄 알고 싸준 게 아닐까?"

그러자 엄마의 눈에도 의심하는 빛이 어렸다.

"아마 그럴지도……."

두 분의 얼굴에 화가 솟아나는 것을 느낀 나는 더욱더 활기차게 말했다.

"좋잖아요. 꼭 소풍 나온 것 같네요. 날씨도 좋고."

나의 이런 노력을 할아버지가 눈치 채셨는지 고개를 흔드시며 얼굴의 분노를 가라앉히셨다.

"만약 날씨가 안 좋았다면 네 엄마가 로드를 가만 안 나뒀을 거다."

"흥, 내가 나서기 전에 아버지가 먼저 날아갔을걸요?"

"내가 너처럼 성격이 급한 줄 아냐?"

"아마 만만치 않을걸요?"

"내 나이가 몇인데?"

"나이가 많으면 뭘 해요? 어머니가 맨날 나이 값 좀 하라구 하시는 것만 봐도 알 수 있죠."

"흥, 그 할망구는 나이가 들면 좀 나아지나 했더니 더 잔소리가 많아졌어."

엄마는 도시락을 다 먹고는 냇가에서 물을 떠서 마시더니 기분이 좋아지신 듯 기지개를 쭉 피면서 말했다.

"아, 졸리다. 우리 여기서 한숨 자고 갈까요?"

할아버지도 기분 좋으신 듯 고개를 끄덕이셨다.

"그럴까? 날씨도 좋고, 바람도 살랑살랑 불어오는 게 꽤 기분 좋구만."

"뭐, 마을을 정 못 찾으면 날아서 가면 되니까 한숨 자고 가죠?"

나도 찬성의 뜻으로 고개를 끄덕였고, 우리는 각자 폭신하게 풀이 난 곳을 골라 누웠다.
하늘은 정말 파랬다.
'한국의 가을 하늘도 저렇게 파랬는데……. 그러고 보니 한국 생각이 난 것이 정말 오랜만이구나. 새엄마나 아빠는 내가 사라졌다고 슬퍼하기나 할까?'
한국 생각을 하자 괜스레 기분이 우울해졌다.
'생각하지 말자. 이제 난 이곳에서 사는걸. 엄마도 생겼고, 할아버지에 할머니도 생겼고. 후후.'
그러고 보니 이곳에 와서 난 정말 나를 사랑해 주는 분들을 많이 만났음을 느낄 수 있었다.
나를 좀 다치게 했다고 가고일 떼를 몰살시킨 엄마나 내게 칼을 겨누었다고 다짜고짜 헬 파이어를 날린 할아버지를 생각하자 입가가 슬며시 올라갔다.
'난 정말 행복하구나.'
그렇게 생각하며 다가오는 잠의 물결에 몸을 맡겼다.

"세상에나, 얼마나 잔 거야?"
엄마의 외침에 벌떡 일어났다. 벌써 밤인지 사방이 깜깜해져 있었다.
"잠깐 자려고 했는데 밤중까지 자버렸군."
"어쩌죠? 어두운데 내려가면 위험할 텐데?"
"그렇다고 여기 이렇게 있을 수는 없지 않니? 밤이라서 그런지 꽤 추운 데다가 냇가 옆이라서 습하구나."
"날아가죠. 밤이니까 뭐 우리가 보이겠어요?"
엄마가 제안을 했다.

"그럼 말들은 어떻게 하지요?"

내 말에 엄마가 말들을 노려보셨다. 말들도 엄마의 눈초리를 느꼈는지 불안해하면서 부들부들 떨었다.

"그렇군. 그냥 버리고 갈까?"

"하지만 다음 마을에서 말을 살 수 있다는 보장은 없지 않니? 차라리 이렇게 하자. 내가 하늘에서 좀 살펴보고 오마. 그 뒤에 결정하자구."

할아버지는 몸을 살짝 공중에 띄우신 뒤 저편으로 날아가셨다.

"한밤중인데… 마을에 불빛도 없을걸."

내가 걱정스럽게 말하자 엄마가 안심시켜 주시듯 말하셨다.

"그래도 한두 개쯤은 있을 거야. 설사 하나도 없다고 해도 마을쯤은 쉽게 구별할 수는 있을 테니까."

"마을이 가까운 데 있었으면 좋겠는데……."

"그랬으면 정말 좋겠지만, 여지껏 사람의 흔적이 보이지 않으니 아마 가까운 데 마을이 있지는 않을 거다. 로드도 참 왜 이렇게 깊숙한 곳에서 살았던 거야?"

"엄마, 불 피울까?"

"춥니? 그래, 피우자. 잠깐 기다려봐. 나무를 모아야지."

엄마는 가까이 있던 비쩍 마른 죽은 나무를 마법을 이용해 싹둑싹둑 잘라왔다. 나는 엄마가 잘라온 나무를 받아서 땅에 잘 쌓아놓고 불을 붙였다.

"엄마, 그러고 보니 엄마도 이렇게 성룡이 된 뒤에 여행을 다녔어?"

"응? 아아, 그랬지. 그건 성룡이 되면 누구나가 다 가야 하는 여행이니까."

"엄마는 고룡 몇 분에게 인사했는데?"

"나? 내가 성룡이 되었을 쯤에도 고룡은 몇 분 없었어. 다섯 분 됐나? 그나마 여행 도중에 두 분은 돌아가셨지. 그리고 지금 그분들 중에서 네 할머니 한 분만 남으셨단다."

"음, 그럼 할아버지도 그때는 고룡이 아니셨군."

"아직 고룡이 아니셨지."

"그럼 몇 분에게 인사했어요?"

"네 할머니하고, 드래곤 로드하고, 그리고 지금은 돌아가신 블랙 드래곤 한 분, 세 분이구나."

"그럼 여행도 짧았겠네?"

그러자 엄마는 옛 일이 생각난 듯 피식 웃었다.

"난 짧았던 게 더 신났어. 그래야 빨리 나 혼자 여행을 할 수 있었으니까."

"그럼 인사하는 여행을 끝내자마자 곧바로 또다시 여행을 떠났어요?"

"그랬지. 고룡이신 블랙 드래곤께 인사드리자마자 네 할아버지하고 헤어져서 여행을 떠났지."

"헤에~ 그럼 얼마나 오랫동안 여행했어요?"

"1년."

"에?"

"1년밖에 못 했어."

"왜요?"

"아니, 여행을 갔는데 열 받는 일이 꽤 있더라구. 그래서 몇 번 드래곤으로 변해서 손 좀 봐줬지. 그러다가……."

"그러다가?"

"다른 드래곤 여행을 망쳐 버렸거든. 그 드래곤이 나보고 인간에 대해 더 안 다음에 여행을 하는 게 어떻겠냐고 충고하더군. 나도 그때는 더 이상 여행하고 싶지 않아서 그냥 돌아왔지."

"하.하.하."

"그 뒤로 인간에 대한 걸 좀더 안 뒤에 다시 갔었지. 뭐, 그때는 좀 재밌게 지내긴 했지."

"그때 사람들 사이에서는 난리가 났었겠네. 드래곤이 나타났다고."

"뭐, 아예 마을을 없앴으니 난리는 안 났지만 나중에 알고 보니 역사에는 기록이 되어 있더라고. 뭐라더라? 악룡 레드 드래곤이 나타났다고 써 있던가?"

"그럴 만도 했지. 네가 좀 난리 쳤냐?"

갑자기 들려온 목소리에 나는 놀라서 뒤를 돌아보았다. 거기에는 어느새 오셨는지 할아버지가 서 계셨다.

"어? 할아버지 마을은 찾으셨어요?"

"그래, 꽤 멀리 떨어져 있더구나. 어떡할까? 마을로 갈까?"

그러자 엄마가 하늘을 잠시 쳐다보더니 할아버지를 보며 대답했다.

"지금 마을로 가봤자 잠자기는 글렀을 것 같은데요?"

"그럼 마을 근처로 공간 이동을 한 뒤에 천천히 걸어가죠. 그럼 아침에 마을에 도착해서 식사를 하면 되잖아요."

내 제안에 할아버지가 고개를 끄덕끄덕하셨다.

"그래, 그게 좋겠다. 어차피 우리야 실컷 잤으니 더 잘 수는 없겠지."

엄마도 고개를 끄덕이시며 일어서더니 내가 피워놨던 모닥불을

끈 뒤 그 위에 흙을 덮었다. 그러고 나자 할아버지는 우리를 데리고 어딘가로 공간 이동을 시키셨다.

"저쪽으로 몇 시간만 가면 마을이 보일 거야."

"확실하죠?"

"안 믿기면 하늘로 올라가 보면 알 것 아냐?"

두 분 사이에 다시 불꽃이 튀기자 나는 속으로 한숨을 푹 내쉬며 두 분 사이에 끼어들었다.

"잘됐네요. 이제 몇 시간 있으면 해도 솟겠지요?"

"그래, 해 솟을 때쯤 마을에 도착할 거리로 이동한 거야."

할아버지가 손 위에 라이트를 켜서 공중에 띄웠다. 그러자 그 라이트 불빛에 우리 앞에 나 있는 길이 보였다.

"이쪽이야."

할아버지가 먼저 말을 끌고 앞장을 서셨고, 엄마와 나는 그 뒤를 따랐다.

"확실히 마을이 근처에 있는 것 같군요. 이건 사람들이 다니면서 생긴 길인데요?"

엄마가 길을 잘 살펴보시더니 고개를 끄덕이셨고 엄마 말에 할아버지는 그것 보란 듯 의기양양하셨다.

"그렇다니까."

할아버지의 말씀대로 우리는 해가 솟은 뒤 마을에 도착했고, 그 마을의 식당에서 아침을 먹을 수 있었다. 그리고 이곳이 와이드 산맥이 끝나는 산 밑에 있는 마을이고 드래곤 숲과 가깝다는 사실도 알 수 있었다.

할아버지와 엄마는 그 마을에서 이곳 지도를 사서 어떤 길로 가면 잘 갈지 의논하시기 시작했다.

"어디 보자. 우리가 지금 여기 있는 거지? 흐음, 드래곤 숲하고 그다지 멀진 않군."

"수도를 거칠 필요 없이 이렇게 횡단하면 되겠네요."

"그렇군. 그러는 게 빠르겠군."

"역시 말을 타고 가야 하겠지요?"

"그렇지. 걸어갈 순 없지 않겠니?"

"그럼 언제 출발하지요?"

"글쎄… 오늘은 좀 힘들지 않을까?"

"그럼, 내일 갈까요?"

"그러지 뭐. 바쁜 것도 아니니까."

'칫, 언제나 두 분끼리 결정하신다니까…….'

〈 2권에 계속 〉

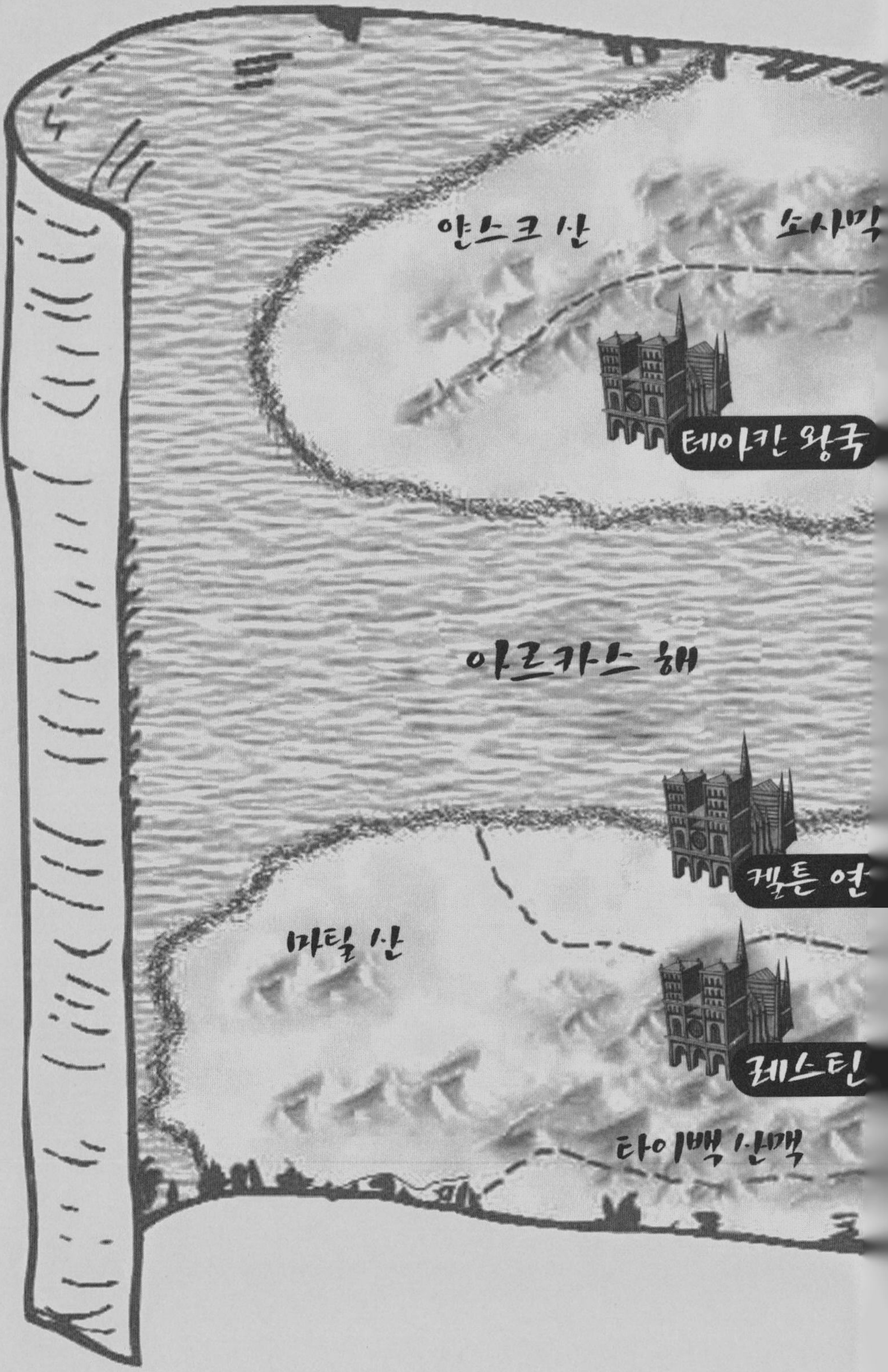

얀스크 산

소사막

테아칸 왕국

아르카스 해

켈튼 연

마틸 산

레스틴

타이백 산맥

바이투 산맥
드래곤의 숲
소크드 왕국
다도이 강
아브록 강
에스리 왕국
하날 산
쇼이 산맥
제덴 산맥
N
W
E
S
텐지 산